彗星の孤独

寺尾紗穂

STAND BOOKS

目次

I

II

V

ブックデザイン　TAKAIYAMA inc.
カバー写真　大矢真梨子

I

残照

「悲しい切ない感じの曲が多いですね」と言われる。たまに明るい曲をやると「もっとこういうのをたくさんやればいいのに」と親切に言ってくれる友達もある。直言はありがたいがどだい無理な話である。自分のベクトルがなかなかそちらに向かない。

しかし、明るさやノリに乏しい音楽はあまり子供に受けない。レコーディングしてきたものを聴きなおそうと、家のデッキでかけていると、娘は「ハマケンのおうた」とつぶやきにくる。浜野謙太氏が送ってくれた「在日ファンク」のリクエストである。CDを交換し、悔しいが仕方なしに娘と「北へ北へ北へピョンヤン！」と歌う。最初は仕方なしにでも歌っていると楽しくなってしまうのが、在日ファンクのすごいところだ。楽しいことは大好きである。でもそれと、自分が何を作りたいかということはまったく別だ。

元ベーシストの娘であるがゆえ、また二世アーティストか、とプロフィールを眺めて受け止められることも多いらしい。そう受け止められることについて深く考えたこともなかったのだが、そういう時の「また」には、どうせコネでデビューしたんだろう、というニュアンスが含まれているようだ。そこまで悪意がなくとも、小さいころから家にミュージシャンが出入りしたり、セッションを聴いたり、ライブに連れて行ってもらったり、家にレコードがわんさかあったり、そういう音楽的に恵まれた環境で育ってきたんだろうという視線があることは確かなようだ。

あいにく父は私の生まれる五年前にぱったり音楽をやめてベースも人にあげてしまっていた。父のレコードの山といったものも見たことがない。私は父がベースを弾く姿はおろか、ベースという楽器を見ることもなかった。その音色がどんなものであるか、ギターと何が違うのかまったく知らなかった。いや正確にはベースの音は情報としてキャッチできていたと思う。一度聴いた曲はほとんどピアノで左手をつけて再現できたから、ベースの音を聴いていない訳はないのである。しかし、ピアノの左手の一番低い音の部分がベースと同じ、という知識がないから、ベースの音色はどれだと言われてもわからなかった。ピアノの左手の底の音、と教えられて耳をよくすましてみると微かに地味に響いている音。ピアノの左手とは比べ物にならないくらい、頼りない小さな音。それが私にとってのベースの音だった。大学に入ってのちに一緒にバンドを組むＮＫＤと出会い、音楽を作り始めたころはそんな状態だった。

翻訳の仕事を始めた父の仕事道具はタイプライターで、それをいじらせてもらっているのが、私の父に関する最初の記憶だ。三つ下の弟がまだ幼いうちに、父は家を出て仕事場を持ち、そこで暮らし始めた。父は私たちにとって、たまに来る人になり、やがて年に数回会う人、その後正月だけ会う人になった。ひと回り下の妹が幼いころ、父が仕事場に戻る時、泣いていやがっていたのを憶えている。その妹を見ているのが辛かった。どうしてこんなに小さな妹が悲しまなければならないんだろう。私自身はすでに父の不在に慣れきって、むしろ父に対しては父親業を放棄した人、と醒めた目で眺めていた。我が家は「フツー」の家庭ではなかったが、だからといって両親を責める気持ちもなかった。「フツー」でないこともさほど悪いものとも思わなかったのだ。ただ泣いている妹を見た時、初めて怒りと疑問が込み上げた。けれどそれをどこにぶつけるべきか、すでに私にはわからなかった。心の中では父に対する感情、父の不在に対する感覚が麻痺してしまっていた。好きかと言われれば好きではあったが、それもかなり複雑なものになっていた。ファザー・コンプレックスという言葉があるけれど、単純な父親好きではなく、文字通り複雑化した感情だった。

高校時代は父親より年上の先生に恋をしていた。同年代の恋人がいた大学時代も、やっぱり同じように年配の教授に恋をしていた。私がファザー・コンプレックスだったとして、そのことと関係があっただろうか。大学の後輩に、父親が大好きで父親と同じくらいの年の人しか恋愛の対象に見れないという女の子がいたが、私は真逆で、父のことは本当にどうでもよかった。

結婚するとしたら父みたいでなく家庭を大切にする人、とだけ思っていた。私にとって父親は思い入れを持つには遠い人になり過ぎていた。時折CDや映画のビデオテープなんかを送ってきてくれたが、それはちょうど親切な親戚のおじさんから送られてくるような感じだった。寝起きを共にしない、家を出るというのは、つまりそういうことだ。

しかし最近になって母から聞いた言葉は、大きな衝撃だった。

「パパが仕事場を持ち始めたころ、K（弟）は小さくてよくわからないで、パパが帰る時もニコニコ手を振ってたけど、あんたはいつも目に涙をためてたんだよ」

父の背中、遠ざかる影、ぼやけていく視界。確かに見ていたけれど忘れていた風景。忘れていたけれど見ていたはずの風景。潜在意識下に押し込められた、それは確かに私の原風景ではなかったか。密やかにせき止められていた感情があふれ出し、母が帰ったあと私は何度も泣いた。そして同時にとてもほっとした。私にはその風景が必要だった。長いこと抱いてきた父への無感情。しかし自分の心を遡《さかのぼ》れば、抑えがたいまっすぐで純粋な愛がかつて確かにあった。子が親を恋う。当たり前の、でも私にとっては奇跡みたいに思えるその事実が必要だったのだと思う。

私には二歳の時の記憶がある。三歳、四歳の記憶もたくさんある。父との別居が始まったのはもう少しあとなのに、私の中で涙をためて父を見送る記憶は完全に消えていた。引き止めても戻らない、求めても去っていく、愛する人にとり残される虚しさや切なさの記憶を、幼い私の心は、自ら消し、記憶の扉に鍵をかけたのだろうか。

長調よりは短調の曲に惹かれ、自らも切ないメロディーを紡ぐことが多いのには、もちろん生まれ持った暗さ、というものがあるに違いない。そういう星のもとに生まれた、ということだろう。けれど無感情の下に長いこと封印されていた、この物悲しい風景を知るにつけ、私はなんだかようやく合点がいった気がしたのだ。いや、小さいころから浅川マキの「ケンタウロスの子守唄」を母の声でよく聴かされていたという、その影響のほうがもしかしたら大きいのかもしれないが。

二月からレコーディングに入るため、この冬はアルバムタイトルを何にしようか、考えていた。今回は山谷《さんや》の絵描き、坂本久治さんがモデルの曲が二曲あった。そして坂本さんはもうこの世にいなかった。加えて去年、二〇〇九年の秋、大切なファンのひとり、秋色さんをなくした。アルバムに集中しようとすればするほど、ぽっかりと穴の空いたような心はうしろ向きに、過去へ、もう会えない人たちへと向かった。また売れそうもない、かたいタイトルだ……と思いながら、「残照」という言葉が浮かんだ。最初はあまり好きになれなかった。でもこれしかないと思った。少しして好きな小説のタイトル『日の名残り』を同義語として思い出して、まんざら悪くないじゃないか、と思った。

山谷の坂本さんがモデルの二曲は、意図せずして「放送禁止用語」が使われている、ということになったが、この二曲を含むアルバムの半分くらいは市ヶ谷のスタジオで録った。市ヶ谷で都営新宿線を降りて、地上に出るための地下通路を歩くと、誰もいない時もあったが、だいたいホームレスのおじさんが壁にもたれてしゃがんでいた。ある時はひとりでぼんやりと、ある時は複数でパーティー会場で出た残り物みたいな、銀の大きいトレーを広げてささやかな宴が昼間から開かれていたりもした。坂本さんを知りませんか、もしかして山谷にいらしたことはありませんか、背の低い人で眉が濃くって、目がぎょろっとしてて、絵を描いてた人なんです、中国語とかアジアの言葉をちょっと覚えて、建設現場をまとめてたとかで、私の通ってた大学も坂本さんが外国人労働者と一緒に作ったって言ってました。そんな妙な縁のあった人なんです。もうおととしか。亡くなりました。交通事故で。なんで交通事故でしょうね。びっこだったからかなって私直感的に思いました。現場で落ちて怪我したとかで足引きずってたんです。でもほんとは事故の怪我は治って退院したんだそうです。退院した日に死んだというんです。でもそんな死に方ってどうですか。そんな死に方って、どうですか。私これからそのおじさんの歌を歌いに行くんです。CDにするんです。今日はつまり、結構大切な日で。知らないですか、坂本さん。そんならそれでいいんです。ただ不思議な気分になっただけなんです。この地下通路で坂本さんとふとすれ違ったような、そんな気分になっただけです。

階段を昇ると、JR市ケ谷駅入り口の先に、近所のそれとは比べ物にならないくらい川幅の広い神田川が広がっている。鴨が一羽ぽつんと浮かんでいる。地下通路の明るさになれた目には曇天の光さえまぶしくて、空を映した白い水面からは少し湿った風が吹いてきた。いい音を録りたい。

日が沈みゆく空を仰ぐ時、過ぎ去った今日を思う。それから昨日を思う。会えない人を思う。去っていった人を思う。なぜいないのかと思う。なぜ出会ったかと思う。今はどこにいるかと思う。湧き上がるいくつもの疑問符を残り陽はやさしく照らす。

誰か教えてくれないだろうか。私が見ているその残り陽はつまり、あなたがいたという証なのか。あなたと私がいた、あの温かな時間の残光なのか。それとも、去っていったあなたを思いながら私が抱く、多分な感傷の残滓《ざんし》なのか、ということを。

愛し、日々

二〇〇〇年に大学に入った私は、いろんなサークルに入っていた。今も基本的に同じだが、興味が分散している。私が大学時代、かかわったサークルは、「星の広場の会」「山岳風土研究会」「社会歴史研究会」そして「ジャズ研」だった。まず、入部を決めたのは「星の広場の会」で、これは私の高校時代の恋愛に関係している。恋愛といっても地学の先生への片恋だ。望遠鏡を買ってもらい、観測が難しいといわれる水星の観測をしたり、地学のクラスのテストで一番を目指したり、星食や木星の衛星の位置を日々観測してみたり、という恋愛エネルギーと共に起こった天文マイブームの時代だった。その余韻というか、星や山が好きになっていた私は、星を眺めに行くだけのサークルがあるということで、新入生歓迎会に早速行ってみたのだった。その時はガラス張りの二階の部屋で、部屋の中央でカレーのようなものが煮込まれていた。部屋には十人くらい部員がいた気がする。ギターを持って鳴らしている人がいて、私は自然と近くに座って歌っていた。それがＮＫＤだった。その時長女の父親はこの場にはいなかった気がするが、とにかくＮＫＤの伴奏で歌を歌ったことだけは憶えている。彼とは今に至るまで、十八年の付き合いになる訳で、大抵私のほうがパソコンが壊れるたび持ち込んだり、約束を忘れてすっぽかすといった迷惑をかけて、ＮＫＤはそれを何も言わず、はいはい、とわかった様子で受け止めてくれる。できた人なのだ。なぜＮＫＤという表記名を名乗るのか、いつか聞いたことがあったが、「ぬきんでている、だよ」と笑ってばかりで、本当のところはよくわからない。

ＮＫＤはパソコンで音楽を作ることができたので、私たちはやがてバンドができるのではないか、と考えた。そこで中学高校時代に作ったオリジナルミュージカルの曲を五十曲ほど聴いてもらい、学食でThousands Birdies' Legs（以下、ＴＢＬ）というとても覚えにくい名前のバンド名を付けた。それから大貫妙子さんやシンバルズのカバーから始めて、ピアノのある学内の大きな体育室を二人で借りてＡＫＡＩの機材を持ち込んで録音したり練習したりを始めたのだ。「北京の憂鬱」、ベースの中山くん（彼も星を見に行くサークルの後輩だった）が持ってきた見知らぬインディーバンドの曲に中国語の歌詞を書いて歌った「我的餃子」、中国民謡「太湖船」など当時は中国文学専攻にいたこともあって、そういう曲たちも録音して自主盤を作り、仲間に配ったりしていた。

その後私の大学は石原慎太郎知事（当時）主導の「改革」でごたごたしていて院に進んでも思うように勉強できるか怪しかったので、他大の院に急きょ変更して進学することになったのだが、そのころには「見上げる」「北京の憂鬱」などを入れたデモテープを作って、いろんな会社に送ってみていた。その中で、ソニー系の会社と、メガフォースという昔ソニーにいた社長がやっているインディーレーベルと、日本音楽出版（日音）の人から反応があった。バンドはメガフォースからのオファーを受けることにした。私たちの前にはジムノペディというバンドが少し売れてテレビなどにも出ていたが、TBLは大して売れることはなく、私たちの次にメガフォースから出したアクアタイムズがバカ売れした。うちのバンドとアクアタイムズを同じ担当者Jさんが発掘した、というのが面白い。Jさんは確か短大を出たばかりの女性で、たばこを吸うおひつじ座の人だった。「髪きれいだよねー、私なんかキューティクル死んでるからさー」と明るい色に染めてある髪をいじりながらJさんは言った。その時私はキューティクルという言葉を初めて知った。私は昔から流行に疎《うと》いし、あまりテレビを観ないほうだったので、今でも知らない言葉が多い。昔『世界の中心で、愛をさけぶ』（二〇〇一年）という本が流行っていたころ、「セカチュー」という言葉をどこかで目にして、キスを急ぐ？　今どきの若者が？　草食系なのに？　とひとり考え込んでしまったことがある。

もうひとつ連絡を取り続けたのは、日音のHさんだった。二〇〇〇年代前半はジャズ歌謡ポップスみたいなものが少し流行っていて、Hさんもそういう女性ソロアーティストにもかかわっていたが、「船頭多過ぎてかわいそうなんだよ」と言っていた。メジャーの若い女性アーティストの現場というのは、そういう感じなんだろうと想像はついた。Hさんはよくライブに来てくれて、ちょうど私は大学の四年生で、ソロの活動も始めたところだった。初めてライブをしたのは、「日吉Nap」というライブハウスだった。私はピアノがあってライブができる場所をネットで深夜に探していたのだが、ここならよさそう！と選んでデモテープを送った日吉Napは確かに「アコースティックライブ」を売りにはしていたが、ピアノはなかった。深夜のネット検索なんて、ろくなものではない。

そういう訳で、私は大学院時代に年何度かは日吉までライブをしに行っていた。そして大学院の友人たちもはるばる五、六人で聴きに来てくれたりしていたのだ。今考えると、下北も渋谷もすぐそばなのに、わざわざ神奈川まで行って何をやっていたのだろうと吹き出したくなる。そこにHさんも聴きに来てくれて、終わったあと、「寺尾さん、ソロがいいよ」と言われたのだった。

その後Hさんは日音が整理縮小されるタイミングで会社を辞め、ミュージックセキュリティーズという音楽ファンドを立ち上げたレコード会社に話を持ち込んで、外部ディレクターとして『愛し、日々』のレコーディングを進めてくれた。

エンジニアはMさん。アンジェラ・アキやSuperflyも手掛けるメジャー畑の人だった。Mさんによれば、アンジェラがご主人と独立騒動を起こした時は、業界側はかなり批判ムードだったらしい。会ったことはないが、私はそんな話を聞きながら、心の中で「アンジェラがんばれ」と思っていた。今も、「愛よ届け」という曲を歌う時はアンジェラ・アキのように歌うとうまく歌える気がしている。

Hさんとは『愛の秘密』まで仕事をした。人を見定めるような強い視線の印象的な、いて座のおじさんだったが、シャイな感じも併せ持っていたから相性は悪くなかった。今は自由が丘のはずれに「ikanika」というセンスのいいカフェを開いて店長になっている。ikanikaというのはHさんがレーベル名として名付けた名前でもあって、完全にミディレコード名義で出すことになった『愛の秘密』までのアルバムにはiML（ikanika MUSIC LABORATORY）のロゴが入っている。

Hさんのカフェではライブなどもたまに開催していて、私も一度出させてもらったことがある。バンドで二〇〇五年にアルバムを出したころにはすでに長女の父親Yと同居していたが、Yはよく「Hさんには感謝しないと」と言っていた。確かに、あのころ日吉のライブを見て、ソロの才能を認めてくれる人がいなければ、ソロ活動もなんとなくしりすぼみになり、バンドも売れないとくれば自信をなくして音楽の道からは遠ざかっていたかもしれない。

Hさんに「寺尾さん、ソロがいいよ」と言われた時に、ああ、私の音楽はHさんの人生の中で、一時的にせよその人の時間を割くべきビジネスになりうるものとして認めてもらえるのかもしれない、と思ったのを憶えている。それは小さな居場所かもしれないけれど、就職活動もせず、なんとなく院に進んで論文は書くつもりではいるが、どうやって生きていくのかまったく見通しがなかった当時の私は、とてもほっとしたのだ。二〇一六年、十周年記念に際してソノリウムライブ企画者のジョー長岡さんが作ってくれた冊子に寄稿してくれたHさんはこんな風に当時を振り返っている。

テープを聞いて、すぐにライブを見に行った。横浜の方の小さなライブハウスだった。一緒に行った会社の先輩は、「いいんだけど時間がかかるな」と言って会社の会議に持ち込むのを見送ったのだけれど、僕は会社云々という事より、早くこれをレコーディングしなくては、という思いを強く抱いた。CDを発売するとか、そういうこととは関係なく文字通り記録するという意味合いで。

これを読むと、むしろビジネスという視点を超えて、Hさんが私の音楽を捉えていてくれたことが伝わってくる。普通なら社内で相手にされないものに固執するほうが珍しい。けれど、これはいて座の冒険者魂のようにも思うのだけれど、Hさんは、そこを飛び出して新たな現場に導いてくれた。いろんな人のいろんなタイミングが重なって、人生は編まれていく。私はH

さんから直接聞いたことはなかったけど、まわりには「十年後、残っているか、どう聴かれているかが重要なんだ」と言っていたそうだ。とりあえず十年を音楽家として貫くことができて、Hさんに恩返しできたのだろうか。

ありがたいことに『愛し、日々』はいまだにずっと売れている。

御身

池ノ上に「ボブテイル」というカフェがある。駅前徒歩一分で、地下へ続く階段を降りて目の前に「シネマボカン」という映画上映ができる小さなバーがあり、右に折れるとボブテイルがある。

Thousands Birdies' Legsでのバンド活動を始めて音源も作って少ししたころ、東京造形大のサークルが作った映画の主題歌に二〇〇四年の自主制作盤『さすらいのホロネン』収録の「いのり」という曲を使いたいと言われた。造形大だったのは位置的に田舎の大学だったから人的交流があったのだろう。主演の女の子は私が中高時代主宰していたミュージカルサークルのメンバーだったミカちゃんだったが、特に連絡を取っていた訳でもないので、たぶん偶然だったのだろうと思う。その映画の上映をシネマボカンでやるというので、バンドメンバーで観に行った。その時、お店の人が買ってくれたものか、メンバーの誰かが渡したものか、シネマボカンに『さすらいのホロネン』が残された。それから、店長の渡辺さんが店内でたびたびこのアルバムを流してくれていたところ、隣のボブテイルの店長・羽場さんが、それを聴いて借り、ボブテイルでもよく流れるようになった。そしてボブテイルによく出入りしていたミディレコードのTさんが、流れているのを聴いて「これ誰ですか」という話になり、ある日私のHPにTさんから連絡が来たのだった。こうしてミディ社長の大蔵博さんと会うことになり、『御身』をミディのメジャーから出すことが決まって、二〇一四年までその後七年にわたるミディとの関係が始まった。ミディは一九八四年、大蔵さんと坂本龍一が中心になって作ったと聞いている。父は、そのころもう音楽活動はとっくにやめていたが、それ以前に大蔵さんには何度か会っているようだった。父がシュガー・ベイブのメンバーだったこともあり、大学時代もそのことが知れると「シュガー・ベイブの娘」と言われたり、音楽をやるようになってからも二世アーティストと言われたが、父が繋がっていた大蔵さんのミディから出すことになった経緯もまた偶然だった。

このころ私は大学院生をしながら、荻窪にある中央大学杉並高校で三年間中国語を教えていた。中学のころ川島芳子に興味を持って中国語を独学し始めた私は、大学を選ぶ時も中国語の教員免許が取れる大学を受験した。英語教師と違って、まだまだ高校で中国語を選択できる学校は少なかったから、必ず教師になれるとも限らなかった。ところが、たまたまゼミの先輩が、中大杉並の非常勤として中国語を教えていたが台湾に行くというので、後釜にと教授から中大に推薦してもらうことができた。中大の中国文学の教授たちの前で、その場で渡された文章を中国語で発音するという簡単なテストで、採用が決まった。

非常勤の三年間はとても楽しかった。丁度中国では反日デモが起こり、それが連日日本のテレビでも流れていたころで、そうした影響をもろに受ける高校生たちに、一歩踏み込んで考えてもらいたくて、新聞の切り抜きを配って書いてもらった感想を次週シェアして意見を交換したり、中国語の歌を合唱にしたものを譜面にしてみなで歌ってみたり、中国茶を飲みながら月餅を食べる日を作ったり、高校の授業の形をかなり逸脱していたが、自由にやらせてもらった。翌年は選択希望者が倍になったので、同じゼミの先輩が非常勤として来ることになった。

そんなころ、二〇〇六年の五月に「下北沢ラ・カーニャ」での初めてのワンマンライブがあった。ミディのTさんが「ラ・カーニャでやるなら、西岡恭蔵さんの曲でもどれかカバーしてみたらどうですか」とアルバム『Farewell Song』（一九九七年）を貸してくれた。その中の「Glory Hallelujah」をカバーしてみたいと思い、ピアノに向かった。自分でこの曲を歌い、ピアノを弾いた時の驚きは今でもよく憶えている。歌詞が自分の血管を通って血となって体中を巡るような気がした。それは曲を聴いて「いい曲だな」と感じ入った感動よりも、数倍大きな感動だった。「愛は生きること」「愛は唱うこと」と歌っている恭蔵さんは、自殺してもうこの世にいない人だった。この曲が私の中を駆け巡った時のことを、私は雑誌『クイック・ジャパンの』インタビュー（六七号、二〇〇六年）で、乞食になってもこの歌があればやっていけると思った、と語っている。「乞食になる覚悟」というタイトルを付けられてちょっと恥ずかしかった記憶がある。この時の記事を書いてくれた北沢夏音《なつを》さんや、『クイック・ジャパン』編集長だった森山裕之さんとの出会いも大切なものだった。その時どうして「乞食」という言葉がすっと出たのだろう。「やっていけると思った」というのは、必ずしも経済的な安定が得られるという意味ではなかった。そんなこと、駆け出しの新人には想像もつかない。ただ、私がこの歌を歌うことに「意味がある」と確信した。この曲は私を支えてくれる曲であり、私の演奏を通してこれを聴く人をも支え得る曲だ、という確信があった。「Glory Hallelujah」は今までもこれからも大切な曲だ。たまにファンの方の結婚式で呼ばれて演奏する時、それから特別なライブの時だけ歌う。

ラ・カーニャでの初ワンマンは、中高の同級生の他、のちに大林宣彦監督の娘婿になる漫画家の森泉岳土さんや北沢さん、森山さんなどの他に、堂島孝平さんのマネージャー冨永さんも来てくれていた。堂島さんの秋のツアーメンバーとして参加してくれないか、というオファーをもらっていたのだ。あとから知ったことだが、ソニーのアーティストである堂島さんのマネージャーさんに私を推薦してくれたのは、佐野元春のオフィシャルライターをされていた吉原《よしわら》聖洋《せいよう》さんだった。吉原さんは、たまたま恵比寿の「天窓.switch」というライブハウスを通りかかった時、ふと入ってみたのだという。それは調べてみると二〇〇六年三月二十日の「猫町、街風」というサイトウタクヤさんと私のツーマンライブだった。それから、堂島さんのマネージャーに「新人だけどよかったよ」と推薦してくれたらしい。私が吉原さんに会ったのは、秋の堂島さんのツアーファイナルの「広島クラブクアトロ」の楽屋だった。このツアー当時、完全に駆け出しだった私は、たいした働きもできずに終わったように思うのだが、冨永さんは「われわれはものすごい青田買いをしてるんですよ！」と冗談交じりに言っていた。

その時から十年以上吉原さんとは接触がなかったのだが、フェイスブックで繋がってから吉原さんが体調を崩されていることを知り、お見舞いに行った。私は、吉原さんがどんな人かほとんど何も知らなかった。病室で話し込んでみると、趣味が古墳めぐりだという。お祖母さん二人がそれぞれ忍者の術を伝える人だったり、霊能者だったり、吉原さん自身も目に見えぬ不思議なものをたくさん見る人だった。丁度吉原さんと再会する数か月前、私は鳥取大山《だいせん》で出雲の音楽家・歌島昌智《うたしままさとし》さんに出会っていた。歌島さんもまた、吉原さんとおなじく古墳めぐりを愛し、縄文の文化を追いかける人でもあったので、私はとても不思議な気がして、お二人を新宿の喫茶店で引き合わせた。二人が日本書紀や古事記のマニアックな話で盛り上がる中、私は嬉しくてニコニコしていた。このころ、沖縄本島のユタに相当する宮古島のカンカカリャであるデザイナー・宮川隆さんとも出会うのだが、この立て続けに不思議な人々と出会った時期は私の離婚がようやく成立した時期でもあって、おそらく自分自身の押さえ込まれていたエネルギーのようなものか、あるいは魂の深呼吸のようなものがやっと再開された結果のように感じた。

話が逸《そ》れたが、堂島さんのツアーに参加することで、私は非常勤講師の授業の代行を二回ほど頼まなければならなかった。国語や英語など代替教員が見付かりやすい教科とちがって専門科目でもある中国語は休むと、生徒たちにも申し訳ない。多少心残りがありながらも、三年目でやめることにした。

この区切れは大学院を出る区切りにもなっていた。本当は、「Glory Hallelujah」と衝撃的に出会ったことで私は三年目の修士課程を中退して音楽の道に進もうと決めていた。北京にいた指導教官にメールを書いて退学のＯＫをもらっていた。書きかけの修士論文はここでストップするつもりだった。しかし、北京に行った先生の代わりに臨時でこちらの指導教官になってくれていた菅原先生が、「まあ、最後まで書きなさい」と引き止めてくれた。菅原先生には開国時の黒船経験を日本側がどのように受け止め表現したか、ということを検討するゼミでお世話になっていた。たまたま私が書庫で見付けた資料でレジュメを作ると、「こんなものよく見付けてきたね」と褒めてくれたりする優しい先生だった。そこで踏ん張って論文を仕上げたが、二十人ほどの先生方に囲まれた論文審査会では酷評された。「これは評伝にもなっていませんね」「そもそも兵児帯と書いていますが、読めるのですか。読んでみてください」。私は「へこおびです」と答えながら、暗い気持ちになっていた。

「卒業後は音楽の道に進むとのことですが、それはいわゆるメジャーデビューなのですか」

「はい、メジャーです」

教授陣は軽くうなずいたり、視線を合わせ、審査会は終了した。メジャーといっても実態は非常にインディー的な会社ではあったが、そんなこと教授陣の知るところではない。私は重荷から解放される中でぼんやりとこの三年間のことを思い返していた。大学院生活にはそもそもあまりなじめなかった。都立大の研究室は学生たちだけが使うことができ、餃子パーティーをしたり、気の置けない雰囲気だったが、東大の大学院の研究室は事務の方がいて、教授も時折やってくる。閉鎖的な場所ではなかったし、学内から進学した人はよかったのかもしれないが、私にはあまりリラックスできない場所だった。都立大は全体に静かな人が多かっただけに、こちらの院に入学したての直後の合宿は、あちこちのグループで異様に白熱する議論に、カルチャーショックを受けたものだ。音楽を楽しむ会のようなものはあって少し参加したが、強烈な個性の先輩も多く、面食らうこともあった。

そんな大学院生活の中で一番印象に残っているのは、修士論文の中間発表の時だったと思う。私は東洋のマタ・ハリといわれた男装の麗人、川島芳子について卒論に引き続き調べていた。松本で芳子の顕彰を続けていた人たちが中心になり『真実の川島芳子』（二〇〇一年）という本を出版したのだが、これはノンフィクションではなく、芳子の残した和歌や詩をおさめた史料集だった。そのため、私も論文の中で何度もここから引用していた。すると、中間発表である先生から「『真実の川島芳子』とあるが、『真実の』などという形容を安易にしている史料を使っていいと思っているのか」という指摘を受けた。私は、これが誰かの著作ではなく史料集であり、原本のコピーも入手して照合しながら使うことを伝えたが、どこまで納得されたかはわからなかった。私は、「『真実の』などという形容を安易にする」、つまりアカデミズムから遠い一般庶民が出したようなものを信頼するのか、という教授の考えについて考えてみた。アカデミズムがそのような厳密さを求めることに一理あることはわかったが、それでも一般の人々にとって「真実の」という感覚は、「確かにある」よなあ、と思った。そんなもの「とんでもない」と遮断する感覚と、「確かにある」という実感とは果てしなく遠いように思われた。「内面」や「真実の」という言葉はアカデミズムの世界では禁句のようだった。禁句にして、独自の言葉と決まりごとを作り、人々の感覚から、厳密に物事を切り分けていくことで学問は進む。頭では理解できたが、一般庶民の感覚からあまりに離れてしまった厳密な決まりごとの中でしかものが書けないことは、ずいぶん窮屈だなあと思った。「内面」も「真実」もあるかもしれない、こうだ、と結論を出して明示することはできないかもしれないが、実態の一部分は明らかにできるかもしれない。それくらいのスタンスでものが書きたかった。

ミヒャエル・エンデは、「客観」という概念は十六世紀ごろフィクションとして設定され、当時の人々はそれがフィクションであることを知っていたが、今ではまったく正しいものということになっている、と言っている（『オリーブの森で語りあう』）。厳密に分析するための手法のひとつだった仮定にすぎなかったものが、まるで唯一無二の回答のような顔をして現在に至っている、という訳だ。客観性とは何か、人は深く考えぬままそれを語り、あがめている。

私はだからノンフィクション作家というよりはエッセイストと名乗りたいと感じている。いつでもひとりの人間の作り上げた、その人の感情の物語を知りたいと思っている。その人にとって、その出来事はどんな意味があったのか、投げかけられた言葉はどのように響いたのか、時には記憶違いなどもあるはずだが、それを含めて、その人が経験を通して感じたことに興味があった。言うなれば、その人の真実がわかればそれでよかった。人の数だけ真実はある。そうおおらかに捉えられる感覚の中で文章を書けるようになって本当によかったと思っている。

『御身ｏｎｍｉ』は坂本龍一さんと大貫妙子さんと星野源さんにコメントをもらうことができた。大貫さんは、長いコメントをくださった。

お父上が私と同じ釜の飯のシュガー・ベイブのベーシストだったからといって
「それとこれとは違うわ」
私は私、と言われそうですが。
まだお会いしたことのない紗穂さんの新しいアルバムを聴かせていただいて
やっぱり、あの父ありて、この才能！　と、思ってしまいます。
なにより、紗穂さんの歌詞が素晴らしくて。
瑞々しく、彼女の見る世界はこれから彼女が出会うことのすべてが
ここを始まりとして花開くことを予感させるものです。
私は、この世代の音楽もたくさん聴く機会がありますが
こんなに自分に正直な音楽は、いままで出会ったことがありません。

大貫妙子

今読み返すと、門出にあたってこんなに熱いエールをもらっていたんだなと、涙が出そうになる。

星野さんは「御身」を「おしん」と読んで、私の庶民的な雰囲気とぴったりだなと納得していたらしい。初めて会った時、高円寺の寿司屋の安いランチに誘ったから、そんなことを『クイ

ック・ジャパン』に書いてくれたことがあった。そのころ『クイック・ジャパン』主催で、星野さんとのツーマンライブが渋谷の「7th FLOOR」であって（二〇〇六年九月一日）、その打ち上げに文藝春秋の編集者、谷村友也さんが来ていたために、結果的に教授陣にこきおろされた修士論文が文春新書になり（二〇〇八年）、この時のライブを大林宣彦監督の娘さんが観に来ていて、「さよならの歌」が『転校生―さよならあなた―』（二〇〇七年）の主題歌になったのである。

娘の小学校のクラスで、休み時間はみんなで星野源の「恋ダンス」を踊っていると聞く今となっては、どれもこれも、遠い昔のことのようである。

風はびゅうびゅう

長女は逆子だった。骨盤の広い人の場合、胎内のスペースが広いので逆子になることも珍しくない。逆子になっても九割以上の場合、出産が近づけば自然と元に戻るとも言われている。しかし通っていた実家近くの助産院は、自然分娩にこだわるところだったので、なんとしても帝王切開を避けるために逆子は二十週辺りで直す、という方針だった。その日は、ちょうど午後から『風はびゅうびゅう』(二〇〇八年)のレコーディングだったが、午前にその「逆子をまわす」処置を受けなければならなかった。

最初は逆立ちだ。壁を使って逆立ちさせられ、そのまましばらくほうっておかれた。そんなことを繰り返しても一向に長女はまわらない。そこで、手でまわすということになった。ひとりの助産師さんがやってきて、おなかの上から足や頭を確かめてぐっとまわす。そういうことをしていると、おなかが張ってきてしまって苦しい。しかしまわらない。内心、もう最悪帝王切開になってもいいから、早くレコーディングに行かせてくれ、と思っていた。相変わらず助産師さんは粘っている。それでもまわらない長女。私はなんだかおかしくなってきて「あはは、どうしてまわらないんでしょうねー」と笑ってしまった。すると、その助産師さんはきっとこちらを睨み、「おかあさんがそんなだからまわらないんです！」と言われてしまったので、半年以上予約待ちの人気の助産院にしては、ずいぶんいやなところだなあと思った。私はそもそも、この助産院の食事指導が行き過ぎているように感じて、まったく共感できなかった。一週間分の献立をすべて記録して提出しなくてはならず「カタカナ食はやめてください」とのことだった。カタカナ食とはパスタ、ハンバーグなどのことである。最初は少しまじめに取り組んで書いていたが、もう最後のほうは嘘を書き連ねていて、嘘の献立を考え出すのにくたびれてしまった。何しろ、おにぎり（鮭）と書いても、「どうせフレークのでしょう」と言われるので、そんなの使ったことないよアホと心で毒づきつつ、「焼いた鮭です……」と返していた。いちいちやりとりが疲れるのだった。

さてまわらない逆子のために、助産師が二人増員された。三人がかりで人の腹を無理にまわすという荒業だ。無理にまわすと腹が張ってきて危険なので、それをゆるめる薬を点滴注射されながらの最悪の経験だった。長女にしても、さぞ怖い経験だったのではないかと思う。この時の痛みや、いらだちや不安に比べると出産そのものはきわめて牧歌的だった。それくらいこの逆子まわしは強烈な経験だった。

さんざんな過程を経てとうとう逆子がまわったので、私はようやくレコーディングに遅れます、と連絡を入れ、スタジオへ向かった。着いてすぐ歌ったのは「yuraruyuruyura」で、いつも3テイク以内でたいていOKテイクを出すのだけれどもだいぶ苦戦した憶えがある。疲れていたのだろう。次女三女はその後別の、おじいちゃん先生がやっている小さな病院で産んだ。そこは、カタカナ食だのなんだのとうるさいことは何もなく、出産後の入院食も普通にどーんとエビフライが出たりして、それだからといって母乳がつまることもなく、とても快適な産後ライフだった。個室の室内には日の光が入って美しく、静かで、ああ、死ぬならここで死にたいなと思った。

「風はびゅうびゅう」は、今でもたまにリクエストを受ける。心を病んだ人や、つらい経験をしてきた人に、この曲には特別な思いがあります、と言ってもらうこともある。私自身、嵐の中にいるような時期だった。深い自分という海の底をさまよっていたような気がする。それでも曲にすることで、がむしゃらに進んだ。軌跡を残すことだけが道だった。『御身』（二〇〇七年）のポップさに惹かれて手に取ってくれたファンは『風はびゅうびゅう』でいくらか離れたと思う。ブログで「『御身』はよかったのに、しくじったな」というような露骨な感想を書く人もいた。事実、もっともアレンジの少ない、ピアノが前面に出たアルバムだ。アルバムを吹き渡るのはただ風だけ。

でも十年の時が経ってみると、この地味なアルバムのファンが意外と多いことに気付く。私の好きな人も、このアルバムがとてもいいよと言ってくれる。めちゃくちゃな人生だったけど、そういうアルバムを残せたのだな、と思う。無風地帯とはまだいえない、やはりいくらかは安定に欠く今この場所で、ひと時、その幸せをかみしめている。

青い夜のさよなら

二〇〇六年から毎年欠かさずアルバムを作ってきて、二〇一一年はお休みしてしまった。そして『青い夜のさよなら』が二〇一二年のアルバムだ。あとからみたら、この不在の一年と大震災とがまるで結び付いたように、そのためにアルバムが欠けたようにとられるのかもしれない。ただ、ファンの方ならなんとなくわかってくれるかもしれないが、そういう訳ではない。私はアルバムを春に出すことに決めていて、そのためには前年の秋から準備し、遅くともその年の二月くらいにはレコーディングを済ませていないといけない。二〇一一年の春にアルバムを出せなかったのは、一月に三女の出産があったからである。

勿論それだけかと聞かれるとそうでない気もする。ひとつには前作の『残照』(二〇一〇年)がそれまでやってきた形態でのひとつの終止符であり、ターニングポイントになった、ということも関係しているかもしれない。少しひと息つくのもいいのかな、そんな気分だった。

そんな折、我が家のポストには心当たりのない郵送物が、しばしば届いていた。よくある話だろう、前にこの部屋に住んでいた住人への郵送物である。一応捨てないで保管していたものの、連絡の取りようがなく、どうしたものかと思っていた。郵送物の中には音楽関係の会社からのものもある。もしかして彼はミュージシャンなのだろうか。なんだかわくわくしてネットで名前を調べてみると、どうやらクラブシーンで活動している人のようであった。連絡を取ってみたいが、彼は今どこにいるのだろう。そんなある日、再び彼に宛ててJ銀行から「重要」と書かれた郵送物が送られてきた。これは彼の手に渡らないと、まずいのではないか。何しろ「重要」なのだ。再びどうしたものか考え始めた時、私は自分がフェイスブックを始めていることに気付いた。もしやと思って検索してみると、同名の人が二人現れた。そのうちのひとりにメッセージを送ってみると返信が来たのである。こうして私は大森琢磨という謎の人物と邂逅し、彼が、『残照』を契機に近しくなったライターの磯部涼や、なぜか私の楽曲に興味を持ってくれ、ライブにもちょこちょこ来てくれているらしいCrystalとも繋がっていることを知るのである。大森さんが掟ポルシェという人のアレンジを手がけた時は、今の私の部屋であり彼のかつての部屋303号室にてレコーディングをしたらしく、その時何があったか知らないが、掟氏はこの部屋を「やけくそスタジオ303」と命名したとのことである。

大森さんは私の住んでいる部屋を出てもまだ近くに住んでいたので、最寄り駅近くの魚の美味しい定食屋で会うことになった。クラブに出入りをしたことのない私は、どんなバリバリに決めた怖いお兄さんが出てくるのかと内心ビクビクしていたが、現れた大森さんは、『魔女の宅急便』に出てくるトンボみたいな、ひょろっとして、めがねの優しそうなごくごく普通の感じの人だった。私は牡蠣フライ定食でも頼んだのだろうか、鯖の味噌煮定食だっただろうか、忘れてしまった。大森さんはビールだけ頼んで「いやあ同じ音楽を作るでも僕と寺尾さんの間には大きな壁というか違いがありますよ。ことにライブパフォーマンスという点においてね」といったようなことを飄々とニコニコと話すのだった。

お互いの音源を交換した私たちは、せっかくだから試しにコラボしてみましょうと、大森さんが気に入ってくれた「夕まぐれ」を大森さんアレンジでおまかせした。するとちょうど二十二世紀のセンチメンタリズムといった感じの、未来感溢れるすばらしいアレンジになって返ってきたのである。私は大森さんとの運命的な出会い、そして気が付くとCrystalさんやイルリメさんなど電子音楽系の人々との繋がりがいつのまにかできてきていることの不思議について考えた。面白いことが始まる、そういう確信が強くあった。

『青い夜のさよなら』はそもそも冒頭の一曲「道行」に付けようかと思っていたタイトルだ。アルバムが出て少しすると私は次のアルバムについて考え始めるので、そのタイトルも二〇一〇年に考えていたものだ。けれど、あの大震災が起こって、「夜」という言葉はどうも字義を超えて、あの惨事以後を連想させる単語になってしまったような気がするのは、私だけであろうか。

リトルモア主催の「夜を歩く地図」というトークイベント（二〇一二年一月十日）に誘われた時も、やっぱり「夜」について考えていた。「明けない夜はない」、そんな聞き慣れた言葉の使い方は自分には大変つまらないものに思えた。

この夜は明けない。放射性物質が降り積もり、染み込みゆく暗闇の中で人々の目はこれまでになく冴えきっている。不謹慎と言われるかもしれないが、私はとてつもなくたくさんの人が覚醒しているこの夜を美しいと思う。夜の闇が深ければ深いほど、人間の瞳に映る星の数は増えていく。過剰な都市の光、光害に、夜空の星に心寄せる人々は昔から心痛め憤ってきたが、3・11以後、電気の作られ方に、使い方に、それを取り巻く巨大なシステムに大きな疑問が投げかけられた訳だ。原発労働者や公害を追い続けたジャーナリストが大手の週刊誌でインタビューを受け、一部の歪んだアカデミズムの世界において、不遇の中で科学者としての良心を守ってきた人たちが、テレビに出て人々に言葉を届かせることができるようになった。あたかも都市の光が弱まっていく中で、空の星がひとつまたひとつとまたたき始め、人々がその闇の中で、暗さに目を慣らし、じっと空を仰いで、小さな星を次々とみとめていくかのようだ。私はその闇の深い青に希望を感じている。

三月のある日、下高井戸の喫茶店で石川直樹さんにジャケットに使わせていただく写真を見せてもらった。石川さんは私にアルバムのタイトルを尋ねた。青い夜のさよなら、と答えると、石川さんはとてもきれいだね、と言った。そして、私が気に入った一枚の写真――ジャケットの裏に使われている月の祭りの写真――について、こう教えてくれた。

「夜通し祭りをするんだ、みんな山に集まってきて。日が昇る前に別れる、それこそ青い夜のさよならなんだ」

石川さんはそう言って、ネパールに旅立っていった。今ごろエベレストの近くの山からエベレストを眺めているはずだ。「今回は寺尾さんの曲をたくさん持って行きます」とメールにあったから、このアルバムの収録曲のどれかを、とんでもない場所で聴いてくれているかもしれない。

世界中を旅する石川さんの知っている青い夜、そしてさよなら。私には想像のつかない青色、そして別れ。いろいろ書いたけれども、このタイトルを、このアルバムを二〇一一年に縛り付けてしまうことはしたくない。このアルバムを聴いてくれたあなたの、青い夜、そしてさよなら。それらがあなたの中でにぶく疼き、おのずと音を奏で、光を放ち始めたなら、それが一番、嬉しい。夕まぐれの空に一番星を見付けたように。

楕円の夢

私の高校時代が地学の教師への恋で占められていたことは、前のエッセイ集にも書いているし、ライブのMCでも「ねえ、彗星」を説明する時には、ほぼ必ずひっぱり出す話だ。先生の授業は、七割くらいが雑談で占められていた。自分の痔の話から、ちょっと真面目な話まで幅広かったので、私はそのほとんどをノートにとっていた。まさに「聞き書き」の時間であった。先生が説明してくれた事柄の中でも特に印象的だった話がいくつかあって、ひとつは彗星が流星のお母さんだ、という話、それからケプラーとその師チコ・ブラーエの話だった。チコは相当の変わり者だったが、天文のデータ収集は膨大であったこと、チコのそのデータを使って、ケプラーは惑星の軌道が楕円であると証明したこと。これによって、キリスト教的宇宙観では絶対であったはずの円が否定され、真円によってつくられた宇宙観が覆されたという話だ。科学者というのは、地道な検証によってそうやって科学的に常識を覆していくのだな、とその時は素直に感心したのだったが、実はそう単純な話でもないようだった。後日、高校三年の物理Aのレポートでケプラーの宇宙観を調べていた時、ケプラーがそれぞれの惑星の運動をもとに、惑星の奏でる音階を模索していたことを知った。ケプラーは楽譜でそれを表現してもいる。しかし、これも彼にとって簡単な作業ではなかった。ケプラーは宇宙の調和を証明したかったのだ。惑星の公転周期、体積、太陽からの距離、惑星の最大速度と最小速度との比率、ひとつの惑星がひとつの長さの一単位を通過するのに要する時間……ありとあらゆるデータとにらめっこをして、彼はそこに調和を見出し、譜面にしようとした。最終的に、でき上がった楽譜によると、地球のテーマは「ミ・ファ・ミ」だった。これをもってケプラーはmisery（悲惨）とfamine（飢饉）とにゆれる地球を指摘している。結局のところ、惑星の楕円軌道の発見という革命的な事実は、当人にとってもその調和観からはみ出るものであったらしい。だから、まるで遺憾といった口調で、一六〇四年十二月十八日の手紙で、ヨハネス・ケプラーは知人に宛てて次のように書いている。

まるで火星の軌道は完全な楕円であるかのようです。しかしそのことについては、今のところ私は何も調べておりません。

円が体現する調和という考えはそれほどまでに、魅力的なものだった。逆に楕円から調和を見出そうとすることは至難の業だったのだ。かのコペルニクスも「楕円にたまたま出くわし、それを脇へ蹴飛ばしている」と、アーサー・ケストラーがケプラーの伝記（『ヨハネス・ケプラー近代宇宙観の夜明け』小尾信彌／木村博訳）の中で書いている。しかし、充分なデータを目の前にしたケプラーに、それを蹴飛ばすことはできなかった。しかし、心情的にはいつまでも「調和」を追い求めた。その表れが惑星を音階であらわした楽譜だった。高校生の私は不思議な宝物を見付けたような気持ちで、物理のレポートにその楽譜をコピーして貼った。

『楕円の夢』のリリースは二〇一五年だったが、レコーディングは二〇一四年一月に行った。その年中に出せなかったのは、まだミディに在籍していたからだ。二〇一五年がようやく私の契約期間が終わる年だった。あしかけ八年も在籍したミディについてはいろんな感情があるが、アーティスト育成のゆりかご的な役割を果たしてきた重要さは言うまでもないだろう。振り返ると、八年もいた（後半は「いなければならなかった」訳だが）のは、長かったかな、とも思うけれど、「一作の売れ行きだけで、その将来性を見ることはできない」という社長の大蔵さんのポリシーのもと、次々にリリースさせてもらえる環境は、貴重だったと思う。二〇〇七年の三〇〇〇枚リリースの『御身』をピークに、時代はＣＤが売れない時代に突入していた。私の作品は、その後もその記録を超えることはなく、ＣＤ低調の時代にしてはまずまずの記録を残してきただけだ。「いわゆるメジャー」にいたら切られていたことは間違いない。そして、もしそういう経験を経ていたら、音楽をやめていたかはわからないが、精神的にも時間的にも回り道はしたかもしれないと思う。大蔵さんには公私にわたってお世話になった。

二〇一二年から二〇一四年ごろというのは、私にとっては激動の時期だった。そのほとんどは多分おばあさんになってからでないと書くことはできない。闇と光と強烈なコントラストの時間を生きていた。そして、確かなのは、アルバム『楕円の夢』がその渦中で次々生まれた曲たちでできているということだ。そのころは、一歳から四歳の三姉妹を抱えて、今ほど経済的にも安定していなかった。三女が生まれて二〇一一年の夏ごろから、近所の小さな貿易会社で貿易事務の仕事を始めたが、それは「足し」にすぎなかったし、ライブや原稿料が少ない月はやりくりが大変だった。地方ライブから帰ると電気がつかなかったり、もらったばかりのギャラでようやく電気代を払ったりしていた。次女三女の父親は、家賃は入れてくれたが別居しており、その他生活費は私が払っていた。『真夜中』という今は休刊してしまった季刊誌で、そのころ南洋についての長編連載を持たせてもらっていたので、数か月一度入るそのギャラでなんとか回っていたのだ、と振り返って思う。不思議と悲壮感はなく、子供たちがドアをあけて電気のつかない部屋に「えー」、と言う中、ちょっと面白い気持ちになって、ごめんごめんと笑っていた気がする。

あのころに比べると、生活がずいぶん安定した。地方でライブを企画してくれる人が年々増えた。二〇一三年の後半だったか、あだち麗三郎が「バイトを完全にやめた」といったので、私もやめることにした。こういうことは多分直感で決めていいのだと思う。

社長がもう少しだけやって欲しいというので、二〇一四年の四月までバイトを続け、貿易事務の仕事をやめた。気付くとライブのギャラも上がっていた。調べ続けていたものが本になり、本が出ると、書き仕事も増えた。昔から、なんとかなる、と思ってきた。現在はその楽観と幸運の結果だと思っている。

つくづく私の人生はイレギュラーだ。未婚の母として長女を産み、そのまま次女三女が生まれた。三女が生まれて翌年、一度結婚することになったが、結局離婚に大きな労力を使った末、今は無事シングルに戻った。二〇一八年四月から朝日新聞の書評委員をしているが、十九人中私を含め五人が女性だ。私以外の四人は、大学の学長、大学の研究者、文芸評論家、作家。「お子さんがいるのは寺尾さんおひとりです」と朝日の人に言われ、驚いた。「お子さん」を未婚で三人も生んでしまった私。こういうの、やっぱり無軌道な人生っていうのかしら、と思った瞬間だった。

結婚式をしたことはないが、呼ばれて歌うことは多い。お祝いに式で歌ってあげたカップルも、幸せに子供と暮らす人もいれば、別れたり、家庭内別居だったり、という人たちもいる。それぞれの人のことはさておき、結婚なんてあせってするものではないなと思う。別にあせってした結婚ではないのだが、結果的にめんどくさいことになってしまった。もう少し年をとって、人間が練れてから、パートナーとお互いにしたければ結婚すればいいんだろうな、と今は思う。

尾崎翠という作家を知ったのは大学時代だ。たまたま古書店でちくま日本文学全集を手に取った。独創的な作品を残しながら、後半生はひっそりと郷里の鳥取で市井《しせい》の人として生きた作家。東京から鳥取へ、兄に連れ戻されたのは精神を病んだためと言われているが、姪や甥の世話をしつつ、行商などもしながらたくましく生きていたと言われる。彼女の作品は、フェミニズムの人たちも注目しており、「不遇の女性作家」といった従来の見方から、後半生の鳥取時代の生き生きとした翠像についても、彼女たちによって光が当てられてきた。

私は、ねんじゅう、こおろぎなんかのことが気にかかりました。それ故、私は、年中何の役にも立たない事ばかし考えてしまいました。でも、こんな考えにだって、やはり、パンは要るんです。

翠は「こおろぎ嬢」という作品の中で主人公にこう独白させている。正確には、主人公は図書館の食堂で産婆学の勉強をする女性に向かって心で語りかけているのだ。産婆というのは、国家資格であり、当時の女性が学ぶ学問としては立派な「実学」だった。富国強兵の時代、世の中の空気にもぴたりと合った職業のひとつだろう。そんな資格の勉強にのめり込む相手に比して、こおろぎ嬢の明日は心もとない。「霞を吸って人のいのちをつなぐ方法。私は年中それを願っています」と独白は続く。

私も「こおろぎなんかのこと」が気になる人間だ。木が風に揺れる様、はとが藪でかさりと立てる音、砂地ですずめが砂あみする愛らしさ、野生化したインコが鳴く声や羽の色、庭に洗濯物を干しに出るとあわてて逃げて行くとかげのしっぽ。雑木林に戻って行くヘビの行方を視線で追い、コンクリートに出てきてしまったミミズを土に戻し、なんという虫か知りたくて道路にしゃがんで、写真を撮る。生き物のことがいつも気になっている。だから、こおろぎ嬢の気持ちがわかる。

母校都立大学の「大学改革」の時、人文学部が縮小されるとなって駅前で学生有志で改革の実態を伝えるチラシを撒いたことがある。その時に「文学なんていらないだろ」とサラリーマンの人に言われたのは苦い思い出だが、文学とか詩とか芸術とか、「実学」とは到底言えない道を選ぶ時、そこには「食えるかわからない」不安定がつきまとう。そんな不安を超越したところで表現を続けていたのが、山谷で出会った坂本久治さんだった。「食えるかわからない」そのことで多くの人が文学や芸術の道をあきらめる。それぞれ葛藤はあったにせよ、彼らは「立派に食えなきゃ意味がないし、結婚も子育てもできない」という世間に通用するひとつの常識の中に自らを適応させていった。男性は特にそうかもしれない。坂本さんは土方仕事の怪我から生活保護になった、ただ好きだった絵を手放さなかった。ひとつの道を選んだからといって、自分のやりたいことをあきらめる必要はないし、それが生涯副業や趣味として続くのであればすばらしいことだ。アメリカなどはそういう考え方が割と多く、セミプロや趣味で音楽をする人も多いと聞く。日本では、どこかひとつの道をきわめてこそ、という職人至上主義のような考え方があるのか、二足のわらじは中途半端に見られたり、好奇の目にさらされたりもする。インタビューされる時も、音楽と執筆どちらが本業なのですか、と必ず聞かれたりするので、どちらが本業か決めないとだめですか、と聞き返したくなってしまう。坂本さんも路上生活経験者からなる舞踏グループ「ソケリッサ」もそうなのだが、文学や芸術はもっともっと一個人に開かれていいものだと思う。誰がいつ始めてもいい。その巧拙やレベル如何《いかん》に最後までこだわる人もいるだろうが、一番大切なのはひとりの人間にとっての切実な表現と喜びがそこにあるかどうか。それから、それを認めて受け入れてくれる人が身近にいるかどうか。これは、人の幸福を決める大きな要因であり、人が生きていく上で、最強のセーフティーネットになりうるとも思っている。

「社会の役に立たないからなくてもいい」「レベルが低くて中途半端だから価値がない」。こういう硬直した考え方を前に、しなやかに返答し続けるものが、芸術であり文学ではないかとも思う。私はだから、産婆になろうとする女を前に、ためらいがちに逡巡するこおろぎ嬢をいとおしく思うし、確《しか》と出ることのない答えを探してうろうろしている姿にエールを送らざるを得ない。私が尾崎翠を好きなのは、ひとつには食や味覚、嗅覚と感情に訴える表現が多いことがあげられるけれど、ちょっと踏み込んで述べるのなら、こういう遠慮がちで鈍くさい人物を描きながらもにじみ出てくる、知性のようなものに共鳴するからだ。

二〇一三年、私は隠岐島《おきのしま》の音楽フェスに呼ばれ、子供たちと一緒に鳥取から三時間船に乗って島に渡った。その帰り、鳥取で一泊したが、この時「尾崎翠資料館」を併設する「花屋旅館」に泊まることができた。この時、資料館で直筆の手紙など興味深いものを落ち着いて見る暇もなく、騒ぐ三人娘にはらはらしつつ長居はできないことを観念し、毎年鳥取で行われているらしい「尾崎翠フォーラム」の過去の小冊子に手を伸ばした。奥付を見ると、主催者の連絡アドレスが載っている。私はそれだけをメモし、後日その主催者に簡単な訪問の感想と尾崎作品への思いを書いて送った。主催者は、土井淑平さん。後日一冊の本が送られてきた。『尾崎翠と花田清輝　ユーモアの精神とパロディの論理』。二〇〇二年に出された土井さんの著書だった。

私はこの時まで土井さんのことを、地元の文学好きの教育関係者のような人かと思っていた。しかし、そのプロフィールを見て驚いた。土井さんにはこの本以外にもたくさんの著書があり、それらはすべて文学の本ではなかった。土井さんは元通信社の記者であり、地元鳥取の市民運動や環境運動に関わってこられた人だったのだ。著書には原発容認論でも知られる吉本隆明の思想を批判するものや、人形峠のウラン鉱害裁判についての小出裕章との共著もある。のちに鳥取でライブを重ねる中で、鳥取青谷《あおや》の地に原発建設の話が来た時に土井さんが地元で学習会などを重ね、婦人たちと反対を勝ち取った経緯もあると知った。青谷は私の曽祖父の兄、白石多幸が明治四十三年に牧師として赴任した伝道所のある土地でもあり、不思議な縁を感じた。

土井さんが送ってくださった尾崎と花田を扱った本を読み始めると、花田の魅力が伝わってきた。そして、花田の「楕円幻想―ヴィヨン―」について触れられている箇所で私は、例のケプラーの楕円を思い出していたのだ。

ヴィヨンとは近代詩を開いたともいわれる十五世紀のフランスの詩人だ。殺傷を犯すような荒くれ者だったヴィヨンについて花田はこう書いている（「楕円幻想―ヴィヨン―」）。

ひとは敬虔であることもできる。ひとは猥雑であることもできる。しかし、敬虔であると同時に、猥雑であることのできるのを示したのは、まさしくヴィヨンをもって嚆矢《こうし》とする。

当たり前のことだが、ひとりの人間を一言で言い表すことなどできない。人は矛盾したものを抱えて生きている。私がこの花田の言葉を読んで思い出したのは、十六世紀から十七世紀のイタリアを生きた画家カラヴァッジョだ。彼もヴィヨンに負けず劣らずの暴れ馬で、殺人も犯している。敵対者からの襲撃を恐れながらの流浪の旅の末、ローマに戻る途中で死んだ。私がカラヴァッジョの作品に触れたのは高校の美術史の授業だった。彼の作品は宗教画でありながら、どこまでも写実的で、聖人たちもその辺の酒場にいる人びとをモデルにして描かれていた。マリアにひざまずく農家の老夫婦までもがキャンバスに描かれ、その足裏は泥で汚れていた。聖と俗は遠く隔たったものではなく、すぐ隣り合わせにあることをカラヴァッジョの絵はありのままに表現していた。私はこの画家の不遜な表の顔と、しかしその絵ににじむ真摯な信仰心に魅せられていた。彼は首を切られたゴリアテという醜い巨人の顔を描く時に、そこに自画像を描いた。己の醜さとそこから救いを求める心。芸術の中でしか表現しえなかった孤独な画家の本心が伝わってくる気がした。カラヴァッジョの光の表現には画期的なものがあり、近代絵画を開いたとする見方もある。絵画と詩の世界において、時代を画す作品を残した二人が、そろってアウトローのならず者だったことは興味深い。

いうまでもなく楕円は、焦点の位置次第で、無限に円に近づくこともできれば、直線に近づくこともできようが、その形がいかに変化しようとも、依然として、楕円が楕円である限り、それは、醒めながら眠り、眠りながら醒め、泣きながら笑い、笑いながら泣き、信じながら疑い、疑いながら信ずることを意味する。これが曖昧であり、なにか有り得べからざるもののように思われ、しかも、みにくい印象を君にあたえるとすれば、それは君が、いまもなお、円の亡霊に憑かれているためであろう。

花田の文章が瑞々しいのは「楕円幻想」に限ったことではない。その古びなさは、不思議なほどである。こちらかと思えばあちらからも見、また別の角度からも述べてみる、という彼の文章のスタイルが、時代を超えて知性とは何かということを体現しているようにも思われる。何かに固執したとたん、それは古び始めるのだ。なぜなら現実は常に複雑であり、いつも変化しているから。複雑で微細な現実のうち、ひとりの人間が見ることのできる部分なんて、あまりにもわずかなのだ。そのことを花田はよく知っていたのだと思う。

人間は立往生する。これら二つの焦点の一つを無視しまい。我々は、なお、楕円を描くことができるのだ。それは驢馬にはできない芸当であり、人間にだけ——誠実な人間にだけ、可能な仕事だ。しかも、描きあげられた楕円は、ほとんど、つねに、誠実の欠如という印象をあたえる。諷刺だとか、韜晦だとか、グロテスクだとか――人びとは勝手なことをいう。誠実とは、円にだけあって、楕円にはないもののような気がしているのだ。

花田の文章も見る人によっては、日和見的な印象を受けるかもしれない。視点は次々と移って行く。日和見、という言葉を使う時、私はある人の言葉を思い出す。その人は、私が学生時代バイトをしていた塾の塾長だった。バイトの仕事は二つあって、ひとつは塾の受付事務の仕事。それから世界中を旅して子供たちの写真を撮り、写真集を作ってきた塾長の出版の手伝いの仕事。私はこの出版のほうの仕事が大好きで、彼が撮ってきた世界中の写真を整理したり、のちには塾長が父親の残した短歌をまとめた歌集を作るのに、国会図書館まで行って、和歌の載っている雑誌をコピーしてきたりする作業を楽しんでいた。塾長はたまに中華料理をご馳走してくれて、その時いろんな話を聞いたが、特に鮮烈な印象を受けたのは、塾長が早稲田に入ったころの大学紛争の話だった。

「僕はそういうのは一切やらなかったの、まあ当時はそういうのは日和《ひよ》ってるって言われたりしたけどね」

私の父の世代は、団塊の世代よりも少し下だったから、高校生の時早熟な（？）父がそういう活動に足を突っ込んでいて「石を投げた」とかそういう話は少し聞いたことがあったが、父自身は大学で落ち着いて勉強できた世代だ。

「僕がそういうことやりたくなかった理由はね、彼らは大学の椅子やなんかそういうものみんな壊したりしたんだよ。でも、それって誰かが作ったものなんだ。誰かが作ったものを壊すようなことは間違ってる。そういうことはしたくなかった」

私は高三の時、文化祭のクラス劇でつかこうへい作の「飛龍伝」をやったことがある。樺美《かんば》智子役だった。デモのさなか、混乱の現場で圧死した東京大学の女子大生だ。二十歳の誕生日に共産党に入党している。今調べていて気付いたが、私の誕生日の翌日だ。劇の中では「神林美智子」とされていた。「あのころ」のことを知りたくて、脚本チームで職員室へ行って、団塊の世代の先生に話を聞いたりもした。「なんというか、傷なのよね……」とある先生は言った。結局変えられなかった、そのことについて学生運動の渦中にいた人びとにとって、ひと言でいえないものが渦巻いていることを高校生ながらに感じた。しかし、そういう運動を間近で見ながら距離を置いた人の言葉を私は塾長の口から初めて聴いた。そして、心を揺さぶられた。信念を持って突き進むことと、立ち止まって考えること。この時必要だったのはどちらだろう。必要だった、も不必要だった、もないのかもしれない。ひとつ言えることは、大切なものはいつも見えにくくなる、ということだろう。左翼学生たちの運動の顚末は、椅子の破壊どころではなかった。あることを熱心に思い込むあまり、何かが変質していく、そういうことは人間の生きるところ古今東西あまねく起こっている。確かなことは、「日和見」だった塾長の言葉が、私の中で、学生運動の熱狂の対岸に静かにもうひとつの焦点を穿ったということだ。

花田も「立往生する」と書いている。楕円とは、不変ではなく変化を暗示する形だ。留保し、立ちすくみ、また動き出す。絶望も苦痛も終点ではなく、途上だということ。楕円の示す希望にあこがれながら、私は自分を突き放し、励ますためにこの曲を作ったような気がする。

それでも歌は不思議だ。アルバム『楕円の夢』のマスタリングの日、ＩＳに後藤健二さんが殺された。マスタリングルームで聴く「いくつもの」という収録曲が後藤さんの曲に聴こえた。後藤さんを殺したものは言うまでもなく、偏狭で硬直した思想で、その意味で運動を止めた円的であった。「世界の枯れるその日」がやってくるとするならば、それは円的な応酬の果てにもたらされるのだろう。ケプラーもプトレマイオスもそうだったように、わかりやすく美的な円に惹かれる心を人は持っている。自らの中の円的なものを見つめながら、思考し続ける人だけが、楕円の境地に至れるとも言えるのかもしれない。それはまさに、理想として追い求めるに足る、夢のような話なのだ。

たよりないもののために

二〇一三年二月五日、松井一平からメールがきた。

ECD石田（義則）さんの奥さん、植本一子さんていう写真家に最近会ってね、すごく仲良くなったんだけどぜひ紗穂さん会わせたいなあ。なんかおもしろい組み合わせな気がしてぴんときた。

ECDの奥さんだ、と思って「会いたい」と返事をした。ECDのエッセイは私がサイパンのことを連載していた季刊誌『真夜中』での連載でいつも読んでいて、ずいぶん進歩的な男性だなーと思って気になっていた。しかし、これを奥さんの側から言わせると結構違う話だったりするのかしら、などと思っていたところだったのだ。

子供二人いるし境遇（にてる）っていうか、なんとなく真っ直ぐなエネルギーが紗穂さんと会ったらおもしろいなあとおもってる。下北沢に事務所を借りたらしいので、こんど一緒にいこ。

と一平さんから返事が来た。一平さんとは、二〇一二年九月に出会ったから、それからまだ五か月目くらいの時だ。一平さんと出会った日のことはよく憶えている。その日は柴田聡子のライブのゲストに呼ばれていた。西麻布の「新世界」というライブハウス。柴田さんのアルバムなんかを出していたDJぷりぷり（当時は金太郎の格好がトレードマークだったかな）という変わった男の子がマネージャーみたいなことをしていたが、その日私はアルバム『青い夜のさよなら』からジャケットなどのデザインを頼んでいる山野英之さんが、できたばかりのヒカリエで展示をしているというので、六本木でリハが終わったあとの時間に見に行こうと思っていたのだ。ぷりぷりくんにそのことを言うと、これどうぞ、と自転車の鍵をくれた。西麻布に自転車で来てるなんてどこに住んでるんだろう、浅草橋天才算数塾とかなんとかっていうのを運営してるから下町のほうかと思ってたけど……と若干戸惑いつつ、ありがたくぷりぷりくんの自転車にまたがって、坂道を駆け下りて渋谷へ向かった。ヒカリエ八階の山野さんの展示部屋を覗いてみると、誰か男性がいる。やせたヨンさまみたいだ。柔和で中性的な感じの青年だったが、これが一平さんだった。山野さんの展示の一画で、一平さんの展示もしていた。そういえば、山野さんが、寺尾紗穂とTEASIが好きという話をよくしていて、そのTEASIのフロントマンが一平さんだったのだ。画家でもあり音楽家でもあった。一平さんの絵はいつか夢でみたような。モノクロームの不思議な風景画が多くてぐぐっと引き込まれた。いつかジャケットをお願いしたいな、と思って、帰ってメールをした。そこから、いろいろと音楽以外のことを（多分私が音楽の話題を知らない、というだけですが）話し合ったりする仲になり、『おきば』という画文集を作ったり、7インチを出したり、一緒にかしぶち哲郎さんのトリビュートに参加したりもした。彼のペインティングと私のライブのコラボ「おきば」はいまだに地方公演に呼ばれたりして、断続的に続いている。『ウェブ平凡社』で書かせて貰っているルポ（？）「山姥《やまんば》のいるところ」の題字も一平さんが書いてくれている。

初めていっちゃん（植本一子）と会ったのは、冒頭のメールをもらって割とすぐだったはずだ。上北沢駅で待ち合わせてホームで一平さんと私のアー写を撮って貰った。この時のいっちゃんの写真の撮り方は、なんていうか、舞を見ているような、小鳥が早口でさえずっているのを聴いているような、無駄がない素早い動きで、こういうの天職っていうんだろうなーと若い才能に出会った気がした。写真も、他のカメラマンが逃してしまうような表情を捉えていてすばらしく、私ってこんな表情もするんだなあと驚かされた。いっちゃんは私の中でたちまち若き天才として認識された。
家族のこと、恋愛のこと、いっちゃんと話してみると、そのすべてはわからなかったけれど、似たような問題を抱えている私にとっては、話しやすい相手だった。しなくていい経験まで後追いでかぶったりしていて、ご機嫌ないっちゃんも、ぼろぼろないっちゃんも、常に近く、ではないかもしれないけれど、確かに見てきた。そういう、たまにそっと落ち合って話をするのが私たちの関係だった。いっちゃんはふたご座で私はさそり座。あんまり接点のある星座ではないのだけど、違い過ぎるゆえに、近過ぎない。意外と長続きする関係でもある気がしている。いっちゃんはいろんなことを隠さずに文章で発表していた。一連の文章とその発表は勇気ある、と形容したくなるような内容だったけれど、勇気というよりは、そうせずにはいられないという勢いがあって、こういうことをよくぞ書いてくれたという熱烈なファンがいた。一方で、敵も多く作っていた。少女のようでもあり、年上の人のようでもあった。果敢な人であるのは間違いない。

私は二〇一五年の秋にようやく離婚が成立し、その後数か月の間に、いわゆる霊的なものが見える人に偶然の形で次々と出会っていた。いずれも、本職の人々ではなく、職業はミュージシャン、音楽ライター、デザイナー。この人たちとの出会いがなければ、『わたしの好きなわらべうた』はああいう形ではでき上がらなかったし、『たよりないもののために』も生まれなかったかもしれない。私にとって彼らと出会ったその数か月は自分が大きく深呼吸できるようになったような、自由な気持ちとわくわくした感覚の中にあった。そして私自身、まだ寒さの残る明治神宮の芝生を歩いている時に、不思議なつむじ風を見たのだ。一緒にいた人もそれを見て、不思議さに顔を見合わせた。目に見えないものたちは、多分世界にあふれているんだ、と直感した。昔、ちょっと怖い体験は大阪の古いライブハウスでしたことがある。でもそういう暗い場所にいる寂しい霊魂だけでなく、もっとたわいなく、邪気のない、空気や風のように存在するものたちの存在を感じた。

『みやこ』という画集が今度出るのですが、とリトルモアの編集のKさんから連絡があって、その末尾に文章を寄せてくれないか、と言われたのは二〇一六年一月のことだ。作者はデザイナーの宮川隆さん。宮古島出身で、宮古の霊能者、カンカカリャでもある。文章を寄せるにあたって、リトルモアまで実際の絵を見せてもらいに行った。宮川さんの事務所はリトルモアの地下にあるということだった。

　どうしてこんなものを描いてしまったのかわからないんです、と宮川さんは絵を前にして戸惑うように話し始めた。オウム真理教事件のあとから描き始めたという絵が今回初めて画集としてまとめられるということだったが、その絵は確かに狂気を感じるほどに細かく、しかし、病的な感じはせずに、いのちの連なりや存在を感じさせるものだった。私は以前から惹かれていたアサリの貝殻の紋様をイメージして、ぴーんと宮川さんの絵が好きになった。宮川さんは絵について、ひと通り意味のようなことを少し遠慮がちに説明していたが、その様子は自らの作品について語るというよりは、託されたものの意を思いつつ語る、というのに近く、媒介としての宮川さんの存在を強く感じさせた。その中で印象的だったのは、絵を描き始めた時の心境についての話だった。

「たとえば愛というものを、なんで表現できるか。どのように伝えられるか。踊りや歌は自分にはできない。でも絵ならできるかもしれない」

そんな気持ちで、突然始まった絵を描く作業について考えたという。宮川さんは3・11のまさに津波の時間帯に、東京で仕事をしていたが、ものすごくたくさんの魂が自分のところに押し寄せてくるのを感じたという。それからしばらくは彼らに向き合い、祈ることに時間を割いた。宮川さんは祈りの最中、同じように魂を鎮め続ける老婆たちの存在を感じていたという。

「若い人はいないのかな、それがちょっと心配なんだ」

なるほど、霊的な能力のある人は若い層にもいるだろうけれども、そうした大きな死、パブリックとも言えるべき死に向き合える人はいるだろうか。昔は共同体の長であった霊能者や巫女がなしていた仕事を、継ぐべき人がいない、というのは納得してしまう。共同体も、解体されつつあり、霊能者も個人的なスケールで生き、個人の悩みにのみ向き合っているというのがもしかしたら現代かもしれない。

オウム事件のあと、宮川さんに絵を描く仕事が託されたのだとすれば、それは、愛を伝えろというメッセージなのだろうか。オウム事件に強引に幕が引かれた二〇一八年七月、違和感を覚えた人も多かったと思うが、あれほどの犯罪を犯したやつらを生かしておく必要はない、ネット上にはそういう意見が溢れていて、死刑制度が高い割合で支持されるこの国では、そうでない意見は少数派のようだ。オウムとはなんだったのか、麻原彰晃とは誰で、集まったエリートたちは何者だったのか。誰も答えを手にしないまま、彼らは殺された。有害なものは殺せ、という論理によって、オウム幹部らが殺された。オウムもまた、邪魔者を次々と殺していた。殺し殺される地獄、負の連鎖を前に必要なのは、いくつもの問いだ。問いを前に思考を始めることだ。

宮川さんの絵を見る。見るというよりも吸い込まれる。描かれるいくつもの連なりは、私がひとりではないことを教えてくれる。連綿と過去から続いてきたいのちのことを教えてくれる。いのちがいかに自由で、いとおしいものか、そんなことを思い出させてくれる。私が歌い始めていたわらべうたとも繋がることだと思った。ちょうどその年の八月に出す予定だった『わたしの好きなわらべうた』のジャケットに絵をいただけるか、ＰＶに使わせていただいてもいいか、というお願いに快諾いただき、宮川さんの絵と私のわらべうたは思いがけない展開の中で、コラボが実現した。つくば在住のデザイナーが、宮川さんも驚くほどすばらしいＰＶ「七草なつな」に仕上げてくれた。

「ビックバン」はシンボリックに語られますが、ついに重力波を検出しましたね。私はどうも、それの残滓を人間の中に探しているようです。

宮川さんはこんなこともメールに書いていた。まったく詩的というか、狂気すれすれのすごい表現だ。けれど考えてみると、私が幼いころよく見ていた夢も、宇宙空間にうかぶ自分の意識に向かって、小惑星のようなものが次々飛んでくるというものだった。だから、宮川さんの言葉が、なんだかすんなりわかるような気もした。私たちは誰もかれも、本当は宇宙の一部だったことを記憶しているはずであり、再び宇宙の塵になっていくのだ。すべての生き物、すべての人間が、ひとしく。それは宇宙と私たちの愛に満ちた関係だ。

宮川さんはオウム幹部処刑の二〇一八年七月をどのように生きていたのだろう。気になってメールを送った。返事はまだない。

いっちゃんの義弟、ＥＣＤの弟が自殺したのは、二〇一六年の春だった。いっちゃんの『家族最後の日』（二〇一七年）を読んで貰えれば詳細がわかるが、壮絶な死に方だった。四十手前にしての自殺。写真家を目指していて、部屋からはたくさんのカメラが出てきたという。いっちゃんに言わせると、「写真の才能はなかった」ということだった。芸術を追い求めて、でもそれで食べて行けるような才能は持ち合わせない場合、自殺は珍しいことではない。一平さんやいっちゃんの知人でも自殺した知り合いの話はいろいろ聞いていた。決められた期間に就職活動をしなかったり、好きなことをやりたくて退職してしまったりした人間がまた普通に稼ぎたいと思った時、この国のシステムは非常に冷酷だ。身動きが取れなくなる。だから、先行きに不安のある人は早々に生活のことを考え見切りをつけ、芸術のことは忘れて生きて行ったりする。でも見切りをつけずに頑張り続けて、それでもどうやら無理らしいと気付いた時、その重たい事実だけが残る。まわりは、まともに勤めて子供ができた友人も増えてゆく。経験したことはないが、彼の抱えた孤独は想像することができる気がした。せめて、と思う。せめて彼の写真に、これよりこっちが好きだな、これいいじゃん、といった感想を言ってくれるような人間が身近にいたら、こんな選択を彼はしただろうか、と思った。彼は父親と一緒に住んでいた。けれど、身内であるほど「いい年をして実家にいて、ろくに稼がない」ことはことあるたびに責められやすい。彼に必要だったのは、家族や友達以外の、ほどよい距離がある人たちと繋がることだったような気がする。書いてみたけれど、簡単なことではない。ひとりの人が孤独におぼれてゆく前に、自然に誰かと繋がれるようなしくみや場所。そんなことをいつも考える。

芸術はある場面では限られた人たちのものであるけれど、本来はすべての人に開かれているものだ。その人がそれを好き、という気持ちが大切だ。自分の表現を人に見せたり、意見を聞いたり、時には誰かのやりたいことに役立ててあげたり。そういう彼なりの居場所があったなら、もっと結果は違ったんじゃないだろうか。そういう気がしてならなかった。

二〇一六年二月、ライブ企画者のKさんからマヒトゥ・ザ・ピーポーとのツーマンを提案された。メールには「普段はGEZANのフロントマンですが、彼のソロは痛いほど強く儚い透明さを持っていますし、彼本人から寺尾さんとぜひ、と強い要望をいただいております」とあった。ライブ予定日は五月二十三日だった。彼の音源を聴いてびっくりした。私は初めて聴いた歌だったけれど、そのほとんどにコーラスをのせることができた。それはのせることができた、というよりはのせずにはいられなかったのであり、彼の作る歌の中で最初から、喜んでぐんぐん泳いでいける私がいた。人の曲の中でそんなに自由にたゆたうことができる、というのは本当に珍しいことだったし、そういう曲が彼のアルバムの中に溢れているということに驚いた。彼の作る曲のほとんどが好きだった。そういうアーティストはめったにいない。私をミディからP-VINEに移籍させてくれた野田努氏が、マヒトゥがpeepow名義で作っているラップのアルバムにコメントを寄せていたので、メールしてみたところ「マヒトゥくんはユニークな方ですが、寺尾さんとは対極の人なので、一緒にやるなんて面白いですね」と返信が来た。まだ音源を聴いただけだったが、まったく対極には思えず、すでに兄弟くらいの気持ちだった。マヒトゥの歌を聴いていると、自分も曲を作らなくては、という強い気持ちが湧き起こった。マヒトゥの歌は死の淵に足をとられながら、光になんとか手を伸ばそうとする歌だった。今メールを見返すと、その年の四月二十三日に大切な人に、「たよりないもののために」のデモを送っているから、この日に作ったのだと思う。GWで混雑する新幹線の中からマヒトゥにメールをした。

「曲をだーっと聴かせて頂いて生まれた曲があります。感謝」(四月二十九日)

しばらくたって返事が来た。

「風がつよいですね　自分も昨日までおおさかにいました。とてもうれしいことをききました。つなぐつむぐだけが毎日の糧です」(五月四日)

二十日にマヒトゥに曲を送るとすぐに返信がきた。

「この曲は自分にとっても大切な曲になりそうです。たよりないもののために」

五月二十三日、私たちは渋谷7th FLOORで初めて顔を合わせ、一時間半くらいリハをしたのだろうか。少なくとも五曲くらいは一緒にやったはずだ。初対面の人とやる曲数にしては多いけれど、まったく初対面という気はしなかった。あんまり鮮明には憶えていないのだけれど、安心して演奏できたことは憶えている。その後一緒に地方ライブをするようになると、リハの最中に私が弾いていた新曲に、すぐギターを合わせてくれてそのほうがずっとよくなったので、本番も入って貰ったり、といったことが多発した。なんのてらいもなく、なんの言葉もなく、楽譜さえ必要なく、すっと曲に入って人に寄り添うことができる、マヒトゥは確かに稀有な才能の持ち主だった。

穏やかな面ばかりではなかった。のちに前野健太とのツーマン（寺尾×マヒトゥのデュオで出演）ライブの打ち上げで、マヒトゥはマエケンと歌詞について議論し、そこに口をはさんだライターに対して、かっとしてヤンキーみたいに怖くなった瞬間もあって、私は内心ヒヤヒヤしたものだ。対極にあるものを彼が抱えているのはわかる気がした。それは曲にも表れている。彼の音楽の美しさがやさしくなでるのは、どす黒い闇だ。

悪魔は最初天使だったという。それも明けの明星にたとえられるほどの輝かしい天使。それが地獄に落ちた。それだけのことだった。マヒトゥを見ていると、堕天使という言葉が思い浮かんだ。悪魔が堕天使にすぎないのだとすれば、これほど希望に満ちた話もない。

二〇一六年八月五日、広島の広島国際平和芸術祭に呼ばれ、平和記念公園で被爆ピアノを弾く機会があった。八月六日を前にした平和記念公園は騒然としており、元安川脇のステージそばで待機している間も、橋の上でメガホンで英霊のために叫ぶ人たちの声が聴こえていた。それでも演奏が始まってしまうと不思議だった。ゆったりした川の水面をみながら自分の前奏や間奏を聴いていると、そうしたメガホンの声も含めて映画の一場面を見ているような気持ちになった。私には鋭い直感も、霊感もないので、ピアノを触った瞬間何かを感じたとか、弾くにつれてだんだん肩が重くしんどくなって、といった不思議なアクシデントもなく演奏は終わった。ただ、川辺にさまよう魂がまだいるのなら、天に行って欲しいなあと思いながら「富士山」や「楕円の夢」、それから新曲の「たよりないもののために」を歌った。何気なく書いた「遠い昔にわかっていること　知らないふりして階段を下る　忘れられたものたちの　ダンスは続いてる」という歌詞はこの日のために書いたもののようにも思えた。

二〇一八年、私たちは、普段横軸の世界に生きている。生まれてから出会った人たちのことを考えたり、いがみあったりしながら、同じ今を生きている。けれど、詩の朗読や音楽というのは、そこに、縦軸を現前させることができるように思う。目に見えないけれど、確かに人を一瞬で未来や過去に連れていってくれる。読書でも同じようなことは感じられるけれども、音楽のすごいところは、同時に多数の人に時間の縦軸を見せられるところだ。この世界は現在だけで完結しているのではないということ。過去があり未来があるということ。日常の中ではついつい忘れている、大きくて、大切なこと。横軸だってそうだ。狭い範囲ではない。遠い国の会ったこともない人のこと、この惑星の現在のこと。空気の振動を同じ空間で感じることで、その瞬間だけ、人びとの想像力は一緒になって縦横無尽に遠くまで飛んでいけるかもしれない。

最後に聖洋さんの話をしようかと思う。吉原聖洋さんと私の出会いはすでに書いたとおり二〇〇六年にさかのぼる。堂島孝平全国ツアーのサポートの仕事のきっかけを作ってくれた人だった。十年ぶりの再会はお見舞いに行った病院で、二〇一六年一月だった。私が出雲の歌島さんや宮川さんと出会っていたころのことだ。聖洋さんは何度か大きな病気で倒れ、入退院を繰り返していた。本来手術をしなければならない身体は、体力がなく、手術に耐えきれないとされた。しばらく入院していたが、体力は戻らずそのまま退院させられた。本来必要な手術ができないほど弱った身体で、ひとり暮らしをこなしていくことにどれほど困難があるか、とぼしい想像力の私にもわかった。入院中も、洗濯してくれる家族がいないため、パンツ一枚からクリーニングに出さなければいけない生活だった。退院してみれば、そうした経費がかさみ、食費を圧迫する。「食事が命綱よ」と言われて病院から放り出され、しかし、入院期間の経費の支払いは分割しても数か月にわたってのしかかる。削れるのは「食費」だ。

こういう状況はまさに「なってみなければわからない」し、家族のいる人にとっては「ずっと知ることもないこと」だ。同じ病気で同じ病院に入院していたって、同じように退院させられたとしたって、ひとりぼっちと世話してくれる家族がいるのとではどこまでも状況が違う。理不尽なことを言われたり、医師の診断に疑問を持ったりしても、家族がいなければよほど強い性格の人でない限り、泣き寝入りするしかない。家族がいれば、おかしいと思うことには声を上げたり、周囲に訴えていける。けれど、ひとりの人の声はなかなか社会の表に上がることがない。代弁したり、一緒に叫んでくれる人がいない。

こうしたことは、拙著『原発労働者』（二〇一五年）で取材させてもらった弓場さんのその後に関わる中でも感じていた。弓場さんもまた、心筋梗塞やその後の弁の手術などによって、入退院を繰り返していた。自宅のドアの前の数段の階段でさえ、のぼることに難儀する体力だったが、当時弓場さんは六十四歳だったため、六十五歳から適用される介護保険の訪問介護のサービスを受けられなかった。六十五歳未満でも、支援に該当する病気の人は訪問介護を受けることができるが、そこからもれる病気や状況の人に対して、無償のサービスは皆無だった。貧しさの中で生きる人間にとって、それは本当に過酷なことだ。金もなく、壊れた身体を抱える孤独。絶望したくなると思う。私は何度か弓場さんの地元の市役所に電話をして、いくつかの課をたらいまわしにされたあげく、結局使えるサービスがないことを知った。

聖洋さんも同じだった。六十二歳の彼は大動脈解離という大きな病気をしたにもかかわらず、それは「六十五歳未満でもサービスが適用される病気」からは漏れていた。もちろん、六十代前半で手術ができないほど体力のない人がいる、ということは想定しにくいのかもしれない。しかし、そのように考えていくと、六十五歳未満で特殊な状況にある人たちは、助けが得られずひとりで困難を抱えているケースがずいぶんあるのではないかと思えた。これから独り身の人はどんどん増えるから、これは大きな社会問題になる、とも思った。けれど、家族のある人たちの問題ではないから、問題として浮かび上がってくるにも時間がかかるだろう。身寄りがいないからといって、結婚を選ばなかった、選べなかった自分の過去を呪って欲しくないし、離婚したことを後悔して欲しくもない。過去にどんな選択をしようとも、今、その人が無事に困難を乗り越えられる社会であって欲しい。なんとかしたい、という思いだけ胸に浮かんでくる。今もその思いは胸の奥に沈殿している。

とりあえず、いくつか聖洋さんの地元の福祉事業所や居場所作りをしている団体などに電話して、親身に話を聞いてくれる方のいるところと聖洋さんを繋いだ。一緒に訪問すると、二時間以上話を聞いてくれて、結局現状では「六十五歳の壁」があり、たいした手助けはできないけれど、たまに様子を見に伺うくらいはできますよ、と鈴木さんという女性スタッフは言ってくださった。彼女と電話口で繋がれた時、どれだけ嬉しかったかわからない。そうやって、気持ちを寄せてくれる仲間が増えるだけで、当事者でない私も少し安心する。近所に共感したり心配してくれる人がいることと、そういう人がいないこと、の差は果てしなく大きい。いざという時、あそこの人を頼ってみようか、そんな繋がりが本当はいくつもあったら心強い。

これを書いている二〇一八年八月、聖洋さんの友人からメールがきて、彼が吐血で再入院したことを知る。病院に着いて深夜再び吐血、と追ってメールが来た。聖洋さんにはやり遂げなければいけない仕事がある。長いことオフィシャルライターをしてきた佐野元春の本を執筆中なのだ。長くないいのちだとしても、最後に力を、と思う。六月に死んだ父はその意味で、短いながらも幸せな人生だった。苦労はあっただろうが、最後の最後まで字幕翻訳の仕事を続けることができた。死後も現在進行形で次々そうした作品が公開されている。

聖洋さんは実は生前、父のインタビューもしたい、というので繋いだことがあった。聖洋さんからの取材後に会った時、父はぽつりと、「僕はあの人、好きだな」と言った。どんな話をしたかは知らないが、私も嬉しかった。復活して、佐野元春の本を書く中で、佐野の音楽にも一時期関わった父のインタビューも活かして欲しい。最後にいのちをふりしぼろうとすることは、思いがけない力をその人に与えることがある。聖洋さんに時間が与えられることをとにかく祈っている。

「たよりないもの、というのは、声なき人々、声の弱い人々、という意味でしょうか。寺尾さんは原発労働者や南洋の戦争体験者のことなどお書きになっている、そうした人々の声をすくい上げるものをこれまで書いてこられたと思いますが……」

そういう質問をインタビューで受けることも多く、また当然そうなのだろうと解釈してブログにアルバムの感想を書いてくれる人もいた。どのように受け取ってもらってもいいけれど、私自身はそのような意味でタイトルを付けてはいない。仮に「声なき人々のために」という意味だとしたら、どこかおこがましい感じもする。彼らのために、自分が何をしてあげられるというのか。彼らのために、どんな歌を贈ることができるというのか。私には何もできない。

私は音楽に携わっているから、音楽を愛する人に多く出会うし繋がってもいる。アーティストはもちろん、ライター、プロデューサー、レコード会社の社員、地方で毎年ライブを企画して待っていてくれる人たち。彼らの音楽話を聴いていると、たまたま歌うことと弾くことが好きで、たまにぽつぽつ曲ができてくるのでシンガーソングライターをやっているような私は、とても彼らの気持ちには及ばないなあと思う。そもそも静寂が好きなのだ、すくなくとも音楽リスナーではない。けれどあの、人が音楽を語る時の表情を見るのが好きだ。音楽って目にみえないけれど、こんなに人を熱くさせるものなんだな、と思う。音楽ってそんなに素敵なものなんだ、と気付かされる。そして、ライブが終わればあったかなかったかわからなくなってしまうような、そんなはかない時間をこよなく愛する人たちが、いとおしくみえる。

考えてみれば人と人の関係も音楽のように目には見えなくて、ある日突然途切れたり、転調しうるはかなさを持っている。私たちはたよりなさを生きる。たよりない日々を生き、憤ったり悲しんだりしながら、自らを抱えている。それでも人が生きていくのは、いがみあったり争ったりするためではなく、調和の音を鳴らすためだと信じている。音も狂い、加えて不協和音が鳴り始めているように思われるこの世界の中で、せめてひと時、あなたと美しい音楽を奏でたいと思う。同じ時代に生まれた私たちが一緒にいられる時間は、長くはない。

II

あれが恋だったとは思わない

二十歳の夏から秋にかけて私は中国にいた。母親をだましてのひとり旅。けれど旅の前半、私は思いがけず同行者を持った。シャオピン、私より三つ上だった。外国人は泊まらないような、トイレ、シャワー共用の上海の安宿に何泊かしていた時、向いの部屋に事務所を構える広東人のリアオさんと親しくなったが、そのリアオさんの甥がシャオピンだった。彼の妹も田舎から出てきたばかりのようでリアオさんのところに来ていたので、上海で働くシャオピンは久々に妹に会いに来たのかもしれなかった。警察学校を出たシャオピンは、今は普通のサラリーマンとして働いていたが、仕事はあまり面白くなさそうだった。シャオピンと出会った晩、私はリアオさんたちと日本のスナックのようなカラオケに出かけた。リアオさんもそうだったが、プロ顔負けの声量と歌心を持つ中国人たちに混じって、私も中国の民謡を一曲歌った。シャオピンが歌ったかどうか憶えていないが、歌は苦手だと言っていたような気もする。カラオケのあと、シャオピンが散歩をしようと言うので、プラタナスの街路樹の下をどこまでも歩いた。シャオピンはかなりおしゃべりで、その間私から話しかけることはなかったが、会話はほとんど途切れることがなかった。シャオピンによれば、日本の女の子のイメージはとてもよくて、「女の子が綺麗なのは一に韓国、二に日本、最後が中国」ということだった。この時は付き合っていた女の子にふられたばかりで、彼女が忘れられないと何度も言った。「君は彼女に少し似てるよ」。

二回くらいそう言われたのだと思う。そのまわりくどさにいくらか苛立ちながら、それを極力おさえて聞いた。「私のことが好きなの?」。それだからこんなに長いこと私と歩き続けて思わせぶりなことを言っているのか、どうなのか、単純に知りたかったのだが、今から思うと中国語では「私のこと、好き?」も「私のことが好きなの?」も同じだったのだろうと思う。もちろん、それを言い分ける術はあるのだろうが、中国語初級レベルの身には知る由もない。元来警戒心に欠け、好奇心ばかり旺盛な私は充分に迂闊だった。翌日一緒に行った外灘《バンド》で、私はなぜそういう状況になっているのかわからぬままに「永遠に愛すよ」と笑ってしまうような科白を背に聴きながら、そうか、中国語で「永遠」は「天長地久」って言うんだ、と思っていた。眼下の黄浦江《こうほこう》をはさんで目の前には東方明珠《とうほうめいしゅ》の巨大な塔がそびえていて、そういえば『上海ベイビー』の衛慧《ウェイフェイ》はあれを巨大なペニスに見立てていたな、とも思った。

私がひとり旅の計画を話すとシャオピンは仕事を辞めた。ついてくるという。私の「ひとり旅」の計画がまったく違うものになるので、はっきり言って迷惑であったが、上海から汽車で数時間のシャオピンの田舎へ案内してもらえる、というのは、中国の農村部も見てみたいと思っていた私にとって大きな魅力だった。シャオピンは仕事を辞める前は、どうせ辞めたかったんだ、とか、日本の女の子と旅するので辞めるって言ったら同僚も羨ましがってたよ、等と言っていたが、辞めた日の晩は「仕事を失った気持ちが君にわかるか」とまるで私が頼んでシャオピンに旅の同伴者になってもらうかのように恨めしそうに私を見るのだった。

シャオピンとの旅は思った以上に窮屈だった。数十年前は日本男性もそうだったのであろうか。男が払うということにシャオピンは異常に固執した。平成日本の割り勘にすっかり慣れた身にはそれが重たく、いちいち払いたいと抗議する私をシャオピンは「普通女の子は喜ぶもんだぜ」と怪訝そうに眺めるのだった。同行者がいながら汽車の中で車窓をただじっと眺めることも、シャオピンには不可解らしかった。「何か悲しいことがあるのか、不満があるのか」と顔を覗き込まれるたび、景色を見ているだけだと説明した。観光地で写真を撮れば、必ず人間も写るべきとシャオピンは考え、写りたくないといいながらようやく一枚許した私にポーズをとれよと不服顔であった。一事が万事こういった調子で、つまり私たちは単純に相性がよくなかったと言える。私が彼の気に入らないことを言ったり、うまく中国語を聴き取れないで的外れな答えを返したり、時にぶしつけな質問をしたりすると、シャオピンは「シャークワー（バーカ）」と私の頭をぽんとぶった。冗談でもぶたれることに慣れぬ頭は軽い痛みを伴って、ひと昔前のドラマで見たようなありきたりな場面の登場人物に自分がいつのまにかなってしまったような気分になりながらも、それをまったく演じきれないことへのおかしさとシャオピンの傍にいる違和感とを鈍く感じさせた。

しっくりいかない私たちはそれでもたくさんの街を歩き、たくさんの食べ物を食べ、時には笑い合ったりした。まだ残暑の厳しい街を長いこと歩いて私たちは疲れていた。偶然にも私の帰国日はシャオピンの誕生日だった。「そういう運命だったのかな」。シャオピンは道に座り込んだ。私も座って、暑さにぼんやりしていた。「僕たちは出会わないほうがよかっただろうか」。そういう言葉は聞きたくなかった。違うでしょ、と否定の言葉を投げかけた時、ちらっと見えたシャオピンの横顔は、その陳腐な科白に似合わずやけにきれいに見えた。「僕が結婚する時には日本から来てくれよな」しばらくしてちょっと笑ってそういったシャオピンの目は確かに少し潤んでいたと思う。

あれから七年たって、リアオさんから突然手紙が来た。嬉しさが込み上げて夢中で読んだ。シャオピンには娘が生まれたよ、かわいい子だ。その一行を読んだ時、どうしてだろう、涙が止まらなくなった。私にもすでに娘がいた。埋められぬすれ違いを抱えたまま、私たちは別れて、それきりだった。それぞれの時間をそれぞれの国で生きて、今お互いに小さないのちを授かった。振り返れば宙ぶらりんなあの時間に初めて愛しさが込み上げた。決して戻らぬひと夏の時間を思って流れた涙だろうか、シャオピンの横顔を思い出して懐かしさに流れた涙だろうか。多分その両方だ。あれが恋だったとは思わないけれど。

ある一日の話

朝、電話が鳴った。見覚えのある電話番号。坂口恭平だった。

「一月にライブ、『WWW』ですることにしたからピアノで参加してよ。ベースはceroの厚海くん、ドラムは菅沼くんだよ。前座は折坂悠太と平賀さっちゃん。バンド名は『坂口恭平と村人たち』だよ」

「……村人たちねえ。まあ、あなたは部族の酋長みたいなもんだもんね」

バンド名としてはどうなのか、と思いつつ、常に「人が死なない社会」のイメージを持って「いのちの電話」みたいな活動をしているこの人には合っているか。坂口さんはちょっと前まで「建てない建築家」で、もう普通の建築はいらない、と言って駐車場にモバイルハウスを作ったり、海外に招かれて作りに行ったりしていた。今は作家になっている。彼の原点はホームレスや、彼らが作る「住居」との出会いだった。『0円ハウス』(二〇〇四年)という写真集に結実したそのフィールドワークは、彼の自由な発想のミニマムな建築を生み出した。

「ぷはは、そう、紗穂も路頭に迷うことになったら、俺んちの庭に小屋いっぱいあるからそこに住んでいいよ。みんな家族だよ」

「ありがとう」

「お前は恋する女だからどんどん恋しろよ。さもなければ一妻多夫にしろ。世間に合わせて『生きる』ことを止めるなよ」

その言葉そのまま返すわ、と思いつつ、出演OKして電話を切った。


図書館で借りていた本の中から建築家ライトについての新書をかばんに入れて渋谷へ出かける。ウェブ『花椿』の次回連載の打ち合わせだ。この連載「銀座時空散歩」は写真家の大森克己さんとのコラボになっており、花椿側からは、「十二月アップの次回はイルミネーションがきれいな時期なので、帝国ホテルはどうでしょう」と提案をもらっていた。岸田吟香《きしだぎんこう》や岩谷天狗《いわやてんぐ》辺りも気になりつつ、ま、そういうことなら大森さんにきれいな写真撮ってもらったほうがいいか、ということで、先週帝国ホテル関連の本をどさっと借りていた。電車の中で読むなら軽いほうが、と思って借りた本の中から取り出した新書だったが、これが予想以上に面白い。この帝国ホテルの設計を任されたライトというアメリカの建築家は、タリアセンという場所をアメリカに作り、そこがコミューンのような場所になっていたという。なんだ坂口さんみたいじゃないか。変なリンクだな、そう思いながら渋谷駅を降りた。

帝国ホテルとひと口に行っても、切り口はいろいろあり得た。そこで働く人たちの職種も多岐にわたり、料理ひとつとっても歴史があるし、かつては劇場もあった。創設にかかわった人々を追うだけでも、大変なボリュームになる。ということで、テーマを絞りきれていなかったが、車中の読書でライトと帝国ホテルの建設とを繋いだ日本人建築家遠藤新《あらた》に絞ろうと思えた。

編集のNさんと打ち合わせを終え、お昼に美味しい親子丼を一緒に食べて、私は映画美学校での試写に向かった。この日は『人生フルーツ』(二〇一七年)という映画だった。試写の案内をもらった時、主人公である老夫婦の写真を見て、映画の説明をざっと読んでこれは観に行きたいと思った。受付に配給会社東風のWさんがいる。

「ああ、寺尾さんに是非観ていただきたいと思っていました」

と言われたが、映画の詳細は忘れかけたままスクリーンの前に座った。そしてびっくりした。この映画は建築家の夫とその妻の物語であり、随所に建築家の言葉が引用されていたのだ。極めつけはラストを飾った「長く生きれば生きるほど、人生はより美しくなる」という言葉。これはライトの言葉だったのだ。やっぱりそろそろ落ち着いて好きな人と長生きしよう、と思った。そして、映画の余韻に浸りながら、何かで貫かれたような今日という一日をとても美しく感じたのだった。

カラスの話

昔からなんとはなし、カラスに惹かれていた。存在感があるし、賢い。鳩や雀とは違う、野太い鳴き方もいい。鳴き方も一様ではない。アオッアオッと繰り返し鳴いているものもいるし、小ガラスはどこかふにゃっとした慣れない声で鳴く。人の通らない道を歩いていて、一羽のカラスと出くわすと、私は彼らの鳴き声を真似てコミュニケーションを取る。すると大抵は首をかしげて、鳴き返してくれる。それだけのことが、とても嬉しい。耳を集中させ、なるたけ彼に近い声を出せるように発声する。人影が見えたら、また道を歩き始める。

こんなカラスとの関係を維持している自分にとって、娘たちが保育園で聞いてきた「カラスは怖い」という話には戸惑った。確かに繁殖期にはカラスが人を襲うという話も聞くけれど、少なくとも私は一度も襲われたことがない（調べてみたところ、カラスも人間をある程度恐れており、攻撃する時は、人が目をそらし、逃げようとした背後を襲うことが多いらしい。私は彼らから目をそらしたことがない）。それで、襲われるといっても実際は、低空飛行で耳元を飛ばれて怖かったとかその程度のことが多いのではないかとも思っていた。しかし、娘たちを連れて近所の大きな公園にピクニックに行った時のこと、長女がカラスが木に止まっているのを見て「もう帰りたい」と半泣きになった。私は過剰にカラスの危険性を吹き込んでくれた保育園に腹が立った。そして、これは私とカラスとの関係を見せるのが一番だろうと考えてこう言った。「カラスはね、お母さんの友達なんだよ！」いつものとおり、カラスとのコミュニケーションをそこで始めると、カラスも応えてくれた。「ほんとだー！」簡単なものだ。「お母さんの友達」を過剰に怖がる必要はないと知った彼女はたちまち安心して広げたお弁当を食べ始めた。

花田清輝の『鳥獣戯話』の中で、猿の鳴き声とそれを詠んだ和歌の伝統について書かれている個所がある。

クオー・クワーッ・クワン・キャッ・カッ・カー・ガー・キョン・キョロン・アーアーといったようなさまざまな意味をもつその啼き声を、一律に、わびしいだとか、さびしいだとか、あわれだとかいって、きわめて単純化して受けとっているのは安易な態度というほかはない。

花田はそのような和歌に比べ、俳諧のほうは同じ猿についてでも、独自の捉え方をした作品が多く残っていると評価している。ここでは猿だが、カラスにしても同じだ。鳴き声には意味があり、行動にも訳がある。保育園も、怖いの一点張りで教えるのではなく、カラスの観察会でもして、ついでに襲われにくい歩き方を教えてくれたほうが、どれだけ子供の為になるかしれない。子供たちに、ひとつだけ願うとしたら、生き物や虫の声を聴いて、その多様さを聴き分けられるような感性を持って欲しい。それは断定や、思考停止の閉じた空間から抜け出し、そこから思考することへと繋がる重要な心の持ち方、開き方であると思うからだ。

ダンゴムシの話

先日ダンゴムシの大群に出くわした。ただ、たくさんいたというのではない。彼らはこんもりと低い山のようになっていた。白粉花《おしろいばな》の植わった土とコンクリートの境目、というよりはコンクリートの上に彼らはいた。

「きぬー！」

保育園からの迎えの帰り道、いつも子供たちが降りて歩きたがる小道がある。団地の脇を通る道で、団地に住む人々が丹誠込めて作った花々が両脇に植わり蝶の飛び交う道だ。まだ小道の始まりのほうで何か虫や花を眺めている長女を大声で呼んだ。寄ってきた彼女はきゃ――、と笑い始めた。私も笑った。あまりに多過ぎたのだ。そしてなぜ山になっているかわからない。大笑いした。コンクリートと保護色になっているダンゴムシたちの一部は、気付くとしゃがみ込んだ私たちの足元のほうにまで寄ってきているものもいて、私たちは笑いながら逃げた。遅れて見に来た次女と三女はダンゴムシの山をひと目見て恐怖心が強くなったか、すでに遠くに避難して不安げに眺めていた。

　なぜ彼らは山になっていたのだろうか。下に何かおいしいものがあったのだろうか。そもそも彼らは何を食べているんだろう。土の微生物や細かい虫などを食べていそうなサイズだけれども。だとしたらあの山の下には何があったんだろう。もしかして何もない？　何もないのにどうしてあんなに群れている。もしかして特別な時だけ開かれるダンスパーティーみたいなコミュニケーションのひとつなのだろうか……わらわらと彼らは何をしていたんだろう。その日ずっと気になっていた私は、子供たちが寝たあとインターネットで早速ダンゴムシ検索を開始した。調べてみると、ダンゴムシは昆虫ではなかった。彼らには十四本もの脚がある。そして、葉っぱなどを食べて糞をし、ミミズと同じように分解者として、土を豊かにしているらしいこともわかってきた。同時に動物の死骸なども食べるようで、もしかしたら私が目撃した山の下にはやはり何かの死骸があったのかもしれない。さらに調べていくとダンゴムシが体の殻を維持するためにコンクリートの細片を食べてカルシウムを摂取していることや、ダンゴムシは炒るとはじけて、非常時の食用になると書いてあるサイトまで発見した。一体どれだけの非常時なのだろう……。

　ダンゴムシの情報を頭に詰め込んだ私は、翌日職場からオレゴンに移住してしまった社長にチャットでこの件を報告した。すると社長はチャットの向こうでひとしきり笑ったらしきあと、こんなコメントをくれた。

「ダンゴムシもすごいけど、それを調べてる寺尾さんもすごいよ」

私はチャットを眺めて、微笑んだあと、一瞬ふっと寂しい感覚におそわれた。変わった人と見られるのは別に嫌いではない。むしろ自分も変わった人にばかり惹かれる傾向があるし、どちらかというと天邪鬼《あまのじゃく》だ。それでも、夜中に虫について調べまくるのはやはり変人の部類に入るのだろうか。ちょっと君は普通と違うよねと線引されるような寂しさが押し寄せた。引きずるほどの寂しさではなく中途半端な一瞬の気持ちのゆらぎ。

私の好きな尾崎翠の「こおろぎ嬢」の大好きな一節に次のようなシーンがある。こおろぎ嬢といっても本当にこおろぎではなく、作者翠像が投影されているだろう、普通の女性である。こおろぎ嬢が図書館の食堂へ行くと、先客の女性が集中して何か勉強している。きっと産婆学を勉強しているに違いないと思い込んだこおろぎ嬢は心で彼女に話しかけるのだ。


「あのう、産婆学って、やはり、とても、難かしいものですか」

しかし対手は限りなく暗記物の上に俯向いていて、いつまでも同じポオズであった。こおろぎ嬢は、食卓二つを隔てた対手の薄暗い額に向って、もう一つだけ声を使わない会話を送った。「御勉強なさい未亡人（この黒っぽい痩せた対手に向って、こおろぎ嬢はこの他の呼び方を知らなかった）この秋ごろには、あなたはもう一人の産婆さんになっていらっしゃいますように。そして暁けがたのこおろぎを踏んで、あなたの開業は毎朝繁盛しますように。こおろぎのことなんか発音したら、あなたはたぶん嗤われるでしょう。でも、私は、小さい声であなたに告白したいんです。私は、ねんじゅう、こおろぎなんかのことが気にかかりました。それ故、私は、年中何の役にも立たない事ばかし考えてしまいました。でも、こんな考えにだって、やはり、パンは要るんです」

確か島田雅彦が「青二才の哲学を尾崎翠から学んだ」というようなことを言っていたと思う。パンのことを第一に考えれば、素直に実学を学べばよい。けれど、こおろぎなんかのことが気にかかる人間は、一体どうやって生きればいいのだろう。尾崎翠が三十六歳の時に書き残した戸惑いは、八十年の時を越えて私の中になんの違和感もなく染み込んでくる。今の私だって翠より五歳若いだけだけれど、三十六でこんな書き方ができる尾崎翠の青臭さ、どんくささが私は好きだ。そこにはすれない感性がただ、一点を見つめてじっとうずくまっている。

翌日私はまた同じ場所で子供たちを降ろし、早速同じようなダンゴムシの山がないか調べ始めた。すると前日ほどではないが、小さな山がまたできている。あきらかにてっぺんのほうのダンゴムシたちは下にあると思われる獲物に辿り着けていないのだが、嗅覚で吸い寄せられてあのように山になってしまうものだろうか。私は、例えば飢えた人間がわんさかいる場所に肉片が投げられた時、同じように山になるものだろうか、と考えた。そしてしばらく考えて、やはり山になるだろう、と答えを出した。それは地獄絵図と呼ばれるような光景だけれども、なるだろう、という気がした。極限状態に置かれれば、人は共食いもする。この国が兵士に犬死を強いたかつての南方戦線をみれば、人肉食いは一、二例ではなかったはずだ。一般にそのような極限状態に置かれることが少ないだけであって、人間と、人間が普段バカにしている、虫やちいさな生き物とはそう遠い存在ではないのだと思う。

その日できていたダンゴムシの小さな山を私は小枝でかき分けてみた。危険を感じたダンゴムシたちは、白粉花の茂みのほうへとわらわら逃げていく。そこにでてきた二センチほどのものは、正直なところ私にはなんなのか判別のつかないものであった。灰色がかったワタを捻りかためたもののようにも見えるし、もしかしたら何か生き物のはらわたが乾燥したようなものだったのかもしれない。とにかく拍子抜けするようなものに、彼らは夢中になっていたのだ。試しにもう一度一匹のダンゴムシの前にその物体を置くと、夢中でよじ登り、他の仲間も次々に戻ってきた。

「何これ」

謎の物体から視線を逸らさず長女が尋ねた。

「わからない」

わからないことはたくさんあるね。行こう、はやく自転車に乗って。雨が降りそう。わからなかったことが少しわかって、それでもよくわからないことがひとつ増える。いつもの道をいつもの格好で帰るだけだけど、日々は、日々新しい。湿った風を感じながら思う。ダンゴムシよありがとう。

ぶらぶらしているおじさんたちの話

子供が生まれて、歩き出せるようになると当然公園に連れ出す機会が増えた。私にとってこれは退屈なことだった。たまにははめを外して一緒に木に登ったりもしたが、あまりおおっぴらにできることではない。母親になるというのはそのあくびのような退屈さを押し殺して、砂場に一緒に座って、砂のカレーやプリンをニコニコ食べたり、その要求に応えて果てしなくブランコの背中を押すことであった。公園に行っても本を読めるでもない状況に、諦めを覚え始めたころ、私は公園でよく出くわすおじさんがいることに気付いた。年は七十近くに見える。子供好きなのだろう、おじょうちゃん何歳かい、そうかそうか、と何気ない会話を交わして少しして帰っていく。他の母子がいても、同じ様に声をかけているようだった。二度目に会った時、おじさんはまた同じように寄って来て、

「オーリトガー、ハウオールダーユー?」

と尋ねた。この間のことは忘れてしまったのだろうかと訝りつつ、年齢を答えると、おじさ

んは言った。

「あなたぐらいのお母さんと子供見ているとね、母を思い出すよ。優しい母をね」

突然おじさんは背筋をのばして、砂場の傍らに立ち、朗々と歌い始めた。小柄だからだろう、男性にしては、高い柔らかい声だった。どうやら母＝マリア賛美の歌のようだ。

「賛美歌ですか」

「おお、よくわかるね」

賛美歌おじさんはまた歌い続けた。娘もぽかんとおじさんを見上げている。やがて、おじさんはおもむろに去っていった。その後も何度も賛美歌おじさんには出くわしたが、毎回初めて会ったような様子だった。彼にとっては、顔なじみであるか、ということよりも、その日、その場で幼子と母親に出会ったということが大事なのだろう。

またしばらくすると別の顔なじみのおじさんができた。この人は自転車おじさんで、彼が歩いているのをまだ見たことがない。いつも野球帽みたいなつば付きの帽子をかぶって自転車に乗ったまま、砂場の脇の生垣にちょっと寄りかかって、子供たちに話しかけていく。年は四十代後半くらいだろうか。ある時は、サドルに座ったまま、砂場の娘たちの似顔絵も描いてくれた。意外とリアルに描写された娘の顔は、かわいいとは言いがたかったが、きまじめな筆致から滲む面白さがあった。

「保育園行ってるの？　みんな入れてよかったね。この辺も入れないってよく聞くよ。大変だよね。俺なんかさ、子供見てくれって言われたら、喜んでみるけどね、ボランティアみたいなのでもさ」

聞けば自転車おじさんは、事故にあって、働けない体になってしまったのだそうだ。自転車をこぐ姿からはわからないが、歩行に支障があったり、腰を痛めたりしているのかもしれない。生活保護で暮らしているのだろうか。健常者でない人、途中から健常者でなくなった人はこの社会では、少なくとも行政上は補助されるべきマイナスを抱えた人、になる。その人の適性や資質、才能からプラスの可能性がにじみ出ていたとしても区分上は障がい者であり補助の対象だ。一人ひとりの適性が考慮され、活かされる余地は、工夫次第で充分あるだろうに、今は乙武洋匡さんに代表されるようなバイタリティーあふれる一部の人しか一歩を踏み出せていないように思う。

私はふと、近所にあった身障者の施設が最近移転になったことを思い出した。施設は小さな公園に隣接していて、そこの身障者たちが、よく公園の掃除をしているのを見た。施設は、となり町の身障者施設に吸収されたようで、彼等を乗せてとなり町までいくバスも見かけた。施設跡はすぐに工事が始まったと思ったら、新しい保育園になるようだった。しかし、そのとなり町への移転後もたびたび、彼等がその小さな公園まで掃除に来ているのを見かけた。遠い道のりだろうに、彼らは歩いてわざわざその公園を掃除しにくるのだった。私は思わず昔飼っていたドドという猫が、私たち一家がとなり町に引っ越した時、環八を越えて元の家に何度も戻ってしまったことを思い出した。おそらく、彼らはその公園が好きだった、あるいはその慣れたスタイルを崩したくない、そういうシンプルなことなのかもしれない。彼らはそれほどの負担と感じている訳ではないのかもしれないけれど、そうやって遠方から来て同じ公園でいそいそと掃除をしている姿を見ると、やっぱり合併の一方的な側面を見せつけられるような感じがした。

一方で、いや、彼らに掃除をさせていてそもそもいいのかとも思う。その程度の活動や年一回の施設の祭りの開催などで「社会との繫がり」が謳われているとしたら、問題ではないだろうか。いろんなことが腑に落ちなかった。身障者支援をしている知人の言葉を思い出す。「あいつらほんとにみんな面白いんだよ、なのに世間で行く場所はひとつしかないんだ」。

今年の三月は風の強い日が多かった。松井一平さんとのイベント「おきば」での料理担当大林千茱萸《ちぐみ》さんと三軒茶屋の「カフェマメヒコ」で打ち合わせをした日も風が強かった。少し早めに出発していたからよかったけれど、京王線は停まりながらとろとろと進んだので、二十分以上遅れて下高井戸へ着いた。車内では、小太りの私立小学生が「おれ、家具のデザイナーになりたい」と話していて、私はなんだかいやな気持ちでその話を聞いていた。小学生の男の子には、サッカー選手とかせいぜい研究者とか漠然とした遠い夢を口にしてほしかった。「なんだろ、わかんねー」というのでも充分だ。しかし、こんなにいやな気分だったのも、強風に停まったりしながら進んでいた京王線に、無意識でいらだっていたためだったのかもしれない。世田谷線に乗り換えてみると、小柄な車体のこの路面電車は、強風など関係ないように普通に運行していた。小さい、ということは往々にして混乱を小気味よくすり抜けられる長所を持つ。私はなんだかほっとして、カフェマメヒコに向かった。

美味しいホットサンドと黒豆コーヒーの深煎りを飲みながら、打ち合わせは三十分ほどで終わり、あとの時間は千茱萸さんが、ここ数年撮り続けている大分の臼杵《うすき》市の農業の話を聞いた。編集の締め切りも近く、どこをどう切ろうか大変そうな様子でもあったが、臼杵の農協、給食システム、市政に接近し、何より農家の人々の声を拾ってきた千茱萸さんの描く臼杵がどのようにまとまるのか、とても楽しみだ。一点をある程度の時間をかけて見つめることでしかわからないこと、見えてこないものがある。民放のテレビ番組の取材などではこれは不可能だ。ゆっくりと作り手の中でろ過されてくるもの、それが「作品」になる。

帰りの世田谷線を降りて、まだ娘たちのお迎えまで時間があったので、下高井戸駅ビルの啓文堂書店に寄ってみた。いつも行くノンフィクションの棚の辺りに行くと違う種類の本が並んでいる、あれと思って店内をぐるっとまわってみると、かつて料理本などがあった辺りに、文学コーナーが出現していた。ＥＣＤ、小林エリカ、横光利一、幸田文……どうしたことだろう。この本屋に入った時には期待もしていなかった名前ばかり。結局文学系コーナーではないところから、長いこと読みたいと思っていた開沼博『「フクシマ」論――原子力ムラはなぜ生まれたのか』（二〇一一年）を取ってレジに持っていったが、心はウキウキとして、思わずレジの女性に尋ねた。

「人文系の品ぞろえが随分よくなってますけど、店長変わられたんですか」

中年の女性は一瞬はっとしたように「はい」と答え「ありがとうございます」と顔を崩した。この人がもしかしたらそうかしら、と思いつつそれは確かめないで店を出て、ホームに向かった。強風は少し和らいだもののまだ続いていた。自分の降りる駅はホームの前方後方に二つ階段があったから、ホームの端まで行くこともないのだが、なんとなく、私はいつも下高井戸駅ホームの新宿寄りの方までずんずん歩くのが好きだった。思い返すとこの駅のホームにいろんな日の自分の感情がこぼれて染み込んでいる。涙もあったし恋もあった。そして思えば次女と三女を産んだのもこの街の小さな病院だ。ホームの新宿寄りの端っこのほうは、屋根も壁も消えていちだん明るくなって空が開け、風が吹いている。私は田舎の駅のホームみたいなこの感じが好きなのかもしれない。そんなことを考えていた時、向かいの線路の向こうに手を振るおじさんが見えた。

自転車おじさんだった。こちらも手を振る。電車で十分はかかるこの駅におじさんは何をしに来たのだろう。

「仕事ですかー」

自転車に乗ったままたち止まっている姿になるたけ届くように、大きな声で言ってみるが風が強くて届かない。もう一度言ってみるが届かない。自分の地声の小ささをこんな時思い知らされる。私はそもそも言葉を発することにあまり興味がない。そこに力が入らないのは自然なことである。鼎談などにまれに呼ばれても発言数は0か1といったところだ。よく「まったくあんたは蚊の鳴くような声で！」とかつては演劇をやっていた母によく怒られた。私の興味は、作文が始まった小学一年生以来、心に感じたことを文章にすることに向けられていた。心に思ったことの九割は口にしない、今でもそんな人間だ。それは他者に対して閉じている、というよりも、発声に至るまでが私にとっては大きな労力を要する過程であり、発声地点がひとつの山場なのだ。大抵の感情や感じたことはこの山を乗り越えられずに終わる。残骸のように山の麓に残った感情を、私は文にし、歌にする。

「こっちーで仕事なのー？」

同じ質問でもおじさんの声は届いた。

「今日はちょっと本屋に寄って。仕事は今日は休みなのー」

本当は十三時まで働いていたけどそのあと打ち合わせでその帰り。そんな長い科白とても届きそうになくて、小さな嘘をついた。風が一瞬やんでこの声は届いたようだったが、その次の瞬間、向かいの線路に車両が入ってきておじさんは視界から消えた。ちょうど重なるようにしてこちらのホームにも電車が到着した。乗り込んだ車内から窓の外を眺めると、向かいの電車も、その向こうにいたおじさんも消えていた。強風が吹き飛ばしたみたいにそこには誰もいなかった。


その後、賛美歌おじさんには、小児科の前でよく出くわした。多分小児科の入っているビルのマンションの清掃をしているのだろうと思う。病気で弱々しく見える奥さんを連れて公園に散歩に出ていたり、病院の廊下でその二人とすれ違うこともあった。そのたび、おじさんは賛美歌こそ歌わなかったけれど、毎回同じように娘たちの年齢をたずね、二歳の次女に、まだまだワカランチンだな、と顔をのぞきこんでみたり、うちは男三人だ、俺みたいな強情なのだとそうなる、女三人なんてご主人は優しい人だろう、と笑ったりした。あいにく三人全部が今の主人の子供ではないけれど、一緒に笑った。

桜が咲いたが寒い日が多かった。ようやく晴れた休日に子供たちを連れて、首都高の高架下を抜けた広い公園に出かけることにした。道中でも風に花びらが舞ってくる。「さくらゆきだよ」と次女と三女が口々に教えてくれる。さくらゆき。いい言葉。高架下の暗がりに差し掛かった時、向こうから一台の自転車がやってきた。そして、フラフラとスピードを落としたと思うと、がちゃーんと横転した。賛美歌おじさんだった。大丈夫ですか、と声をかけるとおじさんは娘たちを見付け、よろよろと立ち上がり言った。

「オー、オー、リトガー、ハウオールダーユー？」

飛んできた花びらが、おじさんの髪にはりついた。おじさんはまたよろよろと自転車を起こし、去っていったが、私はそのシュールな映画みたいな場面に立ち尽くしていた。行こうよ、と長女に手を引っ張られて、はっとする。私はつい先日のことを思い出していた。

「ねえ、今日は自転車おじさん会えるかね」

「自転車おじさんて？　今の人？」

「砂場で絵、描いてくれたこと、ある人」

会えたら、あの風の強い日の、線路越しの、半分風にかき消された会話の続きをしよう、そう決めて公園へ向かった。

インコの話

鳥のことがずっと気になっているのは、考えてみると猫を飼っていたからかもしれない。生まれた時から家に猫がいた。最初は大きな通り沿いのマンションだった。小学校一年生の時、飼い猫が車に轢《ひ》かれて死に、泣きながら学校に行ったこともあったが、五年生の時今の実家に移ると、周囲には自然も多く、車の通りもほとんどなかったので、新居には猫の出入り口も設置され、猫たちは満を持して放し飼いとなった。家の目の前は梅林、隣家の裏は竹林。猫たちにとっては、楽園だったと思う。日々いろんな獲物が供された。ねずみ、鳩、すずめ、ひよどり、むくどり、もぐらなど。朝、バリバリという音で目が覚め、ふと見ると猫が部屋の片隅で、鳥を食べていることもあった。階下から母の叫び声が聴こえると、死体処理係は私であった。鳥類の場合は、それがなんという名前の鳥であるかを調べてから、庭に埋葬した。特徴を覚えておいてあとから調べることもあった。この辺でよく見る、ひよどりもむくどりもそうやって出会った。

むくどりのことは最初私はイカルと勘違いしていた。似ているけれども、よく見るとイカルのほうは嘴《くちばし》がぽってりと太く、明るい黄色だった。同じスズメ目ということで、少し似ているが、むくどりのほうが嘴はオレンジがかっていて、全体が茶色っぽい。イカルといえば斑鳩《いかるが》の里というくらい、飛鳥に多い鳥である。私は一時その有名な明日香の鳥が近所にもいるのかと思って、嬉しくて古代史オタクだった高校の数学の先生にはがきを書いたりしたのだが、結局勘違いだったとあとから気付いた。

むくどりはあまり鳴いているのを見ないが、ひよどりの鳴き声はいつもけたたましく静寂を切り裂く。元気がよすぎて少し鬱陶しく感じる時もあれば、あのようにすがすがしく精一杯生きたいものだ、と感じる時もある。ひよどりはほっぺがほんのり赤いのがいい。餌を用意してくれている民家に立ち寄って独占して食べ続けているのも大抵ひよどりで、買い物に行く時も見かけて、帰り道も変わらずずっと食べていたりしてかわいいが、鳴き声通り、気の強い鳥かもしれない。

ある日、しっぽの長い、蒼い羽根の美しい鳥がギョーと鳴いて飛び立つのを見た。調べるとこれは尾長といった。世田谷の区鳥だが、東京の鳥らしからぬ華麗な姿をしている。鳴き声と外見の美しさのギャップもいいと思った。今でも梢の狭間にあの鮮やかな青を見付けると、宝くじに当たったみたいに嬉しくなってしまう。

初めて野生化したインコに出会った時も、胸のときめきを禁じえなかった。何しろ南国色の鳥が東京の空を飛んでいるのだ。セキセイインコだろうか、黄緑色の羽で三、四羽で群れている。普段雀にしろ、むくどりにしろ、モノトーン調の地味な色の鳥たちを見慣れている分、その鮮やかな鳥の群れが醸し出す非日常感に一気に引き込まれた。そしてあれはおそらく、逃げ出したインコに違いないと思った。いくら人間に慣れたそぶりをしていても、隙があれば逃げ出すのだろう。惰性で人間との生活を続けるうちに、逃げ出すことなどどうでもよくなってしまう鳥もいるのかもしれないが、個体によっては、いつかまたあの大空を羽ばたいてやると臥薪嘗胆《がしんしょうたん》のような気持ちで過ごしているのもいるに違いない。あるいは、いくら人間に親しんだインコでも、青い空がちらりとでも見え、目の前のケージの入り口が開け放たれ、さわやかな風の香りを察知したら、その瞬間野性が目覚め、無我夢中で飛び出すというものかもしれない。いずれにせよ、久々に飛んだ大空は彼らにとってどれほど気持ちよかったことだろう。今までの自分はなんだったのか、よくもあんな軟禁生活に甘んじていたものだ、と悪夢から覚めたような気持ちだっただろうか。あるいは、急激に減って来たお腹を次にどうやって満たすか、そんな差し迫った欲求を感じていただろうか。話しかけてくれていた飼い主のことも思い出したりはするのだろうか。しばらくは、孤独な慣れないサバイバル生活が続くことだろう。そしてある日見付けるのだ。自分とそっくりの、ぴったり気の合いそうな、気のおけない仲間を。お前もか、俺もだよ。この広い空の下、よく出会えたもんだなあと、同性なら夜通し語り合い、異性ならそのまま恋に落ちて、家族を作るのかもしれない。いずれにせよインコは群れるものらしいので、数羽が群れていてもそれが家族と断定はできないが、見ているほうとしては、勇敢なサバイバル能力のある個体のカップルが意気投合して新しい家族を新しい世界で作っていく、というストーリーを想像してみるのが楽しい。なにせ、生まれた子供たちは、完全に野生である。古い世界を飛び出してきたたくましい両親とさらに自然の中でたくましく育つ子供たち。住み慣れた環境をぱっと捨てることは簡単なことではない。その上、日々一定の餌が与えられる生活から、自ら食い扶持を確保する生活へ。見通し不透明なまま、新しい世界に飛び込み、子孫まで残したインコたちは、ペットに甘んじる己を否定し、野生の己を回復した突破者だ。初めて野生化したインコに遭遇した時、そんな万感の思いで眺めていた。

離婚後、母のいる実家に戻って娘たちと数年暮らしていた。去年近所の平屋に移って娘たちと新しい生活を始めてみると、駅までの道中で、たまに出くわすようになったのがやはりインコ一家だった。セキセイインコかと思っていたが、どうもしっぽが長い。調べてみるとワカケホンセイインコという種類のようだ。これはスリランカにいたものが、ペットとして輸入され関東圏を中心に群れを作っているとのことだった。

大抵は、大きな木の枝に間隔をあけて四羽いた。四箇所の監視台にそれぞれついているようにも見える。立ち止まって見ていると、甲高い鳴き声が聴こえる時もある。高いところにいた一羽が急降下すると、もう一羽が後を追っていったりもする。何が起こるでもないのだが、彼らに出会えた日は嬉しくて、足を止めてひとしきり満足するまで眺めて、それからまた歩き出す。

印象的だったのは、今年の正月。元日は実家にみな集まるが、二日くらいに家のほうに届いた年賀状を取りに戻った。広い畑を左手に、右手に人が住まなくなって長い空き家を過ぎるとインコ一家の木が左に見えてくる。いつもの通りそちらを覗き込んだ途端、衝撃を受けた。インコは一羽だった。よりによって正月に、ひとりぼっちのインコに遭遇するとは、と思った。インコに正月はないが、勝手に不意打ちをくらってしまった。そして自分がひとりぼっちだった正月もそういえばあったじゃないか、と思い出した。上の子がお腹にいた時だった。今から十年前の話である。

実家から近い助産院で出産したのだが、なかなか大変だった。そこは、自然分娩、母乳育児にこだわる産院で、いい母乳を出すために、妊娠中からの食事指導が徹底していた。一か月の献立をすべて書かされ、「カタカナ食」は否定された。グラタンやカレーはもちろん、スパゲッティも怒られた。おにぎり（鮭）と申告しても、「これはどうせ瓶詰のでしょう」と言われ、そんなの使ったことがなかった私は、「焼いた鮭です」とブチ切れていた。だんだんあほらしくなり、嘘の献立を書くようになったが、その嘘を考えるのがめんどくさくていや気がさした。献立を書かせて指導するのは、体重抑制の意味もあったと思う。妊娠中に運動が足りず、太り気味になってしまう人に女医は厳しかった。しかし、同じものを食べても、太りやすい人と太りにくい人とがいる。これはもう遺伝子レベルの話なので、太りやすい人が先生に「この腹は中身の少ない分厚い肉まんと同じよ！」と暴言を吐かれているのが気の毒だった。

長女が逆子になったことも大変だった。他の産院では逆子直し体操などを指導し、その後は放置するところも多い。この産院は放置はできない、という方針だった。何がなんでも帝王切開は避けなければならない、自然分娩にこだわる産院なのだ。しかし、逆子の九割は分娩までには自然に正常に戻る。多分大丈夫だろうし、運が悪ければ帝王切開でもいいです、という気持ちだったが、そんなこと言える雰囲気ではなかった。体操をしても逆子が直らないので、逆子への積極的介入が始まった。まず、壁を使って逆立ちをしばらくさせられた。それでも逆子は直らないので、いよいよ助産師三人がかりで「手でまわす」という方策が実施された。しかし、あまり腹をこねくりまわしていると、お腹が収縮して張ってきてしまう。これを点滴の収縮緩和剤でごまかしながら、まわしていくのだ。それでも痛い。振り返ってみると、本番の分娩より、この逆子無理やり治療のほうがよほどつらかった。しかもこの日はアルバム『風はびゅうびゅう』（二〇〇八年）のレコーディングで、この治療に時間がかかり過ぎて遅刻した。この無理な治療はきっとお腹の長女にしても怖い体験だったはずで、本当は自由で、ひょうきんな性格なのに、変に頑固だったり、臆病だったりする性格の一部はこの時の体験が影響したのではと思ってしまう。

産院で奨励されていた歩くことは嫌いでなかったので、よく玉川上水を井の頭公園まで歩いた。緑も多く、土の遊歩道を歩けた。心は不思議な色合いだった。すがすがしいような気もしたが、このまま透明になって消えてしまうような気もした。あの時私はひとりだった。産む当日も、ひとりで安産の灸をすえ、ひとりで産院に陣痛の報告をし、午前三時半ごろひとりでマンションを出て、歩いて一キロほど先の産院に向かった。不思議とおそれはなく、二月末の寒さも感じず、ただ星が美しかった。病院についてから五時間ほどで長女が生まれた。朝の九時。私が生まれた時間と同じでそれがほんのりと嬉しかった。お腹の上にのせられた長女がもぞもぞ動こうとするのを見ながら、朝日の中で、私は自分がひとりでなくなったことを感じていた。

あのインコは次に見た時はやっぱり四羽一緒にいた。

私も今や四人家族になった。

帰ったら犬がいた話

前夫と別居して子供たちを連れて実家に戻ってみるといろんなことが変わっていたが、ひとつ大きな違いは、犬がいたことだ。てんかん持ちのトイプードルで、ペットセラピーの妹が専門学校から預かってきたものを、妹が就職して家を出たあと、母が世話をしていた。生まれた時から猫しか知らない私に、身近に犬がいるというのは日々発見と疑問と違和感の連続で新鮮な体験だった。

まず私が最初に大きな違和感を持ったのは、この小型犬がずいぶん長いこと二本足で立っていられることだった。勿論直立不動ではなく、ふらふらと前後にふらめきながら長いこと踊りを踊るように立っている。この姿は見ようによっては面白く、また、見慣れないため、ひどく恐ろしい感じも受けた。その恐怖からか、スーパーの棚の陰からこの小型犬が人間ほどの巨大な体で二本足で踊りながら歩いてくる悪夢を見るほどだった。

犬は「慶次」という名前で、戦国時代の大名の名前からとっている。妹がそんなに歴史に興味があるのかと驚いたが、どうやらこの慶次は人気漫画の主人公となっているらしく、私の友人の、ソケリッサのおじさんダンサーの伊藤さんも、この漫画の、慶次のTシャツを着ていた。

慶次について驚いたことのもう一点は臭いだった。中型犬や大型犬はまた違うのかもしれないが、小型犬は大変獣臭い。この獣臭さは、あくびをする時以外はほぼ無臭の猫に慣れた人間にとってはなかなか耐え難い。今でも妹が顔を近づけて慶次にぺろぺろ舐めさせていることが信じられない。余程の愛情なのだろう。

また慶次は大変な寒がりである。なんでも二十数度を下回ったら、慶次のために暖房をつけないといけないという話である。母が言うには、もともとプードルはもっと大きな犬だったのを人間の都合で「トイ」化したために、体温調節ができないのだという。なんとも哀れだ。人間の「トイ」化の欲望ために、今度は人間が熱風で乾燥しなければならない。実際獣毛があるにもかかわらず、室温が二十数度もないとぶるぶると震えている慶次と、その横でのんきに毛づくろいをしている猫のカンナとを見比べると、猫はもともと「トイ」サイズで人間に大きさをいじられることもなく、ほんとにラッキーだったね、と言いたくなる。

また、慶次はなかなかトイレの場所を一定させない。一応するべき場所は決まっていて、そこですることが多いが、何かの気まぐれでいろんなところにする。猫はトイレの場所を変えないのに、犬はやはり歩き回っていろんなところにするというのが本能なのだろう。そのような犬を室内で飼うことはやはり矛盾が噴出する。母が「やっぱりケージに入れるべきなのよ」とこぼしているが、それは妹が許さなかったらしい。先日もいつもと少し違うところにエレピケースを立てかけておいたらそこにおしっこがされていた。それでも慶次には怒らず、懸命にスプレーで拭いた。電信柱と思ったのだろう。この世の中にはさまざまな事情で仕方のないことが多い。現在実家に身を寄せる私のエレピケースが犬のおしっこで濡れることも仕方のないことだ。

このように猫と犬との違いはいろいろあるのだが、忘れてならないのは、番犬として相手を警戒する咆哮《ほうこう》だろう。実際防犯の役割は十二分に果たすと思われるが、泥棒と誤解される宅急便のお兄さんたちが来ただけでそのたびに大騒ぎとなる。本来きちんとしつけられた犬というのは、鳴きやめと示せばぴたりと鳴きやむらしいが、「ご主人」である妹がまれにしかいないため、毎度大騒ぎとなり、鳴きやませようとこちらも大きな声になってしまう。妹がいる時は、「くぅん」と悔しそうな声を出して鳴くのを我慢しているが、その主人がいないとどうにもならない、というのが実態であり、それをしつけと呼べるのやら、とか、しつけってなんだろうとか、口にはしないが、毎度思ってしまう。

こういう訳で私と慶次の関係は、膝に乗りにきたら拒まないし、撫でもするけれど、やっぱり臭いと心でつぶやかずにはいられないし、その小型犬の習性にいつまでも慣れない、そういう微妙な関係であった。

ある冬の日、家に戻ってみると、おかしな音がする。誰もいないはずなのに台所から何かをこするような音がすると思って恐る恐る覗くと、慶次がてんかんの発作を起こして立ち上がれなくなっていた。あわてて抱き上げて、たまに母がしてやっているように、大きめのストールで体も顔も隠して包んで膝の上でしばらく抱いてやった。がたがたと震えていた体がやがて静かになり、ふうという吐息をもらした。慶次はいつまでもおもちゃのように見えるけれど、もうおじさんだ。しかもてんかん持ちである。季節や気圧の変わり目に発作が起きやすい。私の父も一時アルコール性のてんかんになっていたが、こちらはいつのまにか治ったようである（いつぞやはピカチュウのアニメでてんかんを起こす子供がでてニュースになって、ほどなくして父がてんかんを起こしたという報が入り、みなで大笑いした記憶がある）。考えてみれば犬の一生は猫より短い。確か五年ほど短いはずだ。同じような大きさだが猫より無駄な呼吸が多そうなので、心拍数も多くなり、その分死期が早まるのだろう。慶次も人生折り返し地点くらいに年は取っている。つまりあと十年も生きないだろう。発作のあと膝の上で落ち着きを取り戻していく小さくて弱いおじさん犬のぬくもりは、そんなことを考えさせて、少しだけ感傷的な気持ちになった。

職場の近くでひとり暮らしをしていた妹が、都心のほうに引っ越すことになり、今度はペット可物件にするということで、慶次との同居生活ももうしばらくということになった。母は「昼間ひとりぼっちで、夜は帰りが遅いし、寒かったりさびしかったりするんじゃないかしら」と心配しているが、慶次にとっては、いやがらず顔をたっぷりなめさせてくれる「ご主人」との同居が一番だろうと思う。ことに、犬は「ご主人」第一主義である。「ご主人」のそばで、しつけを守りお利口な犬として生きていったほうが、慶次のプライドも満たされ、日々充実するというものだろう。仮にてんかんの発作が起きて妹が帰る前に死んでしまったとしても、一番愛する人のそばでそれまで暮らした、ということが大切ではないだろうか。残酷に聞こえるかもしれないが、実家に立ち寄った妹が帰ったあと、玄関でしょんぼりとしばらく立ち尽くしている慶次を見ていると、やはりそのように感じるのだ。

呵責

去年、二〇一五の秋、仙台の音楽イベントに呼ばれた。楽屋に行ってみると、私のあとの出番の友部正人さんとバンバン・バザールがいた。友部さんと彼らは旧知の仲らしく、バザールの人たちに友部さんが私を紹介してくれた。私の演奏が終わって物販でCDや本を売っていると、友部さんが目の前に現れてCD『楕円の夢』と本『原発労働者』を手に持っている。あわてて、『楕円の夢』は差し上げ、本のほうだけお代をいただいた。すると、帰り際、友部さんが数年前に出た新作アルバムをくださった。帰りの新幹線で歌詞カードを開いた。最後の曲が「弟の墓」という曲だった。弟の墓参りに行ってお墓にペットボトルの水をかけたら、雨を降らせて弟がこたえてくれ、昔の自分と弟との記憶がよみがえるというストーリーの歌で、それだけで胸が熱くなる。友部さんはペットボトルの水がこんなにたくさんの雨になるなんて、と詩的な表現で死んだ「弟の気持ち」を想像して書いているのだが、そのあとにくる「今までのぼくとの隙間を埋めるように」という最後の一行がずしりと効いている。

兄弟というのは不思議な関係だ。なんのわだかまりもなく、心底気が合うという人たちもいるだろうが、どこかしらテンポが合わなかったり、幼いころから比較したりされたりしてきた関係で、友部さんのような気持ちを兄弟に抱いている人も少なくないはずだ。

ちょうど3・11が起こった年の桜の時期のことだ。「アジアの汗」という曲のPVを松江哲明監督に撮ってもらったことがある。このPVには、山谷で出会った故坂本久治さんの遺品である絵を取り入れたいと思っていた私は、それがNPO法人もやいの飯田橋の事務所兼サロンに保管されていると知り、監督とライターのKさんと一緒にもやいのサロン、こもれび荘を訪れた。そして同日、坂本さんととてもよく似た坂本さんのお兄さんのお宅も訪れた。お兄さんは古いアパートの一室で、ネットの前に座り放射線や福一（福島第一原発）の情報を収集する傍ら、坂本さんの話をしてくれた。当初の松江さんとの打ち合わせでは、お兄さんとの場面もPVに使うかもしれないという話だったが、結局使わなかった。アパートを出た監督とKさんは、「お兄さんの場面は要りませんね」と合意していた。二人とも、こぎれいとは言い難い部屋の隅でお兄さんがパソコンを前にして食い入るように放射線情報を収集し、熱心に説明する様子に若干引いているのがわかった。確かに、ちょっと風変わりな印象は私も受けた。けれど、私はお兄さんの話の中で大いに共感した部分があり、アパートを出たあとも心揺さぶられていた。

それは「弟の話」だった。正確に言えば、「坂本さんその人についての話」というよりも、「お兄さんにとっての弟の話」だった。お兄さんは坂本さんについて、お母さんが病気になった時のエピソードを話してくれた。そのことを告げられた時、お兄さんは家計を背負っていたお母さんが働けなくなることで、一家の収入が途絶えることを心配し、自分たちのこれからの生活がどうなってしまうのか、と案じた。しかし、坂本さんは、「お母さん大丈夫？　大丈夫？」と心底心配して、母親のことを気遣った。お兄さんは、その時自分と弟の違いを知った。弟の純真さと自らの冷淡とを比べた。

「あいつはいつもそういう奴でした。私とは違って」

下を向いてお兄さんがそう言った時、胸の鈍い痛みと共に私が思い出したのも弟のことだった。

私がたぶん中学生、弟が小学校四、五年くらいのことだと思う。今も昔も忘れ物の多い私は、その朝も上履きだか体操着だかを忘れて駅に向かったのだ。自転車だから出てしまえば五分もしないで駅へ着く。その私の忘れ物に気付いた弟は「行ってくる」と言って家を飛び出し、自転車に乗って私を追いかけた。そして坂の途中で転んで出血する事態となった。話はそれだけだ。けれど、帰ってからその話を聞いた私は、自分が忘れ物をしたために弟が怪我をしてしまったうしろめたさと、それ以上に、自分だったら、弟のためにそれだけの労をなりふり構わず割いてやっていただろうか、という問いに直面した。そしておそらく、忘れ物くらいと放っておいただろう、という結論に達し、明らかに弟のほうが温かい人間で、自分は冷淡な人間だと思わざるを得なかった。

アパートの狭い部屋で、お兄さんの話を聞きながら、自分が人間性において欠陥を持っていると感じている人間の情けなさややるせなさ、痛みのようなものがお兄さんの全身から出ているのを感じ、この人は私とおんなじだ、と思った。同席したKさんも松江監督も、その話に心動かす様子はなかったので、この二人は坂本さんのように心優しい人間なのかもしれないと思った。そもそも優しい人たちに、そうでない者の苦い思いを体感することは難しい。

高校時代、美術史の授業を選択していた。部屋を暗くしてスライドで絵を鑑賞しつつ、先生の講義が進むスタイルで、姿を見られない気楽さもあってか、授業はほとんど生徒たちの雑談の時間になっていたが、私は大好きな授業だった。ある日、紹介されたカラヴァッジョというイタリアの画家の作品に魅せられた。レンブラントにも影響を与えたと言われる光と闇の表現が美しく、ドラマチックだった。そして絵の中に当時の庶民の姿が生き生きと描かれていた。ある時は庶民そのものとして、ある時はマグダラのマリアやマタイといった聖人たちとして。当時としてはどちらにせよセンセーショナルな作品だった。マリアのもとにひざまずく老いた老夫婦の裸足の足の裏は泥で汚れていた。キリストがマタイを召しにやってきた場所は汚ならしい酒場で、そこで賭け事に興じていたマタイの指もまた薄汚れている。聖人も庶民も入り混じり、見た人はまるで聖なる存在が自分たちのすぐ傍にいてくれるような不思議な熱い感動に包まれたのではないかと想像する。そのように、カラヴァッジョは町の身近な隣人たちをそのまま聖なるキャンバスに登場させた。市井に生きた画家だった。そればかりか、画家本人が大分品に欠ける「ごろつき」だった。酔って喧嘩をして、挙句の果ては殺人まで犯した。「ゴリアテの首を持つダビデ」という作品には、ダビデにつかまれるゴリアテの首部分がカラヴァッジョの自画像になっていると言われる。血を滴らせ、苦痛に歪んだ表情に、己の醜さを見つめようとするカラヴァッジョの自己認識が現れている。ゴリアテの顔になったカラヴァッジョに見つめられると、私はいつもカラヴァッジョと一緒に深い内省の淵に引きずり込まれる。

数世紀の時を越えて、カラヴァッジョは生涯、私自身の鏡であることだろう。

丼のあたたかさ

ついこの前、金木犀の香りに心躍ったかと思ったら、もうその香りもすっかりどこかに薄まってしまった。あたたかいものが恋しくなって、人と繋ぐ手の温かさも改めて感じる季節になった。

冬は丼、ではないかと思う。冷えきった手にたとえば天丼の丼のあたたかさはやさしい。これが、うどんやそばなどの汁ものだと、少し熱過ぎる。ごはんのあたたかさが器を通じてゆっくりと凍えた手をほぐしてゆく、その熱の伝わり方に、ぬくもり、という言葉を想起する。

長女が小学生になってから、三人姉妹を全員自転車に乗せるということはなくなったが、全員保育園時代はそういう芸当をしながら毎朝園まで自転車を飛ばしていた。忘れ物やなくし物が多く、念入りな支度は苦手な私にとって（自分が楽しみなことは自然に用意したり準備したりできるのだが）、コートを着せたり手袋をはめてやったりしなければならない冬の朝の子供たちの支度は一層時間がかかり、ようやく支度ができて一人ひとり自転車に乗せて出発すると、気付くと自分が手袋をし忘れていることもしばしばだった。

そもそも、傘とか靴下とか手袋とか、ようするに自分の身に着ける小物のたぐいを私はすぐ失くしてしまう。物を大事に使う読者の多そうな『暮らしの手帖』でこんなことを書くのは、眉をひそめられそうで、たいそう気の進まないことだが、実際そうなのだから正直に書くしかない。ひと夏に何度も日傘を買うはめになるし、靴下も手袋もかたっぽどこかに行ってしまっている。スリッパもいつも家のどこかで脱がれていて、探し出すのにひと苦労だ。だから、手袋をしないで出発してしまうこともしょちゅうだったが、もしきちんとかばんやポケットに入れた場合も、三人娘を乗せた重たい自転車をひとたび出発させてしまったら、止まって何かを取り出したり身に着けたりというのは、面倒なだけでなくいくらか危険でもあった。

あの日も保育園の迎えに行って、冬のあっというまに暮れた夕闇の中を、私は手袋をしそびれて出発した。自転車は風を切る。北風が吹き付ける。手はじんじんとかじかんだ。ようやく家に着くと、もうほとんど子供たちの顔も見えないくらいに闇が深まっている。そうして自転車を停めて、一番前の三女から順に抱き上げて降ろしてゆく。脇の下に両手を入れて持ち上げた瞬間に、そのじんわりとしたあたたかさを感じた。寒さの中で守られていた小さな子供の体温が冷えきった手に伝わって緊張がほどけていく。次女、長女と持ち上げるたびに、おんなじあたたかさが手に伝わった。それはちょうど真っ暗な闇の中で三本のろうそくに順に灯をともしていったような、そんなイメージで私の心に残っている。丼のあたたかさにも似たそのぬくもりに気付いた日について、私は時たま思い出す。

長女が生まれた時、あと二十年くらい一緒に暮らすんだ、よろしく、と思いました、とラジオで話して、ドライですね、とＤＪの人に笑われたことがある。一緒に遊ぶのは好きだけど、母性愛と言われてもぴんとこないし、忘れっぽいし、母親業は多分☆二つくらいだろう。

それでも、忙しい日々の折々に、心に残ってゆく君たちのぬくもりを忘れたくない、と欲張りなお母さんは今日も思っています。

Ⅲ

Zinesterの夜

Zinesterの夜のことはなんとなく書き残さなければならないと思っていた。桜台「pool」で開かれたzine愛好家たちが集う音楽イベントTokyo Zinester Gatheringに松井一平と参加したのだ。しかし私は桜台もzineも知らなかった。それで、当日会場に向かうのに、西武新宿線の遠い乗り場まで歩いてから、切符売り場の路線図を見上げて唖然とした（桜台が西武池袋線の駅だったから）、着いてからも主催の野中モモさんにzineの説明をしてもらってようやく了解したのだった。なるほど、会場にはたくさんのフリーペーパーのようなものが置かれており、その中に私と一平さんの画文集『おきば』も置かれているのだった。ハングルのものも目立つ。大学院の時少しかじったので発音だけはできるハングルを見つめて、小さく発声してみる。『中尾勘二インタビュー』という冊子もあって、しばらく立ち読みする。ライブ会場は地下二階、すでに中盤を過ぎているが、とりあえずライブの空間に入ってみる。SJQという西から来たバンドの演奏中であった。室内の四方をお客さんが立って囲み、真ん中で演奏している。面白いことをやっていたが、室内は熱く、だんだん演奏が佳境に入ると薬物の酔いみたいになって、倒れそうになった。治りきらない風邪で今夜も発熱していた体は持ちこたえることができず、会場を出る。近くに「珈琲家族」という喫茶店があって、そこに入ろうとしたが、いや待てよと所持金の少なさを思い出して、二〇〇円で一杯飲めるドトールがないかなとうろうろする。こんなことを書くと、最近新譜で『珈琲』(二〇一三年)を出したくせに、けしからんと言われるのであろうか。私は、はっきり言って、コーヒーへのこだわりというものはほとんどない。好みとしては、酸味のあるものはいやで、マンデリンのような苦いもののほうが好きという傾向があるが、ブレンドを出されれば黙ってそれを飲むし、アメリカンみたいに薄いのだって、ポーカーフェイスで飲み干せるだろう。新譜『珈琲』を出したかったのは、うちのレコード会社の社長で、コーヒーが大好きなのも彼である。彼は中国茶も大好きで、訪ねていくと会議室で自ら湯の温度を計って入れてくれたりするのである。おそらく飲み物が全般好きなのであろう。私は飲み物に対して食べ物ほどの情熱を持てない。食事の時も水分がなくてもまったく構わない。飲み物がないと食事ができない、という人はよくいるが、お前はよく咀嚼して唾液を出しているのか、と質問したくなる。そのような訳で、私は、二〇〇円のドトールコーヒーを探してさまよっていた。すると松井一平に出くわして、彼もマックで奥さんのアキさんとコーヒーを飲んでいるところだという。そこにお邪魔することにして、アキさんとしばし話をする。

「最近はかまいたちはどうですか」

「少しあるけどあんなひどいのはもうない」

あんなひどいのとは、つくばのライブに彼らと行った日に、アキさんのほぼ全身に生じたかまいたちのことだ。小さいころからよくなっていた、というかまいたちの話を興味深くつくばまでの車中で聞いたのだった。一平さんが、朝起きてどうしたの、ほほの傷、ブルース・リーみたいだね、と言うと、テレビのニュースから、今日はブルース・リーの命日です、との声が流れてきたのだという。私は不思議なことが大好きなので、この二人の話を聞いているといつまでも飽きないのだ。


会場に戻ってみると、プカプカブライアンズの最中だった。テニスコーツ＋ベースのグループだ。さやさんがドラムをやっていた。よい感じに力の抜けたドラムかと思うと、次の曲では男勝りな感じでバンバン進む。変化が魅力的だった。ふと、二人の大学時代のサークル室に迷い込んだようなそんな気分。私たちの出番はあっというまにやってきて、ライブもあっというまに終わった。今回は私が真正面を向いて歌って、一平さんの絵が映るスクリーンを一切見なかったので、最後の一音を弾き終えた時、最後の絵は見られるかな、と振り向いてみた。すると、もうそこには絵はなく、一平さんの足元に投げ散らかされた絵の残骸が落ちているばかりだった。化学反応の花火は終わって、私の背後に確かに幻は生まれていたのだ。その残骸をいちいち見なくてもいい気がした。お客さんがまさに鏡のように、反応を返してくれた。私はお客さんの目の奥の静かな興奮を見つめていればいいのだ、と思った。

「あの絵は捨てちゃうんでしょうか」

良かったです！　と駆け寄ってきた二人の女の人のうち、ひとりが、一平さんの描いたまま床に捨てられている絵を見ながら私に尋ねた。

「捨てちゃうんじゃないかな、くださいって言ったらもらえるかもしれない」

一平さんの友達らしきその二人はZinesterらしく、それぞれ手製の冊子を一部ずつくれた。その一冊に『LIARS』と銘打たれていて、思わず頁をめくる。「アンインテンディッド・ライアーズ＝思わず嘘をついてしまう人」とある。蒼井優似のその発行人の顔を見つめる。

「思わず嘘をついてしまう人？」

「あ、はい」

「私もです」

ほっとしたように蒼井優の顔がほころんだ。

この夜接点のあった人たちはどこか不思議となつかしく、そのことが今文章を書いていることに繋がっているが、ひとり目は、私が二年前の九月、原発デモでアルタ前で歌った時、アルタ前に到着した時に話しかけてきてくれた人だ。DJもやっていて、自らは田んぼの音を田舎に録音しにいって、CDにしているという。一枚いただいてしまった。カエルや虫も都会では聴かれない種類の声が録音でき、その種類を聴き分ける耳も持っているという。

「それはすごいですね。私カラスの声を聴き分けられるようになりたいのですが……独学されたんですか」

「小さいころからそういう知識があって」

「希少なカエルの声なんか集めておいたら、絶滅してしまった場合なんか将来貴重な資料になりますね」

「まあそうですね、というか自分としては音楽を作っているつもりなんです」

CDを家で聴いてみると、その言葉には合点がいった。砂利を踏む靴音から始まり、川のせせらぎの音が強くなったかと思うと、カエルの声に近付く。その場で音を一斉に体感するのともまた違う、不思議な臨場感と緊張感。この日、ワンマンライブのチラシを一応持ってきてはいたが、落ち着いて配る場所もなさそうだったので、カバンにしまいこんであったものを一枚出してきて差し上げた。

二人目は、私が十月に開催している『ビッグイシュー』応援イベント「りんりんふぇす」に過去三回も来てくれているという人だった。その人の目は、私のよく知っていた二人の男性の目によく似ていた。ひとりは二〇〇二年の上海で出会って一緒に旅をしたシャオピン。もうひとりは名古屋在住だった、ファンの秋色さん。突然亡くなって彼女の腕に抱かれる骨壺になって私のライブを訪れた人。どちらも忘れがたい人だ。

「あの、あなたの目に似ている人、過去に二回出会っているんです」

一瞬困惑した二重の瞳が、なつかしく笑ってくれた。

もうそろそろ、帰らなければと思っているところに、さやさんが現れた。握手。

「ああ、寺尾さんに会うと元気になって、ワ――――ってなる」

ワ――――っていうのはたぶんいい意味でとっていいんだろう。自分はどちらかというと、A型に見られるし、どちらかっていうと部屋もきちんと整理整頓されてそうで、ちょっと近寄りがたいって勝手に思い込まれるタイプなので、今のさやさんのような言葉をかけられることはほとんどないのだ。どちらかというとあんまり人のことは見ていないし、世話好きなタイプでもない。人を聖母のように包み込むスケールもないし、懸命に励ましたりするタイプでもない。だからさやさんの言葉が不思議だった。私は、初夏の「渋谷クラブクアトロ」のテニスコーツと作ったライブのことを思い出していた。それからラストで入ってもらったソケリッサのことも思い出した。ソケリッサと一緒に踊ってくれたテニスコーツ。幸せな時間。

帰りの電車で『LIARS』を読んだ。柳田国男は、子供の嘘は叱るなと書いていたと思う。それよりは頭の中からはみだしたイマジネーションに付き合ってやれと。そんなことを思い出した。そして、虚構の持つ、人をいやす力についても『LIARS』を読んで考えた。電車を降りて階段を下りる間、私は「人でなし」とか「嘘つき」とか罵られたこと、何回あったっけと思い出していた。改札にJRに乗り継ぐ切符を入れたら、切符の出口からポーンと切符が走り幅跳びしたみたいに飛び出した。熱でフラフラなのに足取りは早く、この元気はさやさんの言葉にもらったのかな、と思って、内から力があふれていくのを静かに感じていた。ふと気付くとタイツの足首には、昼間子供たちとやったかくれんぼの時触れたのだろう枯れ草が、かくれんぼの続きみたいにじっとくっついている。

かくれんぼは不思議だ。最初は見付かりたくないけれど、やがて見付けて欲しくなる。そして見付かったら終わり、だ。もういいかい、まあだだよ、もういいかい、もういいよ。私たちは生まれてから死ぬまで、死神と長いかくれんぼをしているのかもしれない。その長さに心細くなった時、Ｚｉｎｅｓｔｅｒの不思議な夜を思い出そう。一緒に幻を生み出せる相棒、ＬＩＡＲＳ、田んぼの音、もう会うこともない男たち、そしてひとつの言葉がどれほどの力をくれるか、ということについて、この先何度も思い返すことだろう。タイツについた枯れ草と一緒に。寂しい夜は、きっと。

FMヨコハマに行った日のこと

空腹をガマンできる人を羨ましくも思うし、恨めしくも思う。空腹をガマンできる人はすべての人が「ある程度」は空腹をガマンできると思って、それをできない人にも強いる傾向がある。そんな時、我慢できない自分は、絶望的な気持ちで、倒れそうになる身体を支えているしかない。そうして、その人の空腹に耐えうる能力を力なく恨むしか術がない。

状況が許す時は、率直に空腹を訴える。まあ大抵そのパターンだ。

去年、二〇一二年に知り合った松井一平と作った画文集『おきば』について音楽雑誌のインタビューを受けていた時も松井さんは私との出会いについて「開口一番、『お腹が空いたからどこか食べに行きませんか』と言われて面食らった」と回想していた。こちらはそんなことすっかり忘れていた。あの日は、「新世界」での柴田聡子ちゃんとのライブのリハのあとDJぷりぷりの自転車を借りて、ヒカリエでやっているTAKAIYAMAの展示を見に西麻布から渋谷まで疾走してきたのだ。お腹も減るというものだ。

先日「りんりんふぇす」の宣伝にFMヨコハマの北村年子さんの番組に出演させてもらった時も、私は、桜木町に着いた時には、すっかりお腹が空いてしまっていた。しかし時間はすでに待ち合わせに十分ほど遅れている。私は、眼の前にある立食いそば屋を睨みながら、日記帳をひっぱり出して、メモした番号を眺めながら公衆電話にテレホンカードを入れた。そんな古臭いもの、とお思いだろうが、私はいまだにテレホンカードが手放せない。携帯を携帯しそびれたりなくしたりすることが多過ぎるからだ。この時は携帯を前日泊まった福岡のホテルに置いてきていた。

「もしもし、北村さんですか。あのもう駅には着いたんですが、わたしお腹が減ってしまったので……あと十五分くらい遅れてもいいですか」

会ったこともない私の図々しい申し出に対し北村さんは、一緒のゲストのソケリッサもまだ誰も来ていないし一応来てもらったほうが安心だから、何か買ってきてくださいともっともなことをおっしゃったので、私はそばをすすりたい気持ちを抑えて蕎麦屋で売っていたいなりずしを二つ買って現場へと向かった。

打ち合わせ場所にはすでにソケリッサのメンバーが集まっていた。北村さんは大層美しい方だった。しかも襲撃事件などを耳にする度に私もずっと考えていた小中学生や高校生にホームレスのことを考えてもらいたい、ということを実践されている方だった。「ホームレス問題の授業づくり全国ネット」の呼びかけ人が北村さんだったのだ。私は特にソケリッサを全国の学校で公演できるようにならないものかとか、『ビッグイシュー』の販売員さんが教室で話せる機会が増えないものかと考えていたのだが、北村さんたちは、DVDなども作製し、教師が生徒に教えられる教材を作り、実際に教室に野宿者の人を招くという活動もされているようだった。北村さんたちは著書も二〇一二年に出しており、いただいたその本を読むと、ホームレス差別の問題は、いじめの構造と同じで大多数が傍観者である、という内容が印象的だった。

収録も無事終わり、ソケリッサの四人と北村さんたちと駅に向かう。ランドマークから駅まで続く渡り廊下のような通路は風が強く吹いている。Kさんが「寺尾さんの歌を聴いているとキャロル・キングを思い出すんですよ」という。Iさんが「まーた始まったよ」と横でにやりとする。Kさんはイギリスに十年以上暮らしていたので英語に馴染みがある。「そういえば、寺尾さん、大貫さんのトリビュート、アレ絶対買いますよ！」とYさん。大貫さんはよく聴いてたんですよ、というYさんは私のライブにもよく来てくれる。それで、急にラストの曲だけ踊りで入ってもらったりということもこれまで何度かしてきた仲良しだ。今日のラジオの収録の中で、Yさんが職を失ったのが耳の病気がきっかけだったこと、自分が販売者になる前は『ビッグイシュー』の読者でもあったことを知った。

「今日初めていろいろYさんのこと、わかったな」

「そうですね、今まで全然話さなかったから」

困った時はお互い様という言葉がある。『ビッグイシュー』にもそんな精神が流れている。

Yさんのこれまでは正に、それを体現してきたかのようだ。支える側が支えられる側になることもあれば支えられていた側が支える側になることもある。『ビッグイシュー』を広めることは、多くの人が傍観者でいたがるこの社会を、ほんの少し人間味のあるましな場所にしていくことだと思う。

帰りの電車は、私とKさんだけ湘南新宿ラインで新宿に出ることになった。Kさんの家は新宿中央公園だ。ホームで電車を待っている時、Kさんは『キャロル・キング・ミュージック』というアルバムについて、一曲ずつ解説をしてくれた。そして一番最後に「どうだろうか、私、これを日本語訳してみたのだけど、寺尾さんよかったらどれか歌ってみてくれないだろうか」と控えめに言った。言葉は好きに変えてもらっていいとのことだったのでOKした。電車では座って、イギリスでの生活やその前の話なんかを聞いた。Kさんはそもそも、パチンコの景品などになるタバコ雑貨を扱う営業をしていたそうだ。給料はよかったが、働き詰めがいやになってイギリスへ渡る。向こうでは、日本の雑貨店で働いたり、スペイン人の相棒とイタリア女をナンパしたりフリーメイソンの儀式の手配師をしたりしていたそうだ。かなり謎な人である。

Kさんは背が高くおっとりして、話すのもゆっくりだ。

「まあ、私の人生すべて逃げてきただけなんですよ。そもそもは家でえばっていた兄から逃げ、仕事から逃げ、イギリスも骨を埋めるとこじゃないと逃げ……」

Kさんの声がのんびり響く。車両が心地よくゆれる。どこにでも落ちているような人生と、ハードだけどオンリーワンの人生とどっちが幸せだろう。

「まあいろんなもんから逃げてきただけだから、最後はね、この体使いきって終わりたいと思ってるんですよ」

逃げてきた話からいきなりきりっとした口調になって、少しどきりとする。Kさんは六十五歳。販売の立ち仕事は楽ではない。

「だからソケリッサの練習ね、もう始まるまでは販売のあとだから疲れたなーっと思っていやいや始めるんだけど、始まっちゃうとね、全然。疲れを感じないの」

体力というのは一〇〇あって一〇〇使うとなくなるものじゃないのだ。それは気力と密接な関わりがあって、一〇〇使ってしまっても、それに向き合えばあと五〇も一〇〇も湧き出てくるような何か、というのがその人にとっての生きがい、といえるのだろうと思う。

公園で手製の家に横たわってキャロル・キングを日本語訳し、日々販売し、ソケリッサの練習をし、人生の終着点を見つめるKさん。オンリーワンの人生の後半生、素敵としか言いようがない。

河童は死んでいない

おたまじゃくしが掌をくすぐって逃げて行く。最初は気持ち悪がって私の手の行方をうしろから見ていた娘たちがしゃがみ込み、その場所を動かなくなるまで時間はかからなかった。吊橋を渡りたいと五歳の長女が言い出し、奥多摩まで中央線で出かけた七月の日曜日の午後、吊橋を行ったり来たり、娘たちの気の済むまで渡ったあと、私たちは秋川の川辺でおたまじゃくしとりに夢中になった。砂利と水との浅瀬におたまじゃくしたちはわんさかいて、気持ちよさそうにしっぽをくねらせている。おそらく、流れも速く魚も多い、水深の深いところにいるよりも安全なのだろう、彼らは頭が半分水から出てしまうような浅瀬の砂利や石の陰にいつまでも集まっているのだった。すっかり夢中になって下を向いている娘たちをおいて、靴を脱いで川の真ん中にある大きな岩までゆっくり歩いて行った。岩に座り、足を流れにまかす。きんとした冷たさがだんだん足の感覚を奪ってゆく。

東京で育った自分に川で泳いだ経験はない。川といえば、コンクリで固められ、申し訳程度に水が流れ、申し訳程度に鯉のいる神田川。だから時たまシギの類が神田川に佇んでいると、かなりラッキーな気分で漕いでいた自転車を降りて観察する。冬はかなりの頻度でカモたちも見ることができるので、これもお楽しみである。市ヶ谷辺りの神田川に比べれば、少しきれいな、そこそこに生き物のいる神田川。泳ぐことも降りて行くこともできないけれど、とにかく眺めて楽しむための場所。それが私の川だった。

子供たちにとってもそれは同じことのようで、実家に行く時に越える神田川のところで、彼女たちは必ず、自転車を停めて眼下の流れを眺めさせるように要求する。水の流れとそこに生きる生き物の影とをひと時眺めたいという欲求をそもそも人間は持っているのかもしれない。

連れ帰った二匹のおたまじゃくしは、一匹は途中であやまって強く娘が握った時に圧死してしまったので、もう一匹を容器に入れ、きゅうりの破片を浮かべておいた。おたまじゃくしは小さな口でそれを一所懸命食べ始めた。三日四日と元気な様子をみて、この一匹はだいぶ長く生きそうだ、と私は思った。

河童がきゅうりを好むというのは、牛頭天王《ごずてんのう》という水神がキュウリを好んだのに遡るという。この牛頭天王を祀る天王祭というのはあちこちの地方に残っているそうで、この前後にはキュウリを食べないという風習もあるのだそうだ。おたまじゃくしがキュウリしか食べなかったら面白いのだが、彼らは雑食性なのでパンでもかつおぶしでも喜んでいる。ひなたの出窓に水槽をおいてやると光の中喜々として尻尾をふって愛らしい。しかし、たった一匹なので、他に何か仲間がいたら、とも思う。以前から娘たちが保育園の金魚を可愛がっているのを思い出して、そうだ、小さな金魚を入れてやろう、と思い立った。

自宅を出て旧甲州街道を東にしばらく行くと小さなペットショップがあって、金魚や熱帯魚を売っている。私はそこを目指して自転車で出発した。途中、二年ほど前に完成した巨大なゲーテッドマンションがある。建設前にあった樹木を残したのだろう、太い欅《けやき》の木を丸く囲んで美しく整備された門の外にベンチがあり、散歩で疲れた人や近くのバス停でバスを待つ人も座ることができるようになっている。その日はそこに、明らかにホームレスとわかる格好のおじさんが寝そべっていた。私はふと、このマンションが建つ前はこの場所に区の公団があったことを思い出した。古いタイプの公団らしく、一軒家がいくつも連なって、緑も豊かだった。まさか、自治体の持ち物が民間にわたり、さらにゲーテッドマンションになろうとは当時は思いもしなかった。自治体の土地はいつまでも自治体のもの、そんな風に思い込んでいた。それをぶち壊したのが小泉純一郎さんで、小泉さんがぶち壊したのは郵政だけではなかったのだ、と思い知ったのは、あとから住宅問題についての本を読んでからのことだった。「官から民へ」。威勢よくキャッチーなフレーズのもと、二〇〇〇年代、公団の新規建設はにぶり、そもそもあった公団の多くも取り壊され、そのまま民間に渡った。そこに福祉の視点はない。姿を変えて公を代表しているかにみえるUR賃貸の家賃は十二分に高いし、かつてなら公団に入れた層が住まいに困る社会になった。ゲーテッドマンションの玄関、タクシーが通勤する人を待つ横で、ホームレスが美しく整備されたベンチに横たわっている。これが二〇一三年の風景だ。私は勉強不足だった自分を棚に上げて、よく思う。誰かこれを止められなかったのだろうか。誰かこういう社会を想像し、警鐘を鳴らす人は？　人間的な良心と知性とを兼ね備える人は？　もちろん、学者やジャーナリストはいただろう。でも、もっと決定的に公の場で公のことを決めて処理していく人びとは？　彼らに最低限の良心といくらかの想像力を求めることは、そんなに夢みたいなことだろうか？

保育園から帰った娘たちは、おたまじゃくしと金魚の入った水槽を見て大喜びだった。酸素の出る石を入れて、餌も娘たちが順番で入れ、金魚もおたまじゃくしも元気そうだった。悲劇は翌日に起こった。おたまじゃくしが、腹を出して浮かんでいた。一週間近くも野の川を離れて元気に過ごしていたのにどうした訳か。金魚は相変わらず元気に泳いでいる。まさか、と思いネットを調べてみると、金魚はおたまじゃくしを食べてしまうので一緒にしないよう、と書かれたサイトを見付けた。こんなに小ぶりの金魚がおたまじゃくしを食べるとは、予想だにしないことだったが、確かにおたまじゃくしのしっぽの一部には噛まれたように、小さな切れ跡が残っていた。血も流さずに、これしきのことで死んでしまうのか。同じ水のもの同士、仲良くやるのではという能天気な考えで殺してしまった無知に、立ち尽くす。突然に金魚が恐ろしいヤツに思えてくるが、彼女に罪はない。何も考えていないような琉金の魚眼をにらみ、その尻尾が気ままに描く流線を追うことしかできない。無知は罪ではない、凶器なのだ。

小松和彦は『異人論』（一九八五年）の中で、民話に暗示された人々の「異人」への排除のまなざしを浮彫りにしている。座頭、六部、山伏、乞食といった人々は、時に人々の殺意の対象ともなったが、そうした負の感情や殺害は淡々と語られ、あるいは変形され、民話の中に封じ込められてきた。小松は、河童の起源について、人形起源譚を紹介する。これは、大工の棟梁が呪術で人形たちに工事を手伝わせ、工事が終わると捨ててしまい、人形たちが泣きつくと「人の尻でも食え」といったというものだ。河童が人間の尻子玉をとる、というのはよく知られるところで、この河童＝人形説も割にポピュラーらしいのだが、小松はこれに、「小林新助芝居公事扣」という資料を示して、人形と非人とを対置させたこの記録の中に河童の影を読み取り、河童の起源には、治水、土木、建築労働者として工事に携わっただろう下級の「川の民」の存在があると言及している。

河童の国に迷い込んだ主人公が、用済みとなった河童の労働者の肉のサンドイッチを親しい河童からすすめられて逃げ出す……そんな話を書いた芥川龍之介は、無類の河童好きだったから、河童を使って人間社会や近代文明への批判を描くと同時に、河童をめぐる通低音としての報われぬ下級労働者の影をそこに重ねて描いたのかもしれない。

「どうです？　一つとりませんか？　これも職工の肉ですがね。」
僕は勿論辟易しました。いや、そればかりではありません。ペップやチャックの笑ひ声を後にゲエル家の客間を飛び出しました。それは丁度家々の空に星明りも見えない荒れ模様の夜です。僕はその闇の中を僕の住居へ帰りながら、のべつ幕なしに嘔吐《へど》を吐きました。夜目にも白じらと流れる嘔吐を。

（芥川龍之介「河童」）

社会に嘔吐する、ということはつきつめれば、そこに組み込まれている自らに嘔吐するということだ。芥川ほどの強い自己嫌悪がなくとも、この世は嘔吐に値する。調子のいい者たちが撒く消臭剤に騙されながら、誰かの涙を知らずに漫然と生きる自分も、すでに悪臭を放っているのだ。

シルリ・ギルバートの『ホロコーストの音楽』。ここには、「音楽とは〇〇である」という命題のいくつもの答えが描き出されている。収容者たちにとっては、戦後長いことみなされてきたように、抵抗の手段であり、同時に日々の記録であり、苦痛を和らげるものであった。同時に、音楽は拷問や処刑にも利用され、収容者を苦しめるものともなった。一方、親衛隊たちにとっては、日々の死臭ただよう業務からの気分転換であり、現実逃避の手段、精神安定剤でもあった。ナチが重視した近代合理主義のために利用され奉仕を求められた音楽は、規律、品格を維持したまま殺戮を遂行していくことを可能にした。ホロコーストは音楽に満ちた空間だった。そこで音楽が担った役割の多様性は目もくらむほどだ。本書は音楽について述べている本でありながら、人間とは何者であるか、という問いへの鮮烈な答えをいくつもあぶり出している。「訳者あとがき」の中で二階宗人が次のように述べている。

ホロコーストに向かいあうとき、いつも考えさせられることがある。それはナチズムによる殺戮の実行者の多くが「普通の人びと」であったという事実である。近代化を推し進めた中産階級のテクノクラートたち。おのれの昇進や昇給のために「合理的」かつ「創造的」な（たとえば大量殺戮であっても）工夫をできる人びとである。そもそもナチは総選挙をつうじて「合法」的に成立した体制であり、「普通の人びと」の社会であった。

訳者あとがきは「二〇一二年（東電福島原発メルトダウン第二年）盛夏　原山にて」と締めくくられている。芥川は死んでも河童は死んでなどいない。今日も仲間の肉いりサンドイッチを人間に差し出してニヤリと笑っているのだ。

われわれの痛みをだれが感じとれようか？
涙が河となって流れるに違いない
いつの日か
この世でもっとも大きな墓穴がみつかるときに
（一九四二年作のワルシャワ・ゲットーの歌「トレブリンカ」の一節。『ホロコーストの音楽』所収）

原発と私

雪を待つ時間は陣痛を待つ時間に似ている。一月に三女を産んだ。そのあと何度か雪が降った。天気予報欄を見て、明日は雪か、今夜は雪かな、そうして窓から空を見つめていると、心がしん、と静まっていくようだった。それは陣痛とその先の新しいいのちを待つ気分に似ていた。

雪の多い日本海側の冬とは違う、からりと快晴の続く東京の冬に暮らしていると、たまに迎える雪はやっぱり特別だ。空の水の粒が凍って結晶になって降りてくる。その美しい現象は、実際冬の時計を進める一歩であるだろうし、雪の少ない東京では春へ向かう一歩のようにも思える。しんしんと街を静めるように雪が降り始めるのを見ると、小さな雪ひとつひとつが生まれこぼれ落ちてきたようで、心に小さな温かさを覚えるのだ。

しかし今回は違う。窓の外に降る雪を見ながら心が冷えきっていく気がした。被災地をも凍えさせる雪は今、確実に放射性物質を含んで夜の闇の中を降り続けている。春は近いのだろうか。

私が原発のことを気にし始めたのはここ一年ほどのことだ。それまで原発は危険、という認識はあっても、現状では頼らざるを得ないのだろう、とそれ以上調べようと思わなかった。原発反対派の主張をどこかで読んだり聞いたりしたことはあっても、不遜にも、どこか誇張を含んだものかもしれない、とさえ思っていた。私がコラムを連載させてもらっていたカルチャー誌『クイック・ジャパン』で、編集長の森山裕之さんが「政治特集」（六七号、二〇〇六年）をやって、敬愛する大貫妙子さんが六ヶ所村について語るインタビューが掲載されていた時も、ひと通り目を通しはしたものの、これといって自分の中で原発が大きな問題となるということもなく、そのまま日常を送っていた。

　きっかけはある日突然訪れた。

　現在では多くの人がそうだと思うが、ふと気になったことはとりあえず最初にネットで調べてみる。その日は突然思い出したのだ。そういえば、原発で働くと被曝する、って聞いたことがあったっけ。本当なんだろうか。本当だとして、どの程度深刻なものなのだろう。調べてみると、元原発労働者の手記がネット上に見付かった。すでに亡くなっている。そこで語られている原発内での作業は想像を超えるものだった。ぞっとした。すぐに樋口健二『闇に消される原発被曝者』（一九八一年）という本を取り寄せて読んだ。樋口さんは長いこと環境問題や公害問題を撮り続けてきた社会派の写真家だが、この著書では何人もの原発労働者に接触し、心をひらいてもらうまで彼らのもとに通いつめ、写真を撮ると同時に、時にはその重たい口が開くのを待ち、原発内部の労働実態を明らかにする貴重な証言を引き出している。この本を読み進めるうち、私は大きな衝撃を受けざるを得なかった。証言者の中には、「土方」仕事を経験して、山谷や釜ヶ崎のようなドヤ街[2]から流れてきた労働者が少なくなかったからだ。

私には忘れられない元土方のおじさんがひとりいた。

おじさんは坂本久治さんといった。出会ったのは山谷の夏祭り。大学の自治会の先輩[3]に「山谷行ってみる？」と言われて、おそらくその時はただの好奇心でついて行ったのだったと思う。炊き出しが一段落して夏祭りが始まるまでのまだ明るい時間だった。先輩が手招きしている。その側に小柄で眼がぎらっとした、坂本さんがいた。

「このおじさん、都立大作ったんだよ」

そう紹介されて、驚いた。都立大のキャンパスは八王子市南大沢にある。一九九〇年代に目黒区から移転して、私が入学した二〇〇〇年も充分新しい小綺麗なキャンパスだった。緑が多く、少人数教育の行き届いたこの大学を私はとても気に入っていたが、キャンパスを誰が建てたかなんて、考えてみたこともなかった。それから私と坂本さんはいろんな話をした。大学で中国文学を専攻していると言うと、坂本さんは中国語をしゃべってみろ、という。自己紹介をすると、坂本さんはとても面白いという風にこう言った。

「それはなんっつうか、いなかっぺえの発音だな」

一瞬むっとした。中三からラジオ中国語会話を聴き続けてきた私は、ひそかに発音には自信があったし、実際中国に行っても相手と話してしばらくは中国人だと思わせることができた。しかし、坂本さんによると、ラジオの中国語会話も「嘘っぱち」で、「あんな間違った発音、放送しちゃ困る」と抗議の電話をしたこともあるという。おや、と思った。聞けば坂本さんは都立大を建てる時、アジアからの出稼ぎ労働者と一緒に仕事をしたのだそうだ。おそらく中国人労働者といっても標準的な中国語ではなく、地方の訛り[4]の強い中国語を話したのだろう。いろんな国の労働者がいて、最初は意思疎通を図るのが大変だったが、坂本さんは休憩時間などにそれぞれの労働者から発音と単語を習い、簡単な通訳はできるようになった。それで現場をとりまとめるまでになったのだという。坂本さんは私が「立体交差」を中国語でなんというか知らない、というと「ちょっとちょっと困るよ、大学のセンセイは何教えてんだい」と嬉しそうになじるのであった。むっとしたのも束の間、この面白いおじさんの話に引き込まれている自分がいた。坂本さんは絵描きでもあった。新聞でも取り上げられたことがあるというので、後日絵を見せてもらうため、もう一度山谷へ向かった。

正直に言えば、山谷にはもう行きたくなかった。炊き出しは楽しかったし、夏祭り自体も面白い。しかし、山谷の中で、女であるということは異常なセクハラの嵐に耐えなければならないことを意味する。夏祭りで酒が入っていたこともあるのだろうが、言葉は勿論、手が出る人も多かった。お前さっきからねえちゃんとばっか話してんじゃねえよと、喧嘩も始まる。次回来る時はよほど女っ気のない格好で帽子でも目深にかぶって来なければ、と思った。坂本さんの言動もセクハラ度充分で、「彼氏がいてもいいから、浮気でいいからさあ」と繰り返すのだった。それでもまた山谷に行ったのは、坂本さんがどんな絵を描いているのだろう、という興味と、どんな人生を送ってきた人なんだろうという興味があったからだ。二人で会って坂本さんがどう出るか、という不安はあったが、先輩に相談すると「まあ坂本さんなら大丈夫じゃないか」と言ってくれたので、行ってみることにした。

坂本さんは絵を持って来てくれていたので、見せてもらうために近くのファミレスまで歩いた。夏祭りの時は気づかなかったが並んで歩いてみると坂本さんはびっこをひいていた。現場での作業中、落ちて腰を悪くして今は生活保護を受けているのだという。安いドリンクバーのドリンクを飲みながらファミレスで見せてもらった絵は、一見浮世絵を模写したもののように見えて、でも坂本さん独特の風合いがにじんでいた。

「アクリル絵の具しか使わない。こういう感じはアクリルでないとだめなんだ。高いからこのごろは買えない」

そう真面目な顔で言ったかと思うと、辺りをキョロっと見まわして、

「みんなこんなおやじとネエちゃんが何やってんだって思ってるだろな」

と、にやっと無邪気な坂本さんだった。

まだたくさん自分の部屋に絵があるというので、見せてもらうことにした。歩きながら、また話を聞いた。両親は戦前、北京に渡って本屋をやっていたが、終戦で無一文で帰って、戦後は苦労したのだという。

「小学校は新聞配達やってさ、修学旅行はお金足りなくて行けなかった」

自分の両親と同じか少し下に見える坂本さんの世代でも確実に貧困は存在したのだ。高度経済成長、三種の神器、と次第に豊かになるイメージばかりあったが、それは単に教科書的なイメージにすぎなかったと思い知らされる。

坂本さんは生活保護をもらっているので、住居は家賃を払って住んでいる。だからいわゆるドヤ街とは少し離れたところにあったと思う。外観は下宿のような感じのアパートで、玄関の引き戸を開けるとそれぞれの部屋の入り口がずらっと並んでいた。どの部屋もそうなのかもしれないが、坂本さんの部屋は三畳あるかないかの狭さだった。ふと大学に入って初めて付き合ったNくんの部屋も三畳だった、と思い出した。

作家志望のNくんは安部公房みたいな不気味な小説を書いていた。あまりなめらかでないそ

の筆致は私の好みではなかったが、彼のどこが好きだったのか、と振り返ってみると、羊のような暗さと不安定さ、だったかもしれない。三畳の部屋で抱かれた時、暗闇の底知れぬ深さを初めて知ったような気がした。それは私が求めていたものではなかったが、私の感覚になじむものではあったのだ。別れてしまうと、覚えていた携帯番号だけでなく、Nくんの匂いも忘れてしまった。当時彼の部屋へ遊びに行くと帰ってから自分の服に彼の匂いがついているのがはっきりわかった。好きだったその匂いがどんなものだったか感覚をたぐり寄せようとしてもまったく思い出せない。匂いの記憶はそんなに頼りないものだろうか。いや、そんなことはない。中国の安徽省《アンホイ》を旅した時、農村ではポン菓子売りのおじさんがポン菓子を作ってまわっていた。大きな音がして白い煙と共にたちのぼった甘く焦げたような匂いは今でも憶えているし、小さいころ読んだ外国の絵本でミントやピザやライラックの絵をこするとその香りがした、そのいかにも作られた感じの大げさな匂いと頁の紙の匂いとが混ざった独特の香りは、懐かしさをもってはっきりと思い出すことができる。別れた異性の匂いをきれいに忘れてしまうのは多分、そうでないと次の恋に移れないからだろう。

そんなことを思い出していると、今いる三畳の部屋の蛍光灯がやけに眩しく思えた。坂本さんはぎりぎりまでしぼったアクリル絵の具のチューブと、絵の具がついたままのパレットも見せてくれた。

「模写だろ真似だろっていう奴もいるが、そうじゃあないんだ。どうだい、あんたわかるかな？」

次々見せてくれる絵は未完成のものも拙《つたな》いものもあったけれど、どれも坂本さんのユーモラスな部分がよく投影されているように思った。うん、と頷くと、あ、やっぱりわかる？ わかるか、わかるでしょう？ と満足そうに笑った。三畳の空間では、セクハラ発言もなく、坂本さんは充分に紳士だったので、私はこのシャイなおじさんを好きだなと思った。

五年後の二〇〇八年九月、突然坂本さんの交通事故死を知らされた。事故は七月だったという。咄嗟に坂本さんが足を引きずって歩く姿を思い出した。それから山谷の交差点が泪橋という名前だったことも思い出した。坂本さんの死については、七月に死んだということ以外詳しいことはわからなかった。坂本さんが交差点で死んだのかわからない。仮にそうだったとして泪橋交差点だったかもわからない。けれど、私の頭の中では現場で痛めた腰をかばってびっこをひく坂本さんが、泪橋交差点で迫る車から逃げ遅れる図ばかりフラッシュバックみたいに繰り返された。坂本さんの死はなんだったろう。坂本さんとの出会いはなんだっただろう。ぐるぐる問いばかりが頭をかけめぐった。確実に言えるのは、「土方のおじさん」が私にとって他人ではなくなってしまった、ということだった。たった二回会ったきりだったけれど坂本さんは私にとってどこか遠い世界の「彼ら」のひとりではなく、目の前にいる「あなた」になった。

小さく温かな出会いは、しかし鋭くはっきりと私にそれまでの想像力の欠如をつきつけた。山谷、土方、日雇い、ドヤ街。そこに生きる人びとの人生、抱える問題に対してすでに無関心ではいられなくなっている自分がいた。

「宿泊先は山谷のつばめ荘だった。そこから毎日、工務店に通っただ。せんべい布団一枚で一泊七十円。仕送りするには、こんな所に泊まるしかなかった訳よ」

樋口健二『闇に消される原発被曝者』には、福島県双葉町《ふたばまち》出身の大久保智光さんの証言が書かれている。終戦を海南島で迎え、戦後は、闇屋や長野のダム建設にたずさわり、食いっぱぐれのない農業をやっていく決意をするも、それだけでは一家を養えずに山谷に出てきて日雇い仕事をしていた大久保さんは、やがて福島第一原発で働き始める。出稼ぎが普通であった農家にとって、一九七一年に稼働し始めた原発は、地元で現金収入を得られる恰好の働き口となった。しかし、原発内での労働は過酷なものだった。大久保さんは「熱くて、苦しくてたまらなくなって、防毒マスクをはずして仕事をしたもんだ。今、思うとよけいに放射能をいっぱい吸い込んでいたんだ!」と証言している。マスクというのは勿論放射線による内部被曝を防ぐためのものだ。しかし現場は熱くて、とてもずっとは着けていられない。これは大久保さんひとりが体験したことではない。労働者として原発に入り込み、原発内部の実態を日記を通じて描き出した堀江邦夫は著書『原発ジプシー』（一九七九年）の中で福島第一原発で経験した労働を次のように記している。

原子炉建屋にくらべ、タービン建屋内はさほど線量が高くない。アラーム・メーターもならない。それだけに作業時間は長くなる。その間、半面マスクを着けたままだ。息苦しい。頭痛もしてくる。

最初のころは、真面目にマスクをつけていた。だが、ほとんどの労働者はマスクを首にぶら下げているだけだ。私もついつい彼らの仲間入りをすることが多くなってしまった。「内部被ばく」への不安よりも、その場の肉体的苦痛から逃れたい気持の方が強いのだ。

この被曝防止マスクは、そこで働く労働者がどれだけ過酷な状況で使うかがまったく考慮されていなかった。また他にも、作業の説明を仲間にする時に声が聴こえないので結局外して作業する、といったことが起きている。

アラーム・メーターというのは、作業開始時に上限の線量をセットしておき、そこに達するとアラームが鳴る装置だが、大久保さんは放射線について充分な教育を受けなかったので「アラームメーターが鳴れば仕事をやめればいいのに、仕事にならんかったので続けてやってしまった」とも証言している。原則的には線量が高ければ高いほどそこで作業できる時間は限られる。しかしその場の仕事をやりきるために、メーター無視が横行してしまう。これを止めるのは放射線管理者（放管）の仕事だ。『闇に消される原発被曝者』では敦賀原発で働いた労働者の証言も載っている。

> 正確に放管（放射線管理者）の言う通り仕事をやってたら、全然進みませんよ。放射能を無視して労働者が仕事してるから、予定通り仕事が進行するんです。厳密にしよったら、仕事が終らず金を何ぼでも食うことになってしまう。定期検査[6]も二ヵ月くらいで終わらず、何ヵ月も一年もかかってしまう。
>
> 工事は、何月から何月まで完成させねばならないと決まっている。試運転に入るまで、何があっても完成させないかんのです。元請けは、危険やからとゆっくりやっているわけにはいかんのですよ。
>
> メーカーの日立や東芝の放管はやかましく言うけど、下請けの放管は仕事第一に考え、安全がおろそかになるというのは必然なんですよ。

知らないことばかりだった。それもショックなことばかりだ。原発がクリーンエネルギーだと言い張っている人たちは、この労働現場のダークな実態をどれだけ知っているのだろうか。一番ショックなのはそうした事実を知らずに、のほほんと電気を使い、二酸化炭素を出さないからやっぱり火力よりはいいんだろうし、太陽光とか風力とかはいずれ主要な発電源になって欲しいけど不安定な部分もあるし、今のところ原子力なのかなあとたいして勉強もせず思っていた自分自身に怒りと恥ずかしさとが込み上げた。人を踏んづけて生きているとはこのことだ。人が人を食っている、とかつて中国の作家魯迅は警世の言葉を遺したが、人の健康を蝕《むしば》み、時にいのちを奪いながら作られた電気で自分は生きている。血塗られたシステムの中にいつのまにか据えられている恐ろしさ。ただ無知によって、無感覚に電気を使ってきたことの恐ろしさ。労働者の日常的な被曝によって、「クリーンな」原発が動き、日本の電力がまかなわれてきた。これからもまかなわれていき、どうやら国は原発をどんどん輸出したいようだから、世界中に原発被曝者が増えていくんだ、そう思うとくらくら目眩《めまい》がした。

眼鏡の奥の射ぬくような眼差し。不信は悲しみをたたえて瞳ににじんでいる。病室のベッドで胸をはだけた初老の男性が写真に映っている。『原発1973~1995　樋口健二写真集』（一九九六年）を開くと日本初の原発被曝裁判を提訴した「岩佐訴訟」の原告岩佐嘉寿幸さんを写した写真が異様な力で迫ってくる。岩佐さんは高線量の原子炉内での数時間の作業で被曝をし、阪大病院で「放射線皮膚炎の疑い」という診断も得たが、訴えは最高裁で全面棄却され、労災認定もおりなかった。「日本には民主主義も人権に対するやさしさもないことをいやというほど思い知らされましたね」と岩佐さんは語っている。

樋口さんの著書を読むと、岩佐さんのように、被害を法廷に持ち出せるのはごく稀だということがよくわかる。多くの場合事故や怪我があったことそのものがうやむやにされるからだ。なぜうやむやにされるのか。東電が隠蔽するから、というのは半分当たっていて半分間違っている。実際は隠蔽したい東電の意を十二分に汲んだ下請け会社のトップが隠蔽に心を砕くのだ。東電が隠蔽する以前に、東電に報告すらされない事例が多いと言える。

『原発ジプシー』の堀江邦夫は福島第一原発のタービン建屋での落下事故で怪我をした時、会社の所長に言われたことを次のように書いている。

「いいかい堀江さん。労災だと日当の六割しかもらえんのよ。だけど労災扱いにしなければ、うちで全額面倒みてあげる。ね、どっちがいいかわかるやろ?」カネを多くもらうのと、少ないのとではどちらがいいか――日雇い労働者でなくても、「多い方がいい」と答えるだろう。それでなくても、安全責任者から「労災にすれば、東電にバレるので……」という話があった。東電や会社に迷惑をかけてまで労災扱いにしてくれと、「使われている側」の労働者がはたして言えるだろうか。

原発の労働者は東電に雇われている訳ではない。孫請け、曽孫請け、といくつもの下請けが連なって、その末端で被曝労働に従事する多くの労働者が束ねられている。この下請けシステムはただ単に「ピンはね」の問題だけではなく、常に上の会社の顔色をうかがって都合の悪い情報は隠されるという意味で、彼らの労働環境に暗い影を落としている。外部から見たら呆れるようなマスクの根本的な問題やアラーム無視の実態が、改善されることなく温存されてしまうだろうということは容易に想像がつく。しかし、例えば二〇〇〇年代の福島第一原発[8]について、その内部での労働実態がどのようなものだったか、詳しいところはわからない。というのも樋口さんの著書、堀江邦夫の『原発ジプシー』、原発の清掃会社社員森江信の『原子炉被曝日記』（一九七九年）、敦賀原発で働く息子を亡くした松本直治の『原発死』（一九七九年）など原発での労働実態に切り込んだ作品の多くは一九七九年から八〇年代頭にかけて出版されており、それ以降の原発内労働の実態について詳しく知ることのできる資料を寡聞にしてまだ知らないからだ。できることなら、二〇〇〇年以降の原発の実態を探り伝える仕事[9]をしてみたい。労働者を探し、訪ね、話を聞く。樋口さんが丁寧に行なった調査は、引き続きなされなければいけない。東日本大震災によって原発の危険性が明らかになった現在でも、平時の原発がどこまで危険で、労働者がどのような環境で働かされているのかを知ることは、この国で原発をどうしていくべきなのかを考えていく上で必要なことだと思う。

「待ってくださいねー、今放射線洗ってきれいにしてますので」

三歳の長女とお風呂に入っていた時、彼女は身体を洗うスポンジに蛇口の水をかけてごしごしやりながら、そう言った。葉物野菜を念入りに洗うようになった私の口真似をしているのだと了解した瞬間は思わず笑ってしまったが、同時に、胸の上に重たい石をどんと落とされたみたいに、苦しさで胸がふさがった。放射能、原発……本来なら三歳の子が知る由もない単語をしっかり記憶してしまっている長女の姿を見て、なんてことだ、と思った。悪い夢ならいいのに。終息の見えない福島第一原発は「非常時」をだらだらと引き延ばし、その間に「被曝」という単語もすっかり生活の中に馴染んでしまった。

私にとって「ひばく」、と聞いて連想するのは長いこと、原爆であり、ヒロシマとナガサキだった。もちろん被爆者は戦後を生き続けている。それでも東京に生きる自分にとって被爆者は遠く、原爆は遠い過去のことだったのだ。それが、樋口さんの『闇に消される原発被曝者』で、「ひばく」は原発で働く人たちにとって現在進行形のことだと知った。特に気になったのは、病気や死因と被曝との因果関係がはっきりと見えにくいということだった。訴訟を起こした原発労働者、岩佐さんのように、いちどきに高線量の放射線を浴びた外部被曝の場合は、まだ因果関係を求めやすい。しかしそうでないケースの方が圧倒的に多い。被曝をしたら特定の症状が現れ、それに病名がついているのであればわかりやすいが、そうではないのだ。癌や白血病で亡くなる人、悪性の貧血で亡くなる人、さまざまだ。ひどい倦怠感が続き働けなくなる、俗にいうブラブラ病は多くの原発労働者に見られ、原爆の被爆者にも多く見られた症状だという。長期間に放射線を受け続ける内部被曝のメカニズムが未解明であり症状のタイプが分散されていることで、労働者は因果関係をはっきりと立証することができない。これによって原発は鋭い糾弾を免れ、長いことクリーンなイメージを保持して来れたとも言える。

　私が原発労働者の存在を知って原発や被曝についての本を読み始めた時、特に面白かったのが肥田舜太郎／鎌仲ひとみ『内部被曝の脅威――原爆から劣化ウラン弾まで』（二〇〇五年）だった。これによれば、高線量の放射線を何度も当てるよりも、微量の放射線を長時間当て続けるほうが細胞はより簡単に壊れるのだという。核分裂物質に近ければ近いほど受ける線量は増えてしまうから、細胞のすぐ側で半減期の長い放射能物質が放射線を出し続けることはとても危ないことだとも書かれている。もちろん細胞は傷付けられてもそれを修復する能力があるが、細胞分裂の速い生殖腺や造血組織、胎児などは傷が治りきらないうちに、分裂を起こしてしまい、異常が増幅していってしまう可能性があるという。これを読んでいたので、地震後の福島第一原発から漏れる放射線の、健康に「問題ない数値」が問題ないとはとても思えなかった。地震後親切な知人が放射線の数値を自分で計算して安心しよう、風評にまどわされないようにしよう、と言う科学ライターのブログを教えてくれたりしたが、正しい数値を出せたところでまったく安心できない、と思った。しかし土壌汚染が始まったばかりの今は洗うことさえしっかりすれば、それなりに被曝は防げるのだろう。怖いのは食品内部が汚染されていく、これからだ。

一方で、正直に言えば、まったくこだわらない人の気持もよくわかる。数十年後に癌になったって、それが放射線のせいかはわからないのだ。食べ物や水にびくびくするストレスのほうが大きいなんてあほらしい。病は気から、でんとかまえて病気になるならなれと居直ったほうが多分健康にもいいのだ。それでも私は西へ移住したい。できれば原発から遠く離れたところに住みたい。東京に住み続けて数十年後に癌になったとしたら、東電の人災とも言われる今回の原発事故で癌になったかもしれないのである。そんなの、かもしれないだけで癪である。憤死するのはいやである。

整理整頓ができないので私の部屋は汚い。探しものはなかなか出てこない。面白くて傍線をいくつも引いたはずの『内部被曝の脅威』も実は出てこなかった。困って図書館にリクエストの予約をしたが、地震以降、原発や被曝関連の書籍は予約がたくさん入っている。しかし原稿の締切りはすでに過ぎていてこれ以上もたもたできないので、新宿三越のジュンク堂にもう一冊新しいものを買いに行った。カウンターに取り置いてもらって受け取った『内部被曝の脅威』には新しい帯がついていた。「そしていま、わたしたちはひとり残らずヒバクシャとなった。」という池田香代子さんの言葉が書かれていた。遠いあの日から現在まで後遺症と共に生きてきたヒバクシャたちの存在。現在進行形の問題であるのに、隠された世界であるがゆえに知らなかった原発被曝者のおじさんたちの苦しみ。私は東京に住むヒバクシャとなって初めて、他者の痛みへの想像力をほんのわずか、ようやくはたらかせ始めることができたのかもしれない。

報われることはないだろう。ヒバクシャの願いに反して世界には核兵器があふれ、日本国内でも核武装は言及されている。原発被曝者の問題も原発が存続していくかぎり解決に向かうとは到底思えない[11]。それでも声を上げ続けなければならない。「この裁判は私一人のものではない」と言いながら二〇〇〇年に亡くなった原発労働者・岩佐さんの言葉が忘れられていいはずがないのだ。放射線の風はフクシマから東京へ今日も吹きわたっている。

先日、坂本さんのお兄さんに会った。お兄さんによれば、坂本さんの死は、交通事故のあとではあったが、事故は直接の死因ではないとのことだった。事故後の長い入院生活を終えた退院の日、坂本さんは仲間のところに久しぶりの酒を飲みに行った。その晩家に帰って、その晩のうちに亡くなった。不整脈ではないかという。それまで鳴いていた蝉がぱたりと地面に落ちるように、坂本さんの生はふいに、密やかに、終わってしまったのだ。

私は死の五年前に彼に出会った。それから目に映る景色は確実に変わった。建設現場の土方さんたちを見かけると、そこに坂本さんがいるような気がした。渋谷駅の構内にダンボールをひいて寝そべる人たちが気になって仕方なくなった。新宿西口の動く歩道脇にぼこぼこと置かれた、ホームレス追い出しのための無用なオブジェにひたすら腹が立った。街中で、ホームレス自立支援雑誌『ビッグイシュー』を手にして佇むおじさんを見付けたら必ず一冊買うようになった。

私は坂本さんという存在を介して、原発の問題に出会った。坂本さん自身は原発労働者ではなかったけれど、それはもしかしたら山谷に暮らした坂本さんが選んでいたかもしれない仕事だ。実際、原発労働を経験した友達もいたかもしれない。原発は今、海に大気に放射線をまきちらし、日々東電の下請け会社の作業員が被曝している。この惨状にもめげず原発推進派は原発を「安全に」維持、運転していこうとするだろう。そこではまた被曝者が増えていくのだ。坂本さんとの出会いはなんだったか。ペットボトルの水で味噌汁を作りながら私は、今何度も自問した問いに還っていく。国内の五十四基（二〇一一年四月執筆当時）の原発で働くおじさんたちを思う。世界中の原発労働者を思う。坂本さんが掘り起こしてくれた、私の乏しい想像力をめいっぱい巡らせながら、私は今日も明るい電気の下、娘たちと味噌汁を飲む。

1ネットで調べてみる…例えば皮膚科でもらった軟膏「サトウザルベ」の「サトウ」とは何か、とか、カボチャで当り(ほくほく)とはずれ(みずっぽい)があるのは、日照時間によるものなのか、とかそういう類の疑問だ。ちなみにサトウザルベはネット上に答えはなく(執筆当時)、薬局へ行って薬剤師のお姉さんに尋ねたところ、「薬局の前によくいるでしょ、サトちゃん。あのサトちゃんの佐藤製薬が作っているからそのサトウ」と教えてくれた。「ザルベ」は何か聞きそびれてしまったが、ネットで解決しない場合はやはり現場に足を運ばなくてはならないな、と感じた一件だった。

2ドヤ街…日雇いのおじさんたちが一日数千円で泊まる、簡易宿泊所が密集する地域。宿をひっくり返して、ドヤと呼ぶのだという。行ってみるとわかるが、まさに「密集」しており、初めて歩いた時はちょっと異様な感じがした。

3先輩…私の通った東京都立大学は学部長選挙に学生が投票できるなど、学生運動の時代の残滓のような貴重な制度が残っていたり、多くの大学で自治会が活力を失う中、小ぢんまりした大学だったからかもしれないが、それなりに活発に活動し、学生大会も毎回成立させていた。私自身は自治会の役員などにはならなかったが、親友が自治会長を務めていたこともあって、自治会の部室にたまに遊びに行ったりしていた。都立大には夜間部があったので、夜間部の自治会もあり、二つの自治会は相互に人的な交流が盛んだった。山谷に連れていってくれた先輩はこの夜間部自治会の役員で、現在は越谷市議になっているが、在学中は山谷での支援活動をやっていたり、休学して梨を作りにいってしまったり、自分の学費のカンパを募って卒業したり、面白い先輩だった。

4地方の訛り…中国は広く、標準語には北京や東北部の発音が採用されている。例えば標準語は上海人が苦手な発音が含まれているため、上海人は標準語を話しているつもりでも、上海人特有の発音となってしまう。私は音韻学はまったく詳しくないが、おそらく坂本さんの話していた中国語の発音からすると南方の福建省辺りの訛りではないか、と思った。

5 セクハラの嵐に耐えなければならないことを意味する…外国人でありながら山谷に単身乗り込み、日雇い労働をしながら、内側から山谷とその住人を描き出したエドワード・ファウラーの『山谷ブルース』（一九九八年）の訳者川島めぐみは「訳者あとがき」でアルコール依存症のホームレスから「ホテルに行こうよ」と声かけられたことに触れて「女性ジャーナリストが本書のようなルポルタージュに取り組んだのであれば、その人は身の危険を感じないでいられただろうか」とジェンダー寄りの視点から問題提起している。私は山谷で見かけた女性ホームレスを思い出した。それは老婆であった。薄汚れた服でやはり薄汚れた袋を手に下げて彼女は歩いていた。一緒にいた支援グループの人が彼女は身体を売って生活していると教えてくれた。見てはいけないものを見てしまったような気がしたが、一方で目を離すことができなかった。山谷の性欲処理を一身に背負う彼女の心理はどんなものだろう。今日生きるための売春。現代日本において、性と生がこれほどの切迫感でひとりの女の身に体現されることが他にあるだろうか。

6 定期検査…通常「定検」と呼ばれる。原発の定期点検は労働者が炉内やその他線量の高いところに入って清掃したり不具合を直したりするため、事故や故障時と並んで最もひどく被曝すると言われているが、この定検時には数千人規模の人海戦術がとられているという。事故で被曝、というのはわかる。しかし、原発を正常に安全に動かすための年に数回ある定検で同レベルの被曝をするとしたら、原発というものの存在を根幹から考え直すべきだろう。しかし、現場からの訴えは巧妙に隠され、にぎりつぶされ、ほとんど上に上がってこない。したがって現場で働く労働者の健康問題はあたかも存在しないかのようである。少なくとも東日本大震災で福島第一原発がこれほど注目されるまでは、私自身がそうだったように、多くの人にとって「原発」と「被曝」はなかなか結び付かないものだったはずだ。

7 世界中に原発被曝者が増えていく…すでに、樋口さんは台湾やフィリピン、インドネシアなどの原発の村を訪れ、『アジアの原発と被曝労働者』（一九九一年）を出している。

8 例えば二〇〇〇年代の福島原発…昔に比べて原発内の労働環境は改善されているものと思いたいが、『AERA』の二〇一一年四月十一日号の「靴下の上にコンビニ袋　下請け作業員の見た「第一」壮絶現場」という記事の中で、作業員のひとりは次のように証言している。「この10年間で作業員の数は減り、『経験不問』の求人で入ってくる人が増えました。以前は、『親方』のようなベテラン作業員が要所要所に配置され仕事を厳しく管理していたが、人件費削減のためそういう人はいなくなった。その結果、仕事の質が下がり、表に出てこないようなトラブルが増えたと思う」。通常、放射線量が高い所ほどたくさんの人手がいる。その人数が人件費削減で減っているのだとしたら、ひとり当たりの仕事量は増え、被曝量も増えているのではないだろうか。

9 原発の実態を探り伝える…書くことで伝えたい、というのはまず当然あるのだが、同時に映像で残せないものか、と思う。できればドキュメンタリーの形で作品として残せたら、より多くの人に、より鮮烈にこの問題を知ってもらえるのではないかと思う。どなたか撮ってくれる監督はいないものだろうか。いないのなら私が撮りたい。ある座談会でそう発言したらその時いたミュージシャンのひとりに「それは歌でやって欲しいな」と言われた。歌にするのは不可能ではないかもしれないが、まずは二〇〇〇年代の原発労働の実態が詳しくわからないと、歌にする気にはなれない。歌は通常フィクションと受け取られることが多い。ノンフィクションの表現手段のひとつとして歌が有効な場合があったとしても、実際を詳しく知ってからでなければ詩は書けない。やはり原発の被曝労働の問題に関しては書くこと、もしくは映像で伝えることで実態をきちんと示すことが歌うことよりも優先されると思う。ちなみに樋口さんによる元原発労働者・村居国雄さんや岩佐さんらの取材は『隠された被曝労働』として映像化されていて、YouTubeでも観られる。元々はＮＨＫで放送予定だったものが放送できず、イギリスのchannel 4が買い取ったもののようだ。

10 メカニズムが未解明…内部被曝の影響については専門家の間でも意見が割れているが、新聞やテレビに出てくる専門家は内部被曝の過小評価派ばかりなのだろう。口を揃えたように、「影響のない数値」といったことを繰り返している。ようやく付け足しのように長期的な影響も考えるべき、といった専門家のコメントも出てきたが、事故当初は「御用学者」と言われても仕方のないようなコメントばかり目立ってうんざりした。「科学」の専門家のコメントはまるでそれが唯一の正答のような印象を受けてしまうが、そうではない、ということを痛感する日々だ。田中幹人さんの「科学者も自分のイデオロギーに影響されています」（「科学者よ、もっと前へ」『朝日新聞』二〇一一年三月二十三日朝刊）という言葉はおそらく本当だろうし、イデオロギーどころか札束に「影響される」学者もいることだろう。樋口さんの著書には東電と医師や学者との呆れるような癒着も描かれている。

11 原発が存続していくかぎり解決に向かうとは到底思えない…ちょっと前まで菅直人の秘書をやっていたのが、やはり都立大の先輩Ｋさんだった。原発労働者の実態を知って衝撃を受け、知人に話しまくっていた私は、Ｋさんに都立大の先輩の結婚式で会った時、この問題について聞いてみた。原発で労働者が安全に働けるよう、きちんと対策はとれないものなのか。今考えると馬鹿な質問だったかもしれない。Ｋさんはでも真面目に聞いてくれて、そのあと「選挙で得にならない事案は取り上げられないんだよ」と教えてくれた。

犀の角

仙台ライブは大雪だった。山形や福島から向ってくれたお客さんが来られなくなって会場は少しゆったりしていたり、タクシー乗り場の長蛇の列に並んだために芯から冷えきった上、リハなしでの本番となったけれども、会場のスタッフの方は温かなコーヒーを用意していてくださっていたし、地方だというのに綺麗に鳴るグランドピアノはあったし、PAさんも本番の音を慎重に微調整していってくださった。お客さんの中には、長年ファンでいてくれた方の他にも、学校でチラシをもらって、という女子高生や、美容院でチラシを見て音楽は普段聴かないけど気になってという人、あるいは図書館にフライヤーが置いてあってぴんときて、という人など様々だった。みんな、この日のライブをセッティングしてくれた企画者須藤さんのおかげだ。須藤さんは最初少し年配の方かと勝手に思っていたら、私より二つ上の同世代の人だった。そして、何より私が今回嬉しかったのは、私が『ビッグイシュー』を応援する「りんりんふぇす」などの活動を見て、自ら仙台ビッグイシューソサイエティと連絡を取り、会場での販売をセッティングしてくれたことだ。仙台に着いて、リハまでの時間は観光に使っても良かったし、最初は女川原発まで足を延ばしてみようか、いや、やっぱり松島まで行ってみるべきか、とも考えた。津波のやってきた海岸に立ってみたい、という気持ちもあった。それでも雪によって麻痺し始めそうな交通のことも心配だったし、なんとなく須藤さんご夫妻とお昼をご一緒したいと思い、お誘いした。普段は、外で食べるといってもひとりで食べることのほうが多いくらいだけれども、須藤さんとは話をしてみたかった。昼食後に空くだろう会場入りまでの午後の時間は、市内の大きな図書館に行って資料でも探そう、と思った。

「アーティストを地元に呼ぶのはChocolat & Akitoに続いて二回目」という須藤さんはおとなしそうな感じの男性で、フライヤーを制作してくださった奥さんもおっとりとした愛らしい方だった。フジロックで出会ったというお二人は、趣味を同じくしている。これからもこのように、力を合わせて地元へアーティストを招いていかれるのだなと思うと、なんだかとても羨ましくなった。私たちは、時折おとずれる沈黙の「間」に、少しはにかみながら、音楽の話や本の話、それから『ビッグイシュー』の話なんかをした。須藤さんは私がどうしてりんりんふぇすのような活動をしているのか、またなぜ『評伝川島芳子』のような著書を出しているのか、気になっているようだった。そこで話は山谷での坂本さんとの出会いや、戦前や戦争の時代とアジアへの興味、さらにさかのぼって、小学校時代に知って大きな衝撃を受けた関東大震災の時の朝鮮人虐殺にも及んだ。その時、須藤さんが、話を継いだ。

「自分も震災の時の朝鮮人虐殺の話はずっと知らなかったです。それがある本を読んで、やはりその震災で捕まって、のちに恩赦が出たけれど、自分はそもそも罪を犯していないといって獄中で自殺した女性のことを知ってとてもショックを受けたんです」

須藤さんが「震災」と言ったので一瞬、二年前のことかとうろたえた。九十年前の「震災」の話を私たちはしていた。九月一日、全国の学校で防災訓練はしても、その混乱の中で起こったことを、学校はほとんど教えない。だから多くの人にとって「関東大震災」は大正時代の自然災害、でしかない。本当に学ぶべきことは曖昧にされて後世に伝わらない。

昼には雪がやむと言われていた空は、時折うすく太陽の輪郭をさらしたが、粉雪は休みなく降り続けた。私たちは会話が途切れると窓から雪と空を眺めた。その時奥さんが口を開いた。「そういえば3・11の時も、地震のあと、こんな天気でした」

夫妻と別れたあと、十年くらい前に作られたというメディアテークという図書館へ向かった。「ぜ〜んぶガラス張りだよ、あ、トイレはちゃんと隠してあるから大丈夫よ」という愉快な運転手さんと別れて、図書館のある階にエスカレーターで昇った。郷土史のコーナーを覗くと新宿の中村屋の相馬黒光《そうまこっこう》の伝記があって、彼女も仙台の生まれだったことを知る。それをじっくり読みたい誘惑にも駆られたが、今調べている、南洋へ移住した沖縄移民についての論文があったのでそれを読むことにする。窓際の席に座る。タクシーのおじさんの言うとおり、壁一面が大きな窓だ。街路樹を背景に粉雪が舞っている。東京の湿気のある重たい雪が「降る」のだとしたら、今降っている粉雪は「舞う」という表現がしっくりくる。踏み心地も別物だ。軽い雪は時折吹く風に舞い上げられて、ふわふわと自由で美しい。活字を追うのに疲れたら、大きなカンバスに描かれる景色を眺めてぼんやりすればいい、仙台には素敵な図書館があるものだ。

ライブの翌朝は雪もほとんどやんでいた。その代わり、試験会場へのバスを待つ受験生の列が立体歩道橋にあふれんばかりに続いていて、通りすがりのおばさんが「この歩道橋落ちやしないかしら」と心配するほどだった。タクシー乗り場もまた昨晩のように行列ができていた。大雪に受験生。イレギュラーな仙台満喫だ。出発までそれほど時間はないから、バスにすぐ乗れて、すぐ戻ってこれるくらいのところ。選んだ輪王寺《りんのうじ》はバスで十五分。伊達家にゆかりのある曹洞宗のこのお寺は、山門から境内への階段までの道が長く、小さな山に続く林を背景にしたお庭が素晴らしい。雪景色であることも手伝って、短い訪問ながらとてもよい時間を過ごすことができた（積雪が思いのほか深く、お寺の方に長靴をお借りした。真新しい雪の上には猫の足跡があるばかりだった）。

帰りの新幹線に乗り込んで、鶴見俊輔『思い出袋』（二〇一〇年）を読み始めた。これは前日ライブ前に須藤さんがくださった本だ。昼食後別れたあとに買いに行ってくださったらしい。

つまりこれが、須藤さんに関東大震災の混乱の中で逮捕され、獄中自殺した女性を教えた本だった。女の名は金子文子《ふみこ》。朝鮮人朴烈の恋人だった女性。二十二歳だった。須藤さんの受けたという衝撃の大きさに反して、この本における金子文子の記述は新書見開き二頁とちょっとであって、私はむしろそのことが須藤さんの丁寧な読み方を反映しているようで興味深く感じられた。来る時も吹雪いていた福島の辺りは、帰りもまだまだ雪が降っているようだった。私は、須藤さんの中で単なる歴史の一点であった関東大震災が、強烈な事件を呼び起こした現場として鮮やかに塗り替えられたその驚きについて、本を手に考えていた。しかし、そこが福島であったために、意識は再び二年前の大震災へと移った。いかにも寒々とした福島の雪景色が新幹線の窓を過ぎてゆく。ふと、地震のあとに噴出してくるのは、時代の膿のようなものなのだろうか、と思う。

『思い出袋』は鶴見さんが『図書』という雑誌に書いた連載をまとめたもので、文学、哲学、歴史、映画、そして人物についての短いエッセイがいくつも入っている。その中に「犀のように歩め」という一文がある。

昔読んだインド人アナンダ・クムラズワミの仏陀伝では、「汝自身に対して灯火となれ」と釈迦は説いている。自分自身が灯火となって、自分の行く道を照らすように、と言う。これは自分の角をしるべとしてひとり歩む犀の姿を思わせる。

大学の一般教養の授業で選択した仏教の授業で、いろいろ細かいことは忘れてしまったけれど、振り返ってひとつずしりと自分の中に残っている言葉が、「犀の角のようにただ独り歩め」という言葉だった。角は歩かない、歩くのは犀だ。でも、この言葉を聞くと、犀の視線と自分の視線とが重なる。犀が歩き始めると、視界の中に、位置を変えず、微かに一定に揺れ続ける一本の角が見える。これを自らの灯火と鶴見さんはとらえ、その灯火をたよりに自ら歩き、自らの答えを出す人間を犀にたとえる。

明治に入って国家が西欧文明を学校制度を通して日本中にひろげてから、思想はかえって平たくなった。この環境では犀を見つけることはさらにむずかしい。編集者は犀を見つけることが仕事のはずだが、実際にはその仕事の内実は、うわさの運搬である。

編集者に限らないと思う。何かをアウトプットする時、まわりの評価や世間の常識の中でものを考え、そこからはみ出さない範疇で選択したり、答えを出すことに私たちはすっかり慣れている。そのほうが楽だからだ。まるでその術をうまく知っている人が、頭がよく、仕事のできる人のようにも錯覚する。編集者として本や雑誌を作ることがそうなら、イベンターとしてイベントを生み出すことも同じだ。うわさに耳をそばだて、安全牌にうまく頼れれば、「成功」はなかば保証される。けれど鶴見さんは、うわさではなく、自らの嗅覚で発掘する、そういう姿勢を編集者に求めている。今回の須藤さんによる招聘とイベントの成功を通じて感じたのは、須藤さんが犀の角のような灯火を持っている人ではないかということだ。正直に言って、私の地方での動員力などまだまだこころもとないものだ。そしてその辺りのことは、今やツイッターのフォロワー数を見れば大体予想できてしまうことでもある。フジロックの常連であれば、もう少し動員のできるアーティストを知っているだろうし、好きであろうし、その中から選ぶこともできたと思う。けれども須藤さんは私に充分過ぎる額を提示し、そのために自ら宣伝に図書館や美容院や音楽高校をまわってくださった。フェイスブックやツイッターでの宣伝はもちろんだけども加えてそこまで動きまわってくれたのだ。その気持ちが嬉しく、同時にその行動に敬意を覚える。すべての人にできることではない。私が犀である、ということではないし、それは問題ではない。こいつが犀だ、と信じて容易でない道を突き進む時、犀を探そうとする人間もまた角を持って歩む一頭の犀と言える。自ら信じるものを信じ通す力、不可能を可能にする力。そこにはいつも人の心を動かす何かがあふれているのだと思う。

せめて鳳仙花の種を一粒

前回小林エリカさんと松井一平さんと山鹿泰治展を観に行った時も新宿御苑前だったのだけれど、今回は、一平さんと作るアルバムの打ち合わせ。私がそのあと太宗寺《たいそうじ》と正受院の奪衣婆《だつえば》を見たくてやっぱり御苑前になった。一平さんは入ったカレー屋で、レコーディングのたびにノートを一冊作るのが好きなんだ、とまっさらな頁をぱらぱらと見せてくれた。こんなに書くことあるのかしら、とストローで酸味のきいたラッシーを吸いながら思う。

店を出ると、一平さんがこれこないだの、とＺｉｎｅｓｔｅｒの夜のライブの出演料の入った封筒から半分くれた。だいぶ遅いけど、忘れていたので棚ぼた感はある。「ちょっと下の本屋寄りたい」と一平さんが入った店は、かなり濃い品ぞろえで、手に取ってみたい本がいくつもあった。ずっと買おうと思っていた加藤直樹『九月、東京の路上で　１９２３年関東大震災ジェノサイドの残響』と、血盆経や巫女の文字が並ぶ章立てに惹かれて宮田登『ケガレの民族誌』を、もらったばかりの出演料で買った。

『九月、東京の路上で』は「反『反韓・反中』」をかかげて仕掛けた書店もあったりして結構売れているということを新聞で読み、買いたいと思っていた。数か月前にも、ここならあるんじゃないか、という隣町のちょっと品ぞろえがいい本屋にいって店員さんに聞いてみたのだが、その存在すら知らないようでがっかり帰ってきたということがあった。

私がこの地震にまつわる虐殺の話を母から聞いたのは小学校三年か四年のころだ。とてつもなく驚いた。そして意味がわからなかった。その時その不可解ゆえにとても重要に思えたその情報を、一番仲の良かった親友に休み時間に教室のはじっこで教えたことを憶えている。ふざけまわる男子たちで騒がしい教室の中で「え、なんで」と驚いた親友の声色を今でも思い出せる。母は「朝鮮を植民地にしたり、安く働かせたり、日本人の中には朝鮮人に恨まれてるんじゃないかっていう不安があったんでしょう」と言った。けれど、それがなぜ虐殺になるのか、当時の私にはよくわからなかった。どうしてそういう不条理が起きるのか、という疑問はだんだんと膨らみ、大正や昭和、戦争の時代への興味に連なっていった。

高校生になると、新聞に載っている近現代史や文学関係の講演会を調べては出かけていくようになった。一方で中二の時作ったミュージカルサークルもひっぱっていたから、どっちにしろちょっと変わった、完全にゴーイングマイウェイな中高時代だった。高二の秋、荒川の辺りをめぐる朝鮮人虐殺のフィールドワークに参加した。外務省職員も密かに参加していたが、全部で十五人ほどで、ここに死体の山があった、川に死体が流れていたなど、当時を知る方の話を聞きながら歩いた。最後に荒川河川敷に到着した。ここを掘ると今でも骨が出てきたりする、とのことだった。傍らに赤い鳳仙花《ほうせんか》が植えられていた。追悼した人々が植えたものだ。鳳仙花は朝鮮の人々にとって特別な花です、と説明されたと思う。この花が朝鮮で有名なのは、洪蘭波《ホンナンパ》作曲、金享俊《キムヒョンジュン》作詞の「鳳仙花」という曲があるためだ。金は、日本支配下にあった朝鮮の無念を暗にこの花に託して詩にした。歌はソプラノ歌手金天愛《キムチョンエ》が歌ったことで人々に広まり、ついには朝鮮総督府から禁止令が出たほどだったという。

「では次、オウム監視委員です、二名から四名。人数が多いほうがおひとりの負担が減ります。どなたかいらっしゃいませんか」

小学校一年生になった長女のクラスの保護者会後に行われたクラスの役員・係決めでのことだ。誰も手を挙げない。

私の住む町には元オウム真理教の信者が暮らすマンションがある。警官が常に立ち、監視にあたっているが、住民も自ら防犯のためにこれに加わろう、という地域団結の意識がこの小学校各クラスでの「オウム係」の設置に繋がっている。小学校だけではない。地域の団地の役員もこの監視に加わっており、知り合いのギタリストAさんもかつてこの団地役員になった時、オウム監視に加わったという。学校から配られた通学路マップには、オウムのマンションが明示され、そこに面した道は×印が描かれて子供が通ってはいけないことになっている。広場のバザーで品物を買えば、あとから売り上げはオウム対策資金になるとわかったり、定期的に商店街をオウム反対のデモの列が歩いていたりもする。

「あの、監視ってやることはなんですか」

オウム係への立候補者が出ない中、ひとりのお母さんが質問した。

「簡単です。マンション前に立って、ノートに、部屋を出入りした人の様子や衣服をメモするだけです」

それはもはや完全に公安の仕事のような気がするのだが、三十分なり六十分なりの分担で、この地域の人たちがメモを取りつつ三百六十五日オウムを見つめている。その網の目のような監視ぶりに驚かざるを得なかった。

オウムは世界を震撼させた「凶悪宗教テロ組織」だから、こうした地域の動きに疑問を感じる人間というのは実は少数派だ。むしろ歓迎する声も多いかもしれない。その辺りはオウム真理教事件後、オウムの信者側の声を拾い続けるという重要な仕事をした森達也さんが、「なぜあのオウムを」となかなか人々の理解を得られなかったことにも表れている。しかし、私は疑問というよりも、こうした街の空気にある種の気味悪さを感じていた。

「Kで朝鮮人が十三人、Kの村人によって殺された日です（関東大震災）。九月一日から三日K神社のシイの木にお参りにいきましょう」

駅近くKハウジングという在日の歌手、川西杏《かわにしきょう》がやっている不動産屋の前にこういう看板が立っているのを見付けたのは、多分三、四年前だ。関東大震災の朝鮮人虐殺といえば、東京東部のイメージが強かっただけに、東京西部のしかも自分の住んでいる町で、同じような惨事が起きていると知った衝撃は大きかった。そして、こうした虐殺を各地で引き起こした普通の市井の人々から成る自警団が、流言飛語と不安の中で、自分たちの街を自分たちで守ろうという意識からできたことを考えるにつれて、その心性がどこかこの町の今に引き継がれているような気がしてならなかった。在日朝鮮人というコミュニティ内の「他者」が訴えなければ、虐殺の惨事があったことすらずっと知らなかっただろう。虐殺は、「ひどい朝鮮人の手から、自分たちの街を、家族を、自分たちで守ろう」という意識が暴走して起こった。だからであろうか、街に「加害」の痕跡がない。川西がお参りに行こうと看板に書いたK神社にさえ虐殺を伝える案内も慰霊碑もないのである。川西の書いた看板だけが、あの虐殺とこの街とをかろうじて繋いでいる。そのことも私の心を重たくした。

最近地獄のことを調べていたので道端のお地蔵さんのことが気になっていた。親より先に死んだ子供など、立場が弱い者を真っ先に助けてくれるお地蔵さんが、広い信仰を集めてきたとわかると、がぜん親近感が湧いた。家から一分の四辻に立つお地蔵さんは、最近赤いべべを新調してもらって、ひときわ目を引く。「ごちそうさん?」と聞き間違える三女に「違うよ、地獄で助けてくれるスーパーヒーローだよ」と言うとおかしいのか、ケタケタ笑う。

ある日地域報に目を通していると片隅に、このお地蔵さんのことが触れられていた。そして、そこは昔大橋場という橋がかけられていたということを知った。あまり目立たないが、お地蔵さんの脇には黒い円柱の碑が立っており、これがその大橋場の碑らしい。川が流れていたのか。そのことも意外だった。お地蔵さんの脇の道は旧甲州街道、昔の甲州街道だ。それを挟んで今はゲーテッドマンションがそびえ立つ。三年ほど前にそれが建つまでは、緑の多い公団の古い戸建て住宅が並んでいた。その左わきに細い小道がある。今はマンション建設と共に舗装されてしまったが、二〇〇六年はまだ砂利の残る緑道のような道だった。この道で雑誌『クイック・ジャパン』の取材時、金丸雅代さんが撮ってくれた写真は『クイック・ジャパン』六七号に載っている。長澤まさみ表紙のこの号は、森山裕之編集長が仕掛けた歴史に残る「政治特集」で、小林よしのり×森達也の対談や大貫妙子さんの六ヶ所村に絡めたインタビューもある。ちなみに北沢夏音さんが書いてくれた私の記事はタイトルが「乞食になる覚悟」で、今、元路上生活者のダンスグループ、ソケリッサのメンバーと絡んでいることを考えると面白い。
話がそれたが、このお地蔵さんと、緑道と、かつて流れていた川、かかっていた橋について、私は『九月、東京の路上で』にすべて書かれていることに気付いた。

暴行の現場となったのは、甲州街道を横切るK川にかけられた、「大橋場」と呼ばれた石橋であった。K川は現在は暗渠となっている。バス停「K下宿」のすぐ左わきである。そのななめ右向かいに、「武州K村大橋場の跡」という碑が立っている。

喫茶店でこの本を読んでいた私は、ここまで読んで、ものすごい寒気に襲われ、とても冷房の店内にはい続けられずに、炎天下の中に飛び出した。そのまま自転車に乗って線路向こうの図書館まで飛ばすが、図書館に着くまで鳥肌が消えない。バス停の左わきといえば、例の緑道なのだ。あの緑道がK川だった、そして虐殺はその川にかかる大橋場で起きた。とりあえず、図書館でこの辺りのことを調べなくては、と思った。郷土資料コーナーを端から見ていくと、「大橋場の跡　石柱碑建立記念の栞」という一九八七年に作られた薄い冊子を見付けた。そこには、橋の歴史についての記述が続き、最後のほうに虐殺について頁が割かれていた。編者の下山照夫氏が古老の証言をまとめたものだ。事実関係を要約すると以下のようだ。

Ｋ村は三ヶ所に検問が置かれ、上町中町下町と自警団が分かれた。検問のあい言葉は山と言えば川、川と言えば山だった（これにつかえたり、言葉に詰まった者が、よそ者あるいは朝鮮人の疑いありと睨まれたのだろう）。二日夜、「京王」にやとわれて、府中から笹塚の現場まで移動中のトラックに十二名の朝鮮人が乗っていた。上町中町の検問を飛ばしたトラックは大橋場で進めなくなり、村人に斬りつけられた。責任者の団長は被害者をかばい、やめてくれと大声で叫んだという。最終的には世話人二十名が調べられ、十二人の被害者に対し、十二人の加害者がでた。Ｋ村を含むＴ村連合議会は連合村全体の不幸として、捕まった十二人が戻った時、十二本の椎の木をＫ神社に植えた。町の医師は身命をかけて介護したという。関係文書はＫ小学校の書庫に納めたとされるが、出てこない。

家に帰って、『九月、東京の路上で』の続きを読むと、著者の加藤氏も、私が見付けた『大橋場の跡』の冊子を入手し、紹介していた。その中で、加藤氏は慰霊のために植えられたかと思われた椎の木が、十二人の加害者が戻った時にねぎらいの意味で植えられたものだったことについて「何とも苦い真相」と書いている。

川西杏は十三本の椎の木と書いていた。数が違う。川西は十三人が殺されたと書いたが、本当はいったい何人の朝鮮人が死んでいるんだろう。十二本の椎の木には、被害者の慰霊の意味は込められていないのだろうか。手当てした医師はどんな人物だったのだろう、ご子息が後を継いでいないだろうか。いくつもの疑問を抱えて、私は「大橋場の跡」の冊子の巻末に書かれた編者下山照夫氏の住所あてに手紙を書き始めた。

翌日電話をいただき、その翌日に下山氏のお宅に訪問することになった。下山氏の名前は、区報に載っている歴史講座の講師として郷土史家という肩書と共に知っていた。八十七歳(当時)の現在(二〇一四年)もあちこちで講師として呼ばれて、現役で活躍している。お宅に行ってみれば、よく前を通っていたご近所の大きなお家だった。「まあ、よく熱心に、書いたもの見付けていただいて」とブルーマウンテンを入れてくださって話は始まった。

「橋は石橋で、甲州街道で一番しっかりした橋だった。それが震災の時落ちて、震災後の残務整理で朝鮮の人が重労働で駆り出されて、十二人乗ってる小さいトラックが落っこちた。まわりの人たちが言葉遣いがおかしいと、朝鮮人だーとなって法政大学教授のFさんて人が散弾銃ばーんとやっちゃった。それでみんながーっとなって。実際に亡くなったのは二人。十二人死んだということを書いちゃった人もいるけど、間違い。あと十人は手厚い介護を受けて、その後はわかりませんが」

下山氏によれば、十三人説はそういう噂を徳冨蘆花がそのまま『みみずのたわごと』（一九一三年）に書いたものがある。これを元に間違った記事が書かれたことが原因で今なお残っているという。死んだ二人以外は回復したはずで、介護した医師は祖父江太郎という。漢方医だったが、結婚して三か月で結核で死んだそうだ。震災当時はまだ若かったのだろう。一方加害者は下山氏の親戚にあたり、一高に入り他家に養子に入っていたが、そこが破産して戻ってきていたという。当時の一高に入れるのだから優等生だ。血気盛んなエリート青年が、流言飛語を信じて疑わず、無抵抗の朝鮮人労働者を殺した。

「アイゴーってほとんど裸で懇願してるのを切る訳ですからね。剣道、棒術みんなやってますからね。私がいれば体張ってやめさせたけどね。おじさんは体は張らなかったみたい」

泣いてやめてくれ、といった団長は村の消防団長で、やはり下山氏の親戚の「おじさん」、並木波次郎だった。「私がいれば」と言った下山氏の好々爺然《こうこうや》とした瞳を見つめる。女子供はみな北に避難していたという。日本刀や散弾銃を振りかざす殺気立った男たちの中でやめてくれ、ということがどれほど勇気のいることなのか、私には想像できない。止めたくても止められなかった、それもわかる。でも、と思う。ほんの一言、ひとりでも二人でもいいから相手を立ち止まらせるような牽制の言葉を吐くことはできなかったのか。「こいつらがもし無罪だったら、お前は人殺しだ、家族が辛いぞ」でも「とりあえず証拠のひとつ見付けてからやっても遅くはあるまい」でもなんでもいい。狂気に燃える男たちの頭を冷やすことはできなかっただろうか。やめてくれ、という人があと何人いたら、惨事は避けられたのだろう。九十年前の夜、自宅のすぐ傍の橋にうずまいていた男たちの狂乱の熱を感じようとするも、あまりに遠い。

冊子の書かれた一九八七年、下山さんを中心に大橋場の跡の碑が建てられた。黒光りする円柱の碑には出資者の名前が刻まれている。

「あの擬宝珠の欄干にご供養もいれてね。それからあの本を書きました」

当時は十二人被害者が出たら自動的に十二人加害者を出さなければならなかったという。それゆえ叩いた程度の人も連行され、一か月ほど拘留された。そうしたこともあって十二人をねぎらうというニュアンスも強まったと思われる。下山さんや多くの関係者にとっては、この大橋場の碑の建設が、虐殺の慰霊も兼ねた意味を持ち、それで「終わったこと」になっているのだろう。しかし、碑には特に虐殺の記述はなく外側からそれを知る術はない。特に若い世代がこのことを知る術はほとんどない。加藤氏でさえ、この資料を「関東大震災時に虐殺された朝鮮人の遺骨を発掘し追悼する会」から提供されてようやく出会っているのである。この重要な虐殺の事実を書いた『大橋場の跡』の冊子タイトルには「朝鮮」も「虐殺」も出てこないために、図書館でいくら検索してみても引っかからない。歴史としては半ば封印されたとさえ言える。

先日女優Mさん出演のCM音楽を作った。九月オンエアに先駆けてYouTubeで視聴が始まっている。視聴開始早々、悪評価がついているのが気になった。人を不快にさせる要素はほとんどない涼やかなCMだ。Mさんについて調べると、お母さんが韓国の方で、ネトウヨの間では「チョン」「不美人」などとめちゃくちゃに叩かれていた。こうした視聴者が増えてきているのだろう。Mさんの視聴動画には、すでに視聴者が評価できないようにしているものも多くあった。韓国系とみれば悪評価を付ける視聴者に荒らされるのを防ぐためだ。美しいと感じるその素直な感覚さえ、偏見というつまらないものに譲り渡してしまう悲しい人々が増えている。

「反韓反中」の空気が若い層にも広まりつつある今こそ、過去の事実は改めておさえておかなければならない。臭いものに蓋ではやがて自壊が始まる。私はひとり思う。この街で今更朝鮮人虐殺の慰霊碑など建てられないのであれば、あの大橋場の碑の横に、史跡のひとつとして小さな看板でも立てられないものかと。かつて震災のあと、ここで無為な血が流されたことを伝え、平和を祈る小さなものでいい。それも無理ならば、私はせめて鳳仙花の種を一粒、お地蔵様の横に植えたい。鳳仙花の花言葉は「私にふれないで」というものが有名だが、「急ぎ過ぎた解決」というものもあるそうだ。夏から秋、赤い花の咲くころ、見る人が見ればわかる、それでいい訳はないのだけれど、何もないよりはずっといい。

「言葉以前」の人々のように

小さいころから話すことが苦手だった。母に蚊の鳴くような声で、と叱られたものだ。何かを感じた時に、瞬間的に言葉の飛び出す人間と、言葉が出てこなかったり、そのタイミングを失ったまま言葉を飲み込んでしまう人間と二種類いると思うのだが、私は明らかに後者である。加えて頭の回転が遅いので、機転がきき、弁の立つ人に出会うと別の星の人に出会ったような気分になる。ただ発話が遅いといっても無感覚ではない。むしろ感覚世界にはまり込み過ぎているために、言葉が遅れるのかもしれなかった。

先日出雲でライブがあり、朝一の飛行機で着いて古代出雲歴史博物館へ行った。出雲の修験道の山、鰐淵寺《がくえんじ》に関する過去の展示のカタログを見られるというので、資料室でメモを取り、途中昼食に出雲そばを食べに出て、一時半から申し込んでおいた博物館で開かれる講演会に戻るつもりだった。三段の出雲そばを食べ終えて、出雲大社の参道前を通りかけた時、あまり時間がないけれど、一応、神様に挨拶したほうがいいのでは、という気分になり、鳥居をくぐって松の並ぶ参道を歩いた。神在月の日曜のためか、パワースポットブームのためか、社内は人であふれていたが、緑に囲まれた参道は気持ちがよかった。本殿に着いてみると、初詣のような参詣客の列が長々とできている。神社のような神聖な場所も人が多いと余計な気が混ざってあまりよい場所にはならない、と聞いたこともあったのと、講演まで時間もなかったので、無礼を承知で道を引き返すことにした。参道の出口を目指しながら途中ふらりと左の横道にそれた。歴史博物館への近道でもあるらしいその緑道に入った途端、人がいなくなって木々のざわめきが聴こえてきた。私はふと、こういうざわめきの中に神様がいるのではなかろうかと思った。人間がひとり静かな心で、自然と正面から向き合った時に一番神様の近くにいる気がした。

講演会は慶應大の教授の講義で「神々の声・神々への声を聴く」というタイトルだった。古代人が川のせせらぎや木々のざわめきに神の存在を感じていたという内容を、古事記や日本書記からの引用文を見ながら確認していくもので、直前に参道をそれた道でぼんやり考えていたことが、タイミングよくリンクして不思議な気持ちになった。講演で興味深かったのは、神様の特徴についての話だった。古事記や日本書紀に描かれる神様は、髭が長々と伸びた大人になってもいつまでも泣いている、あるいはその逆で長いこと沈黙を守っている、という例がアヂスキタカヒコやホムチワケ、スサノオの例がひかれ、示されていた。

「つまりこれらは人間の言葉以前の状態を表していると言えると思います」

講師の三宅和朗氏がそのように言った時、「言葉以前の状態」というフレーズがやけに印象に残った。三宅氏はそうした神の特徴についての小見出しに「ナクと沈黙」とタイトルを付けていた。人間が言葉を持たなかったころ、悲しみや喜びを「鳴く」ことでしか表現しえず、それ以外は黙るしかなかったころのことを考えた。それから「鳴く」ことと「歌う」ことは案外近いのではないか、ということを考えた。言葉に置き換えた瞬間に失われる何か。人間の会話の中ではそのトーンを抑制されてしまうもの。日常の発話では忘れられている感覚。言葉を知らぬ太古の人々が子供のようにダイレクトに表現していたはずの感情を、私は「鳴き」たくて、歌っているのかもしれない。

七歳の長女が『スーホの白い馬』がいい話だから読んで欲しいと持ってきた。昔教科書に載っていたからなんとなく話の流れはわかっていたものの、声に出して読むと途中で声が震え、読めなくなってしまった。もう読めないからあとはきぬが読んで、と泣きながら言うと「さぼちゃん（長女は最近私のことをこう呼ぶ）がまさかこんなことになるなんて」と驚いていた。大人なのにー、と四歳の三女が言う。年を取ると涙を我慢する筋肉が弱ってくるんだよ、というと、三人娘がえー！ と笑う。筋肉の衰えだけでなくて、いろんな景色を乗り越えた分だけ人は涙もろくなるのだろう。いつまでも泣いていた神様や言葉を知らぬ古代の人々のように、私はこれからもたくさん涙を流し、歌いながら「鳴き」続けていくのかもしれない。

Ⅳ

高知　心の調律師

十八の年に大学の先輩二人と高知を訪れた。とにかく移動移動の四国の旅だったのもあって、あっさり通り過ぎたような気がしていたが、思い返すと、高知県立文学館の展示で寺田寅彦という物理学者・随筆家の存在を知り、その後古本屋で見付けると買って読むようになったのだった。もはやその展示でなんというエッセイの一節が抜き出されていたか定かでないのだが、こんなに淡々と面白い文章を書く人がいるのかと驚き、その名を忘れぬようにその場でまならうらに焼き付けた。

最近、随筆集を読み返していて「備忘録」という短いエッセイ群の中に「調律師」という一文を見付けた。

いわゆるえらい思想家も宗教家もいらない。ほしいものはただ人間の心の調律師であると思う時もある。その調律師に似たものがあるとすればそれはいい詩人、いい音楽者、いい画家のようなものではないだろうか。

二〇一五年の暮れ、その年一年のこの国の政治についてどんなことを思うかという質問を受け、思わず「諦めでしょうか」と答えてしまった。もちろん希望を捨てて言いなりになったり投げやりになったりする、という意味ではない。諦めを覚えつつ、諦めたくない。それはこの国の行方に失望しながら、自らの役目を生き、作戦を練ることである。そんな気持ちで改めて寅彦のこの「心の調律師」についての文章を読むと、表現を仕事とする者として、背筋の伸びる思いがするし、インターネット上でよく見られるような、意見を違わせ対立し合う状況から、意見の違いをひとまず措《お》き、何かをまず共有していくことの重要さに気付かされもする。その何かは寅彦の言うように詩や音楽や絵画でもいいし、それ以外のものでもいい。

英国の詩人ウィリアム・ブレイクは「毒の木」という詩を残した。敵への怒りを丹念に育て、輝くりんごの実にし、敵がそのりんごを盗んで食べるとくたばってしまう、というストーリーのこの詩は、ブレイク独特の表現もあって、解釈にかなり幅がある。「汝の敵を愛せ」という言葉に象徴されるキリスト者の偽善を皮肉ったものだといわれたり、人間の「無垢」を愛したブレイクが、怒りを消すことなくりんごという形に実らせたことで、それを食べた敵をも救済したといえる、という解釈まで幅広い。

ブレイクは皮肉を愛した詩人だけれど、この作品はそう読み通すには、引っかかる箇所がひとつあった。それは敵を倒した毒りんごの描写に、ブレイクが「bright」という言葉を使っていることだった。光り輝くりんごなんていかにも美味しそうだ。そのこともあって、私の頭の中で浮かんだのは、この毒りんごが、現状への怒りをバネに実らすべき、重要な果実である、というイメージだった。この怒りは特定の何者かへの怒りではない。人間があるべき状態からはるかに遠ざかってしまったことへの悲しみであり、悲しみを含んだ怒りである。子供のころには持っていた純粋さは、大人になるにつれてさまざまな論理や「常識」によって失われてゆく。ブレイクは「無垢」を愛し、「経験」に引きずられながら「無垢」との間で揺れる人間を見つめた。

芸術家の感性やインスピレーションは多くの場合「無垢」の恩恵にあずかっているだろう。易しい言葉で、美しいメロディで、鮮やかな色彩で、人々を惹きつけつつ、祈りをこめてそこに毒を盛り込む。毒は「無垢」が抱える野性であり、大人たちが失った、「王様は裸だ」と叫ぶことのできる知性である。芸術の毒は誰をも殺さない。テロリスト、空爆をする国の首相、それを支持する人々、レイシスト、無関心を決め込む人々……。ただ、これらの人々の心に等しく響きわたる表現があるとすれば、それが最良の表現ではないだろうか。

「狂ったピアノのように狂っている世道人心を調律する偉大な調律師は現われてくれないものであろうか」とも書いた寅彦も、おそらくは、野蛮な心理状態に馴れてしまった人間をそこから覚醒させる、そんな芸術の力を待望していたのではないかと思う。

長野　無言館

小学校高学年のころからずっと戦争の時代のことが気になってきた。祖父や曽祖父が戦争で死んでいる訳ではないが、祖父の兄たちはフィリピン沖で死んだと聞かされた。会ったこともない彼らについてはぼんやりとした印象しか持てなかったが、多くのいのちが理不尽に奪われる時代があったということはずっと気になってきた。ある日ＮＨＫの何かの番組を見たあとに、もうだいぶ遅い時間だったと思うのだが、視聴者の短歌を選び紹介する短い番組があった。何気なく耳に入ってきた一首がとても印象に残った。

征きし子等還らぬ後は神仏に掌《て》合わすことなく
逝きたる母よ　一関市　清水福子

神も仏もない、母親の落胆と悔しさが伝わってきた。その頑なさはどこに向けられるべきものだろうか。そんなことを考えた。あとになり、この句を読んだのが祖父の姉であり、ここに詠まれた「母」が自分の曽祖母であることを知った。不思議な経験だった。

そんな訳で高校生のころの私が、大学生になったらひとり旅で行きたい場所は広島だった。戦争の重みをその土地で感じてみたいと思っていた。しかし、私のひとり旅の願いは「広島は暴走族が多いから危ない」という理由で母にあっけなく却下された。弟が行った修学旅行でガラの悪い若者たちににらまれたという話に母が警戒したのだ。

それならばと私が選んだのは長野県上田市にある「無言館」だった。ここは戦没画学生の作品を展示している、丘の上に立つひときわ静かな美術館である。母親を描いたもの、恋人を描いたもの、妹を描いたもの、静物画、風景画、自画像。『きけ わだつみのこえ』の絵画版ともいえるかもしれない。しかし、言葉として残された思いは、必ずしもすべてをさらけ出せない。あるいは素直な感情が、その時代の教育や価値観に縛られて出てこない部分もある。反面、「無言館」に残された絵はまるで、その人そのままである。感情がダイレクトに伝わってくる。もちろん静かである。薄暗い館内で聞こえるのは、時たま見る人が鼻をすする音だけだ。限られた時間の中で自我を見つめ、対象を見つめた若人たちの筆致。時代も場所も境遇も超えて、かつて、描き手が絵筆を握った、そのキャンバスの前で動けなくなる。

この場所を作ったのは作家の窪島誠一郎さんだ。作家の水上勉の隠し子、というと正確でないだろうか、水上が貧しい時代に、世田谷明大前で「うどん屋」をやっていた（のちに靴修理業に転身）

夫婦に子供を託した。子供は大きくなって編集者となった。親子と知らぬまま仕事で水上に会うこともあったという数奇な運命の父子である。やがて戦没画学生の絵と出会った窪島さんは、遺族を訪ね、遺された絵の収集を始める。そうしてできたのが「無言館」だ。若い彼らにあったはずの未来、残されていたはずの可能性、そして芸術を愛する心。十八の時訪れたこの美術館は、私にとって大切な場所になった。

時は流れ、三人目の娘を生んだ二〇一一年、産後半年ほどで私は近所の小さな会社で貿易事務の仕事を始めた。音楽と執筆だけで食べれるようになるまで三年近く働いたこの会社の社長は元バックパッカーで、フランクな人だった。ライブにも来てくれたり、仕事の合間によく雑談もした。ある日、「寺尾さんに紹介したい人がいる」と持ちかけられた。聞いてみると、社長が若いころ海外でお世話になった人で、今は子供たちへの朗読活動に携わり、平和のメッセージを広めているKさんという人だという。麻布にあるという事務所を訪ねてお会いした時、Kさんにまず手渡されたのが「無言館」に所蔵される絵の画集だった。

「これが父の絵なんです」

Kさんが指差したその絵は確かに見憶えのあるものだった。

「知っています、この絵」

Kさんの目に驚きの色が浮かんだ。繋がりの不思議を思った。

祖母の従姉妹《いとこ》が声楽家で中学のころ声楽を習っていた。ある日先生がぽつりと言った。

「絵はいいわね、いつまでも残る。音楽は一瞬で消えてしまうもの」

CDやレコードに残すことはできてもそれは

音が生み出す空気の生の震えをすみずみまで伝えうるものではない。絵はそのものである。画集の頁を繰りながら、このようにすでに死んだ人の生の輝きや願いが伝わってくることの稀有を思った。そうしていると、無言館の絵が時を越えて伝えるように、生きたという証を遺せなかった何百万もの人々の声までが聞こえてくるような気がした。

高知　ちょうちょう

地方にライブで呼ばれることがあると、ここ二年ほどは必ずその土地のわらべ歌を調べて、好きなものを演奏することにしている。二〇一四年の秋、安藤桃子監督に高知の城西公園特設会場でのライブに呼んでもらった時も、高知のわらべ歌をいくつか歌った。そのひとつに、「蝶々《ちょうちょう》かんこ」がある。

蝶々かんこ　菜の葉へとまれ
なん菜がいやなら　てん手にとまれ
てん手がいやなら　かんこにとまれ

「かんこ」は「かわいい子」の意味だと知って、なんて愛らしい歌詞だろうと思った。柳原書店の『日本わらべ歌全集』によると、これは香美郡香我美町（現・香南市）の歌詞と書いてあり、同じ高知でも町によって伝わる歌詞が違うこともわかった。

蝶々とまれ　菜の葉へとまれ
三月いったら　菜の花みてる
（高岡郡越知町）

蝶々とまれ　菜の花にとまれ
菜の花枯れたら　よしの葉にとまれ
（須崎市上分）

バリエーションの豊富さもさることながら、驚いたのはそのメロディだった。明らかに童謡の「ちょうちょう」の歌詞との繋がりはありながら、メロディはあの童謡の対極のような幽玄の雰囲気を感じたからだ。しかし、アレンジしてみると、この幻想的な雰囲気こそ、ちょうちょが花の中を舞い飛ぶ世界観にふさわしいのではないか、と感じるようになった。このバージョンを知ってしまうと童謡の「ちょうちょう」がいささか呑気《のんき》で物足りなく感じるくらい、今では高知バージョンに思い入れがある。

メロディや歌詞の相違はあれ、こうしたわらべ歌のちょうちょの歌は、全国に分布しているようだ。愛知県岡崎市にも類歌があった。「ちょうちょう」の歌詞は愛知出身の野村秋足《あきたり》が郷土のわらべ歌を参考に作ったものと言われる。ではメロディはどこから来たか。

原曲はドイツ民謡「幼いハンス」という曲だという。それが、アメリカで「Lightly Row」というボート漕ぎの歌になった。ドイツのハンスの歌は、幼いハンスが旅に出て母の元に戻ってくるまでの歌である。アメリカも日本もメロディだけもらって、歌詞はまったく違うものを付けたことになる。このメロディを日本に持ってきたのは伊沢修二という明治八（一八七五）年からアメリカ留学に行った教育学者だった。彼は当時のアメリカで唱歌教育の第一人者だったメーソンから歌唱の指導を受ける。メーソンから「Lightly Row」を教わった伊沢は愛知師範学校校長時代に教員だった野村に歌詞を任せたのだ。

ちょうちょう　ちょうちょう。
菜の葉にとまれ
なのはにあいたら、桜にとまれ。
さくらの花の、さかゆる御代《みよ》に、
とまれ　よあそべ、あそべよ　とまれ。

思わず「君が代」を連想させるような「さかゆる御代に」という四行目のフレーズは戦後GHQによって削除されたらしい。

留学を経て「音楽取調掛」という文部官僚になった伊沢は、アメリカで得た西洋音楽の知識を活かし、さまざまな唱歌を生み出した。明治十五（一八八二）年一月三十一日東京の昌平館で、その成果を報告する演奏会が開かれている。この時「蝶々」というタイトルで、東京女子師範学校付属小学校生徒百四十三名がこの童謡を歌っている。しかし、この歌について伊沢は次のように解説する。

其意は我皇代の繁栄する有様を桜花の爛漫《らんまん》たるに擬し聖恩に浴し太平を楽む人民を蝶の自由に舞ひつ止りつ遊べる様に比して童幼の心にも自ら国恩の深きを覚《さと》りて之に報ぜんとするの志気を興起せしむるにある也。
（伊沢修二『洋楽事始　音楽取調成績申報書』）

西洋音楽を吸収しつつ整形された唱歌で、桜は天皇の恩、蝶は国民にたとえられていた。そのあからさまな皇国教育の意図に思わずひるんでしまうが、明治とはまさにそのような時代だったのかもしれない。

改めて高知のちょうちょのわらべ歌を思い返す時、ちょうちょが単なるちょうちょとして歌われている、その素朴さに安堵《あんど》感を覚える。「なん菜」や「よしの葉」や「かんこ」のまわりを、どこかさびしく飛びまわる蝶たちのおりなす風景に、ひときわ愛しさが込み上げてくるのだ。

東京　来てみりゃ八丈は情け島

鳥も通わぬ八丈ヶ島、と昔は言ったそうな。「八丈追分」の一節で、日清戦争前後から「十勝追分」など各地の追分歌が流行ったという。長野県麻績《おみ》に住むおばあさん、Kさんの口から聞いて知った。Kさんの養父はミクロネシアのヤルート（ジャルート）という島で市庁長をしていた。庁というのは南洋庁の庁だ。第一次世界大戦でドイツが負けると、日本はドイツ領だった南海の島々を占領した。その後正式に国連委任統治領として、占領を任され、この島々を政治的に統括したのが南洋庁だった。日本語教育も早々に開始され、今南洋の島々を訪れると、両親は日本語を話していた、という人々ばかりだ。ヤルート支庁長だった養父について、少女のKさんは南洋に向かった。途中船で八丈島を通った時に、「鳥がいるじゃない」と思ったそうだ。

私が八丈島を訪れたのは、戦前のサイパンに興味があったからだった。サイパンもヤルートと同じく支庁が置かれ、サトウキビ栽培による製糖業も本格化して、特に多くの日本人が暮らしていた。内地からの人々もいたが、大多数は沖縄や八丈島からの移民だった。八丈島に行けば、当時のサイパンを記憶しているお年寄りに会えるかもしれない。そんな単純な考えで、八丈島の老人ホームに電話してみると、サイパンからの帰還者が今も三人いらっしゃることがわかった。半ば想像していたが、過酷な人生を生き抜いてきた方もいた。魚雷で船が沈められて海へ飛び込んだが、弟二人と姉を失ったり、八丈に戻っても空襲があり、内地へ疎開したり、戦後も極貧の中、野草で食い繫いだり、といった話を聞いた。

帰還者の方の戦争の話も悲惨だったが、八丈を訪れて、島という環境そのものの厳しさも少しずつ感じていた。泊まった宿の食堂にはご近所さんもご飯を食べに来ていて、離島をあちこち仕事で回ったというおじさんの話を聞く機会があったが、「小笠原は台風シーズンの前はみんな買いだめするからスーパーから物がなくなるよ」とのことで、外からの物資が途絶えるとたちまち生活が揺らぎ始める島の暮らしは、今でも大変そうだ。

八丈は小笠原に比べれば内地に近いが、歴史的にはやはり農作物が不足しがちな土地だった。一八二七年、流人として八丈島に流された近藤富蔵が書き残した『八丈実記』にも潮風で五穀の実りが悪い上、土地も田んぼに向かず、日本内地で十五日水を保てるところが、三日で乾き、その上水源は乏しいなど、島の厳しい状況が記されている。ようやく育ってきた作物も台風が来れば熟す前に無駄になり、しばしば飢饉になった。

温暖とはいえ厳しい風土の中で、流人を通して外の文化を取り入れてきた八丈文化の面白さも知った。島焼酎といわれる芋焼酎は、一八五三年、薩摩から『外国交易ノ御トガメニテ』八丈に流された流人が伝えたものという。米がほとんどとれない八丈では、主食は芋であり、この酒造法はたちまち広まった。『八丈實記』の近藤富蔵自身も、父親が抱えていたトラブルから殺人を犯して流されてきた流人だが、貧しい生活の中でも、仏像を彫り、絵をたしなみ、島民の教育にも尽力して八十三歳で八丈の土となった。歴史的に流人が文化を持ち込んできたこと、政治犯が多かったことなどから、よそ者を受け入れ歓待する八丈の気風が生まれたともいわれる。

そういえば、私も取材で八丈の素泊まりの宿に泊まった時のことを思い出した。簡単な夕飯を終えて部屋で本を読んでいると、トントンと部屋をノックされた。開けてみると宿のご主人と奥様らしき二人が立っており、ご主人が「いい肴をもらったんで一杯やりませんか」と言う。お酒は大好きなので、活きのいい貝の肝をつまみに、美味しい芋焼酎のお湯割を何杯もご馳走になってしまった。単なる素泊まり客をこれほど歓待してくれるのも八丈のあたたかい気風だろうか。「沖で見たときゃ鬼島と見たが　来てみりゃ八丈は情け島」という「八丈ショメ節」のフレーズを思わず思い出した出来事だった。

沖縄　軍用地ローン

二月に沖縄の浦添《うらそえ》でライブがあった。十月の読《よみ》谷《たん》まつりで呼んでもらって以来、二回目のライブだ。空港から車で那覇の辺りを通り過ぎる時、ふとビルに付けられた看板に「軍用地ローン」という見慣れない文字を見付けた。聞けば、軍用地も普通に不動産投資の対象となっており、家賃収入より安定しているので、ローンを組む人もいるとのことだった。てっきり県が土地を買い取って、米軍に貸しているようなイメージを持っていたが、そうではないようだ。地主に直接土地の賃料が払われているならば、土地の一部が売却され、それを購入する人がいてもなんの不思議もない。地主の立場であれば、米軍がいてくれたほうが、収入が安定する、という話になる。基地問題では基地やその周辺で働く人たちの雇用問題が、しばしばクローズアップされるが、土地を持った富裕層もまた基地の維持に一票ということになるのかしらと気付かされた。

ライブが始まるまでの時間、ソーキそばを食べながら企画のTさんの話を聞いた。浦添よりさらに北部の読谷村《よみたんそん》で育ったTさんは、学校からの帰り道、海に沈んでいく夕日がきれいで涙が流れたという。同じように夕日のきれいな日、学校帰りの子供たちの姿を見付けると運転しながら涙ぐんでしまうという話もしてくれた。東京で育った私も夕焼けのきれいな日には立ち止まって、家に帰って話したり、今でも思わず大切な人にメールしたりする。子供たちといれば自転車を停めて、そのオレンジがかったピンクに、きれいだねと一緒に見とれたりもする。それでも、歩けばすぐに夕日は家々の屋根に隠れてしまうし、それほど開けた場所がないので夕日を見つめ続けることがない。日が暮れる。起こっていることは一緒でも、涙が出るほど壮大な圧倒的な風景を、やはり街中では体験しにくい。そういう風景と共に育った人と、そうでない人と、やはり故郷への思い入れは違うのだろうな、と羨ましくなる。Tさんは続ける。

「僕が中学くらいまでは、道も舗装されてなかったんです。白い道で」

私も小さなころは畑の脇の未舗装の砂利道を歩いたことを憶えているが、今は公園以外でそんなところを見付けるほうが難しい。つい最近まで砂利道だった玉川上水の遊歩道も、脇を幹線道路が通ることが決まって舗装された。東京の単なる砂利道でさえ、名残惜しいのだから、今はもうTさんの心の中にしかなくなった故郷の白い道が彼にとってどれほど大切な思い出か理解できる。珊瑚の細かく砕けた粒から成る沖縄の美しい白い道が、灰色ののっぺりしたコンクリートに変わった時の胸の痛みを、時と立場をたがえて思った。利便さと引き換えに私たちが失うもの。

つい先日、宮古島出身のデザイナー宮川隆さんにお会いした。宮川さんは宮古島のユタ、カンカリャでもある。東京で長く仕事を続ける傍ら、神がかりの巫女が何かを語るように、不思議な絵を二十年以上描き続けている。連綿と続いてきたいのちの存在や、自由奔放に見えて壮大な秩序を感じさせる緻密な絵だ。

「本来なら歌や踊りで表現するものだけれど、僕はできないから、絵で。たとえば、愛とは何か、そういう問いへの答えとして描いてるの」

宮川さんは3・11の津波が起きた時刻に、たくさんの魂が自分の目の前に押し寄せてやってくる体験をした。意識をこらすと自分の他にも、いくつもの押し寄せる魂と向き合って祈る人たちの存在を感じたが、皆おばあさんだったと言う。

「そういうオフィシャルというか、大量の死と向き合おうとする若い人（霊能者）はもういないのかな、ってちょっと不安に感じたな」

宮川さんの体験を信じるも信じないも自由だ。だが、人が自然と共に生き、畏怖を持っていた時代、人が人と密に繋がって、お互い様と言っていた時代は紛れもなく過去のものだ。少なくとも都市においては。霊能者も個人主義の時代になっていると言われれば、なるほどそうかもしれない、と思う。よく知らずに昔はよかった、などと言いたくはないが、そうした時代の人間の謙虚さが失われていなければ、白い道も消えることはなかったのだろうか。そういう素直な感性と経済的発展とはやはりどこまでも相容れないものなのだろうか。思いがいくつも浮かんだが、ふと「軍用地ローン」の看板を思い出し、そんな問い自体、牧歌的と笑い飛ばされるのかもしれない、と寂しさに唇を噛んだ。

高知　カフェ パウリスタ

数年前、千葉の松戸に版画家を訪ねたことがある。奥山義人さん、当時七十八歳だった。奥山さんはコーヒーの歴史を版画にした「珈琲版画」の作者として知られる。そして奥山さんの父、儀八郎さんも版画家であり、珈琲通として喫茶店業界では有名な人だった。奥山さんを訪ねたのは、「珈琲版画」のDVDを作る企画があり、それに音楽を付ける仕事をふられたためだった。後日奥山さんの版画集を眺めながらピアノで曲を作り、二〇一三年にDVDは発売され、音楽をまとめたCDも発売した。曲を作る時、強い印象に残った訳ではなかったと思うのだが、版画の一枚に彫られていた日本の初期の喫茶店の名、カフェ パウリスタという響きをどこかで憶えていたのかもしれない。

最近になって、銀座の歴史についての連載を持ちかけられ、担当者と打ち合わせをしている時に、パウリスタの名前が出て、はっとした。調べてみると、明治四十四（一九一一）年に銀座に開店、多数の文化人が珈琲を求めて集っていたことがわかった。しかし、大正十二（一九二三）年パウリスタは閉店してしまう。関東大震災はあったにせよ、それほどの人気店が再開しなかったのには理由があった。

大正時代を通して十二年間、パウリスタが格安で提供したコーヒーは、実はブラジルのサンパウロ州政府が水野龍《りょう》という ブラジル移民を率いた人物に無償提供した大量のコーヒー豆を使っていた。「補助珈琲」と呼ばれたこのコーヒーは、

「同胞三万人からなる純国産の珈琲が来た」「純国産品のような考へが浮かび、従ってブラジルコーヒーを頻りに飲みたくなる」(『東京日日新聞』一九一九年十月十八日)と報じられた。

移民団を率いたのは高知の高岡郡佐川町に生まれ、皇国殖民会社をおこした水野龍だった。明治四十一(一九〇八)年に水野が率い、神戸港を発った第一回笠戸丸の八百人近くの移民たちの出身地は、沖縄と鹿児島出身者が半数以上を占めたが、その他も東北から九州まで各地に及んでいる。高知からも十四名が加わっていた。しかし、初年は不作の年で、耕作地を移ったり逃げ出したりする者が続出したようだ。結果水野の皇国殖民合資会社は倒産し、見かねたサンパウロ政府が水野に提供したのが「補助珈琲」だった。無償で提供する代わり、日本での珈琲普及の使命を与えられた水野は、同郷の片岡健吉や大隈重信の協力を得て、パウリスタを全国十九箇所に展開させるまでに至る。五銭という格安でコーヒーを提供し、砂糖も使い放題たっぷりと用意したので、他の店では敷居が高くて入れなかった学生たちも集まった。水野のコーヒー宣伝への情熱は店舗のみにとどまらず、運動会や文化祭があれば試飲の準備をして駆けつけ、まさに草の根的にこの異国の飲み物の魅力を伝えようと走り回ったようだ。

無償の「補助珈琲」によって活況を呈したパウリスタも、その打ち切りと関東大震災被災も重なって閉店となり、会社は焙煎業に専念することになる。結果的に、短くも文化的には自由で華やかだった大正時代の終わりと共に消えたパウリスタだが、多くのコーヒー愛好者を生んだ。パウリスタを愛した多くの文化人たちが当時のパウリスタとそのコーヒーについて書き残したものを通して、当時の店の雰囲気とそこに集った人々を知ることができる。中でも気になるのは銀座店二階にあったという婦人室だ。

「青い壁紙《かべ》。白い柱。ピンク色の天井。大理石張の円卓《ていぶる》。円鏡《まるかがみ》。真紅《まっか》な玻璃《グラス》の一輪挿。菜の花。切子形の電燈。など小ぢんまりして明るさと暖かさと優しさとを取あつめたやうな、婦人室《レデースルーム》の情景《じ》《かん》はばかによかつたんです」

と、作家の内藤千代子は『惜春譜』（一九一五年）に書いている。ここは「青鞜」の平塚らいてうたちも愛用した場所とされ、まさかと思われるだろうが、一九七〇年に復活し今も健在の銀座パウリスタでは、女性が青靴下を履いていくとコーヒー一杯無料になるそうである。今はなき婦人室に思いをはせながら、パウリスタの二階に上がっていくのも楽しそうだ。その時はもちろん、ブルーストッキングで。

パラオ　ジャングルの防空壕

先日パラオへ行った。前回一月に行った時は古いガイドブックを持って行って、あれこれ戸惑ったので、今回は最新のものを購入して行った。前回困ったのは、あてにしていたレンタサイクル店がつぶれていたことだ。つまり、移動にはタクシーを使うしかない。それはそれで、ひいきのおじいさんがドライバーができて、お金が少しかかる他は良かったのだが、今回の旅では、思わぬ助っ人に助けられた。

パラオは戦前、日本がドイツに変わって統治した地域で、日本語教育がおこなわれていた。取材の一番の目的はパラオの日本語を話せるお年寄りに話を聞くことだった。国立パラオ博物館の館長に相談メールを出してみると、何人か紹介できるという返事をもらったので、今年二回目のパラオ行きとなったのだが、博物館が手配してくれた案内人がケルビンだった。ケルビンは単なるドライバーではなかった。二十年日本語ガイドを務めてきただけあって、日本語が上手かったし、パラオ人だからパラオ語もできた。お年寄りによっては、すでに耳のものすごく遠い方もいて、そんな時、私の質問はとても相手の耳に知覚されるほどのボリュームはなかったので、大音量のパラオ語で変わりに質問してくれるケルビンの存在はありがたかった。

ケルビンは日本からの慰霊団とも親しかった。だからケルビン自身も激戦のあったペリリュー島やパラオ本島での戦跡にとても詳しくなっていったのだと思う。車で案内してもらうと、あそこに防空壕が、あそこに戦車が、あそこに日本のパイナップル工場の機械が、日本の発電所の機械も残っている、といろんな所をよく知っていた。私はバベルダオブ本島でどうしても見ておきたい場所があった。それは日本軍がパラオ島民を集めて皆殺しにしようと計画した巨大防空壕だった。「親日パラオ」を信じる人たちはもちろん知らないことだが、それはパラオの人々が戦後そのことを封印してきたために、半ば秘められた事実だった。そのことをケルビンに言うと、「そのことを知っている日本人は初めて会った、案内するのもあなたが初めてだ」と言う。戦跡ツアーでも案内することはないらしく、ケルビンもかなり昔に見に行ったきり行っていない場所だった。歩いて二、三時間かかるが構わないか、と聞かれたが、即うなずいた。レンガを作るのに適しているという黄土色のぬかるんだ土とその上の大小の枯葉を踏みながら、時に大きな芭蕉の葉をよけながら、ジャングル探索は始まった。草の合間を蛇がゆき、足元には野豚の足音が続いていた。ケルビンは野豚が襲って来た時のためのなたを持って歩きながら言った。

「戦争は戦争、もう七十二年前のこと。昔むかしの昔話だよ。こういう話はしない。昔のパラオの人にとってはつらいことでも、言ったら日本の人も苦しいから」

ケルビンは広島と長崎にも行ったことがあるという。反核のために行った旅だそうで、日本のグリーンピースの人々とも知己がある。

「ケルビンは自然が好き。原爆はすべての命、すべての自然を一瞬で消してしまう」

原爆のことは、慰霊団の人と一緒に観た上映会で知ったのだそうだ。

近しいものを戦争で亡くした多くの日本人を間近に見て、親交を深めて来たケルビン。

その上原爆の事実を知って、平和への思いは強めても、日本軍の残した汚点を日本人に伝える気にはなれなかったのかもしれない。

辿り着いた防空壕は岩山の三箇所に大きな入口が開けられていた。傍には「キリンビール」と右から左に書かれた昔のビール瓶が逆さに土の中に突っ込まれて並んでいる。日本の将校クラスの兵隊が飲んだものに違いなかった。白っぽいケーブルのようなものが土から出ており、引っ張ると爆弾につけられているはずの鉛の銅線だった。深いジャングルは戦車や防空壕だけでなく、七十年前の当時をそのまま保存していた。

「ここで写真を撮ったのもあなたが初めて。グレイテストジャーナリスト、ジャングルレディ」

ケルビンは子供のように笑って、私も笑ったけど、かつて恐ろしい計画の練られた防空壕を前に、頭の隅では「パラオにとっての日本」をこれからどう描いていこうか、まだ考えていた。

熊本　日本の中の異国

熊本で初めてライブをしたのは、二〇一一年秋だった。長崎書店三階のリトルスターホール。企画してくれたのは、市内の「パバオ」というお店の店主で私より少し年上の女性、Aさん。ちょうどパバオの三周年も記念してのイベントになったので、歌うのが初めての土地でたくさんのお客さんに迎えられてびっくりしたのを憶えている。

けれど、さらにびっくりしたのはその後パバオに移って行われた打ち上げだった。物販を売って、残っているお客さんと少し話してから遅れて向かった打ち上げ会場では、DJがノリのいい音楽をかけて、すでにお店は満席の人の熱気であったまっていた。なんとか場所を作って座らせてもらい、近くにいる人がライブの感想を伝えてくれるのを聞いたりしているうちに、DJが曲を変え、いかにもダンスチューンといった曲が鳴り始めた。すると、その時店にいた全員が踊り始めたのだ。お客さんはもちろん、カウンターにいるスタッフさんもみんな楽しそうに踊っている。私はあっけにとられて、どこを見たらいいのかわからなくなって、そのうち笑い出してしまった。こんな風景を見たのは初めてで、カルチャーショックを受けた。熊本は日本の中の異国だった。

そのことは、去年ほぼ一年かけて全国十四箇所をまわった楕円の夢ツアーの熊本公演でも感じたことだった。この楕円の夢ツアーで、私は「ソケリッサ」という路上生活経験者のおじさんたちの舞踏グループと全国をまわった。ライブを一部と二部に分けて、二部ではソケリッサとのコラボを行ったのだ。私がピアノ弾き語りをし、おじさんたちが踊るというスタイルである。そして終盤に近付くとお客さんの中から踊りに加わる人が現れ始めた。他の県でも、踊ってくれそうな人をソケリッサのリーダー、アオキ裕キさんが引き込むということはやっていた。だから、弾き終ってステージを見ると子供がいたり、おじさんやおばさんがいたりということはよくあったのだが、自発的に踊りに加わる猛者が現れたのは熊本だけだった。お客さんが加わってのステージが盛り上がらない訳もなく、熱気が最高潮に達してラストを迎えた。当然アンコールだが、この日アンコール用にとアオキさんと相談してとっておいた曲は「夕まぐれ」というとてもしんみりした静かな曲だった。アンコール曲もノリがいいとアンコールがなかなか終わらないということもあるし、しんみりした終わり方というのも悪くないものだ。しかし、静かな「夕まぐれ」が始まると、踊りに参加した人たちは、今度は彼らなりのしんみりしたスタイルで踊りに再び加わったのだ。私はアップライトの黒いピアノの体に映る、お客さんの、静かながら表現豊かな踊りをみながら、なんだか面白くなってしまって、笑って音程を外さないように、最後は目をつぶって歌っていた。

そんな楽しい思い出の地である熊本で地震があった二〇一六年四月、Aさんに連絡を取ってみると、「また同じ場所で始められるかわからない、市内の家も帰れる状態でなく実家に身を寄せている」という返事だった。「寺尾さんの歌が聴きたいです」とメールの最後に書かれていたので、パバオという場所への思いもこめて「記憶」という曲を作って送った。久しぶりにパバオのブログを覗くと、Aさんも前に歩き始めている様子が伝わってきて、嬉しくなった。お店の備品もほとんど割れてしまったり、いまだ余震も続いているけれど、昼のみ営業を再開したという。ブログにはこう書いてあった。

家がなくても仕事も学校も始まるし
仕事出来なくても家賃は払わないといけません
お酒も飲まずに現実を直視すると目の前が真っ暗になってしまいますが
それでも朝は来ます
おはよーございます!!

次に熊本ライブで再会する時には、ひとまわりもふたまわりも頼もしくなったAさんが迎えてくれるような気がした。つらい現実を忘れて踊れるようなアッパーな持ち曲はあんまりないけれど、もし次に呼んでもらった時は、光のような歌を歌いたい。闇から明かりさす世界に向かう、光のような歌を。

高知　批判された南米移住

大正時代、銀座で手ごろな値段でハイカラな珈琲が飲める、ということで一躍文化人や学生が詰めかけたカフェ パウリスタは、高知県佐川町出身の水野龍によって始められた。水野は移民をブラジルへ送り出す移民会社を立ち上げた人物でもあった。この水野を直接知るMさんが今なお高知に存命と聞き、連絡を取った時のことだ。

一度お話を聞きに伺いたいと申し出たあと、再度名前を聞かれたので答えると、「寺尾という名前は、高知にもありますね」とおっしゃったので、曽祖父が高知の須崎で生まれたこと、政治家だったことを伝えると、Mさんはピンときたらしく、「あ、その方ならハガキをもらったことがありますよ」と言うので、あまりの偶然に驚いてしまった。

Mさんによれば、日系ブラジル人二世の田村幸《ゆき》重《しげ》というブラジルの国会議員が、来日した際、東京で講演会の会場などをセッティングしたのが曾祖父だったようだ。当時の新聞などを照らし合わせてみると、おそらくブラジル移民五十周年にあたる一九五八年四月から六月にかけての来日時のことだ。Mさん自身はその講演には参加しなかったが、水野と近しく自らもブラジル移民としての経験があったMさんに、曾祖父は田村の講演の感想を送ったという。田村幸重の父義則は高知市農人町の大工だったが、ブラジルへの第三回移民として渡っている。貧しい暮らしの中から這い上がり、国会議員にまでなった田村の講演は、曾祖父はもちろん、多くの日本の議員たちの胸に響くものだったようだ。田村は来日中の高知新聞の取材に次のように答えている（六月一日付）。

はじめてきた父母の国だが、風土の美しさ、人々の勤勉さ、目をみはるようなことばかりだった。県民の中にはブラジル移民を志している人も多いようだが、私どもはそれらの人々が渡航してくるのを待っている。

おや、と思ったのは戦後十三年経ってなお、ブラジル移民を志す人が多かったという事実だった。イメージの中で、移民と戦前は結び付いても、移民と戦後とは結び付かなかったのだ。

しかし、高知でMさんにお会いし、その時お借りしてコピーさせて頂いた資料、藤原義隆『移民の風土』（一九七五年）を一読すると、戦前に渡ったブラジル移民の夢はもちろん、戦後ブラジルを志した人々の思いが少しずつ伝わってきた。著者の藤原自身、戦後移民としてブラジルに渡っている。昭和六年生まれの藤原にとっては念願のブラジル行きだった。藤原家では、ごく自然に海外移住の話題がのぼったが、当時喧伝されていた「大東亜共栄圏」への移住には批判的だったという。藤原は小学校六年の時、「満州国と日本」という作文を書かされ、「アメリカかブラジルに移住したい」と書いて担任に「国賊」と言われている。

第二次大戦中、日本人が中国大陸へ中国大陸へと流れてゆく中で、私の家族は孤立感を味わいながらもじっと耐えていた。母は「四億の人々がいつまでもだまっているはずがない。必ず中国大陸への移住は失敗する」と言ったものである。

すべてのブラジル移民がそうだったかどうかはわからないが、軍の進出に合わせたような大陸への移住熱に違和感を感じる人々が、「より平和的な移住先」として南米を志した側面もあったことは重要なことに思えた。そして、敗戦と同時に悲劇を生んで失敗に終わった大陸や南方からの移民が押し寄せた戦後日本は、開拓地を狭い国内に求めなければならなかったけれど、それらの多くは不便だったり痩せた土地だったり、開拓の容易でない場所が多かった。すでに成功者も出始めていた南米に、今こそ渡ろうという人々が出てもまったくおかしくない戦後の日本だった訳だ。

私は去年、二〇一五年、『南洋と私』という本で戦前のサイパンに暮らした人々の足跡を描いた。そこにはやはり、八丈島や沖縄、東北などからの移民たちが大きく関わっていた。パウリスタ、ブラジル移民、そして曽祖父とが繋がって、高知の移民について知ることができた偶然は、不思議に満ちていたけれど、もしかしたら必然なのかもしれないと感じた一件だった。

富山　姥石探索

先日立山へ行った。富山市内でのライブが始まるまでの時間で、なんとか姥石《うばいし》を見たいと思ったのだ。姥石とは多くの場合、女性が女人結界を破ったことで石にされたという伝説が伝わっている。立山の姥石のことは、立山曼荼羅に描かれており、他にも論文などに掲載されている地図で見かけていたので、現在もその場所にあり地元にも周知されているものと思っていた。しかし、前日にネットの情報をさらってみると、二〇一四年に発見されたものらしく、逆にその間地元でも忘れられていたということに驚いた。

この日、車を出してくれた富山在住のアーティストのNさんが、事前に下調べをしてくれていたが、ネットにはそれほど情報があがっていないので、立山のホテルで尋ねたほうがいいとのこと。

「まあ、とりあえず行ってみましょう」

ということで、旅は始まった。Nさんは料理も得意、その上民俗学的な興味も共有できる友人で、田舎のおばあさんたちを訪ねて郷土料理についての情報をまとめたり、それを若い人が共有できるようなワークショップも開く。現在は群馬の山間部で調査中とのことだったが、神様がいると言われてきた滝の目の前を道路が走る計画があるそうで、もう神様がいるような場所ではなくなってしまうのかな、と寂しそうに言った。多くの人がその場所にアクセスできるようにはなるけれど、その時もうそこは「神様がいた場所」になるのかもしれない。おそらくこの百年くらいでそういうことは日本中で起きてきて、人々が神様を感じるような場所は減ってきてしまったのかもしれない、と思う。

車を降りて立山駅からケーブルカーに十五分ほ

ど乗る。ケーブルカーの駅で、姥石の大体の位置のわかる地図を見せて窓口の人に尋ねると、いや、この道は今の時期は許可がないと入れないですよ、という答えが返って来たが、こんなところで諦められない。ケーブルカーで美女杉のある駅へ向かい、そこから三十分バスに乗って弥陀ヶ原へ向かった。美女杉というのも姥石と同じような、結界を破った女人の伝説が伝わる。石神研究の田中英雄によれば、九世紀ごろから女人禁制の概念が生まれ、こうした石化伝説は十一世紀ごろから広まった。もちろんそのような伝説を最初から与えられた石や木もあるだろうけれど、そうでないものもあるはずだ。私はそうした伝説以前の信仰のことを知りたかった。

弥陀ヶ原は素晴らしい所だった。餓鬼の田と呼ばれる湿地帯の、小さないくつもの池は高台からみると光を浴びてきらきらと輝いていた。地獄で苦しむ餓鬼たちに、阿弥陀さまがこちらで田んぼをやったらいいと導いたという美しい伝説が伝わる。ホテルを見付けてフロントで尋ねると、「姥石ですか……そのようなお客様はほとんどいらっしゃらないので」という答えだったが、一時過ぎには地元のネイチャーガイドが来るので知っているかもしれないとのこと。二時のバスに乗らなければならないので、今回は無理なのかなと思い始めたが、バス待合所の運転手さんは知っているかもしれないです、と言うので早速向かう。三人の運転手さんがいたが、年配の人もやはりわからない。しかし、もうすぐ午前のネイチャーガイドさんが戻るよ、との情報を得て十分くらい待つとそのガイドUさんが現れたのだ。早速姥石について尋ねると「うーん、行ったことはないから見付けられるかわからないけど行ってみますか」との返事。この綱渡りのような姥石探索に少し光が差した。バス道を三十分ほど歩くが、どこで崖道の方に曲がるのか手持ちの地図ではよくわからない。その時Nさんが崖のほうに下げられたロープを見付けた。そしてこれがまさに姥石への道だったのだ。Uさんを先頭にちょろちょろ小川の流れる道を十分ほど下ると、大きな姥石が鎮座していた。人為的に切り込まれたものか、割れ目がつけられて女性器とおしりが表現されている。女性器の上には小さな石仏。その表情があまりに優しくて、このような神様が長いこと地元の人に忘れられていたことが切なかった。

「バス道が通ってから、あの旧道は忘れられたんだよね」

帰り道、Uさんがつぶやいた。姥石が「発見」された、その背景がまたNさんが話した滝の神様の話にも重なるように思って、姥石に会えた嬉しさと同時に、私たち若い世代がこれからやっていかなければならない宿題を与えられたような、そんな気持ちになった。

山形　ボインの神様

先日東北の飯豊山《いいでさん》に登った。飯豊山というのは、百名山の中でも最もアクセスしにくく、歩行時間も長いために一番最後に登る人が多いと言われる玄人《くろうと》向けの山だ。ここにどうしても登らなければならなかったのは、山頂付近に「姥権現」と呼ばれるおんばさまが鎮座しているためだ。現在「山姥」や「姥神」について調べている私は、主に東日本に分布する姥神像を追いかけている。

飯豊山の標高自体は二一〇〇メートルほどで、八ヶ岳などと比べると低いのだが、登山地図を買って確認すると、どうやら二泊くらいしないとどうにもならないことがわかってきた。学生時代登山サークルに属していたとはいえ、この山にひとりで登るというのは無謀に思えた。誰かよい同行者が現れないかな、と思っていた矢先、今回も不思議な縁が舞い込んだ。ある日ツイッターでフォローしてくれた人が写真家であることがわかり、気になってその人のＨＰを見てみたところ、プロフィールに「山形飯豊山の小屋番をしながら限界集落の日々を記録」と書いてあったのだ。山形飯豊山とあるのは、福島だけでなく山形側からも登れる山であるためで、彼はそちらの麓の山小屋でバイトをしながら写真を撮っていた人だった。どんな人かもよくわからぬまま、「飯豊山に連れて行ってください」といきなりメールをした。返事はＯＫだった。こうして、最近になって私の音楽を知ってくれたという写真家の飯坂大《いいざかだい》さんと飯豊山に向かうことになった。限界集落の人々の暮らしを見つめてきた飯坂さんは、単なる登山家、写真家でもなくて、この上ないナビゲーターだった。

元登山部の知り合いの編集者から「きつい山ですよ」と聞かされて覚悟して登ったこともあって、およそ十年ぶりの登山だったが、なんとか無事登頂することができた。そして月のうちほとんどが曇っているという山頂で、まさかの夕陽や日の出、天の川と流星に出会うことができた。八回以上この山に登っているという飯坂さんもこんなのは初めて、と驚いていた。

今回は初めて山小屋に泊まった。サークル時代は泊りとなれば、テントしょっての登山だったのだ。山小屋は玄人の山らしく私たち以外の四人は千葉や新潟、青森などからの単独登山。それぞれに簡易の食事を作り、みな八時の消燈時間には寝袋に入っていた。消燈までは山小屋の主人の話も面白く、他の登山者の人たちともうちとけた雰囲気になって、電気も水も来ていないけれども、とても素晴らしい場所だと感じた。

消燈になってから二人で寝袋を持って抜け出して、星空を仰いだ。山頂へはものすごい風が吹き上げていて、風はいつまでも眠らないようだった。寝袋から目だけ出して、天の川を見ていた。人工衛星もいくつもフルートの音色のように流れてはいていった。流れ星も時たま。飯坂さんは寝袋になかなか入らず、寒さと強風の中いつまでも星空を写真におさめようと粘っていて、そのあまりの忍耐強さに笑ってしまったら、飯坂さんも笑い出した。私は強い風の音を聴きながら、ようやく出会うことができたおんばさまのことを思い出していた。

飯豊山のおんばさまには三姉妹の伝説が残されている。三姉妹が女人禁制の山に登って石にされたという話で、今日出会った頂上付近のおんばさまが長女ということになっている。しかし、そうした伝説が付与される以前からおそらくおんばさまはそこにいたのだと思う。地獄の奪衣婆とまざってしまった姥神像が、貧乳の姥像として作られるのと違って、飯豊山のおんばさまは豊かな胸を持っていた。それは、幾重にも着せられた手作りのお召し物の上からはわからないことだったが、麓の山小屋の主人が「ボインだよ」と教えてくれたので、不敬を承知で触って確認させてもらった。その膨らみを感じた時、おんばさまが破戒の罰を受けた女性というよりも、いのちや多産、豊作を象徴するもっと大きな存在であったことを予感した。飯豊山に辿り着くまでには、種蒔山という山も登ったが、この名前は豊作のお礼に麓の人々が米や種を蒔きながら山に登って感謝を伝えていた名残だという。山頂の山小屋で主人がそう話してくれるのを聞きながら、厳しい自然の中で東北の人々が培ってきた謙虚な感謝の念に思いをいたすと、私の中にも温かい気持ちがあふれてくるのを感じた。

福島　フクロウ信仰

二〇一六年七月中旬、福島でベースの伊賀航《わたる》さんをサポートに迎えてライブをした。小さな会場だったので、採算がとれるように複数公演にしてどの回も違った選曲で臨んだ。キャリアも十年になると持ち歌が増えてくるが、一回のライブででき る曲数は限られてくるので、どうしてもあまりやらない曲が出てきてしまう。たまに、こういう機会があると久しぶりの曲たちに向き合えるのが嬉しく、アレンジが昔とは自然と変わったりするのも楽しい。一回目のライブ終了後に、軽く乾杯しましょうかと、伊賀さんと近くの「大衆割烹」と書かれた店に入った。座敷に通されて、部屋を見まわすといくつかフクロウの置物がある。暖簾にもフクロウの絵が描かれていた。お店の人がフクロウが好きなのかしら、と思いつつさほど気にせずに、ビールを一杯飲んで手製の水餃子なんかをつまんだ。戻る道すがら、民家の出窓にフクロウの置物が飾ってある。「見て、伊賀さん、福島はフクロウ信仰があるのかな」「福とフクだからじゃない？」「そんな単純な話じゃないんじゃないの」と取り留めのない話をしながら会場に戻った。会場について薄暗い店内を見まわすと、ここにもフクロウの人形が見付かった。店長いわく深い意味はないとのことで、ライブ中にお客さんに問いかけても、「そんな信仰は……」とみんな笑っている。フクロウにやたら遭遇する謎について釈然としないまま、その日は終わった。翌朝、ホテルのロビーで土産物コーナーをのぞいていて、私たちは再びフクロウに出会った。「すかし彫り」という木を彫りこんだ置物がいくつも売っていたが、そのどれもがフクロウだった。キーホルダーなどその他グッズも何種類か近くに置かれているがフクロウである。その説明書きを読むと、「フクロウは幸せを呼ぶ鳥」と書かれていた。そこには、「不苦労」「福来郎」など縁起のよい当て字によって、フクロウが幸福の鳥とされていることが書かれていた。なるほど、ネットを検索してみると、風水のサイトなどでも同じような説明が出てきて、フクロウが一般的に縁起物とされているようだった。それにしても立て続けにフクロウに出くわしたこともあって、福島にはフクロウものが多いのではないか？　との思いが消えない。民芸品の中に自然と取り込まれ、今なお目にする機会が多い、というだけなのか、はたまた、もう少し古い歴史を持つものなのか。そんなもやもやは、二回目の公演のあと、中年のお客さんが教えてくれた「東北っていうのはフクロウ信仰があった土地なんですよ」という言葉と一緒になって、いつまでも心に残った。びっくり仰天したのは、東京に戻ってからだった。私はライブ中に前の週に登っていた飯豊山《いいでやま》の話もしたのだが、店長があとから調べてくれたところ、「飯豊山は昔はイイトヨ山と呼ばれており、『イヒトヨ』とは古代の日本語でフクロウを意味する」というのだ。飯豊はその規模からいっても東北南部にどっしりとまたがる大きな山地だ。ここにフクロウ信仰があったのではないか。

調べてみると、宮城や青森などでも縄文の土器や土偶など遺物の中にフクロウをかたどったものがあるようだ。そしてそれらはどうやらアイヌ文化に連なるもののようだ。アイヌのイオマンテという熊送りの儀式は有名だが、イオマンテそのものの意味は魂を送るという意味で、熊だけでなくフクロウ送りもされていたらしい。アイヌにとってのフクロウはコタンコルカムイと呼ばれ、村落を守護する最高神とされていた（島亨『自然と文化　64』「玉鳥とフクロウの祭祀」）。

飯豊山の麓には「飯豊」と名の付く神社がいくつかある。そのひとつに、宮城県加美《かみ》郡の「飯豊神社」があるのだが、福島ライブの二週間後、まさに加美郡でのライブが控えていた私は、何か不思議な力に導かれているような感覚に陥らざるを得なかった。

アイヌと言えば、四万十《しまんと》というのも、アイヌ語とする説もあると聞いた。縄文に連なるアイヌ文化は北海道、東北のみならず、かつては日本列島を覆っていた。フクロウは温帯にも生息できるので、日本の九州以北にはいたらしい。高知にもフクロウ信仰の名残がある、なんて話になったら今すぐ高知に飛んでしまうのだけれど。

宮城　石神さま

前回の福島の飯豊の話の続編で、宮城の加美郡の飯豊神社の話を。福島ライブの次に行く加美郡に飯豊神社があると知った私は、さっそく加美郡ライブの主催のEさんに、ライブ前に飯豊神社に行ってみたい旨をメールした。すると、「吉野作造記念館ではなく、われわれの石神さまとは……」と返信があった。飯豊神社は幼いころの遊び場だったという。そして神社には巨大な石が祀ってあるらしい。これは古い神社に違いない。

Eさんにお会いし、飯豊神社の話をする時、私は「いいでじんじゃ」と発音した。福島の飯豊山関連の神社であれば、そう読むものと思っていた。実際福島の飯豊山神社は「いいで」と読む。しかしEさんは「いいとよ」と言うんです、と言うので、またまたびっくりしてしまった。「いひとよ」が古代日本語でフクロウを意味することは福島ライブのあとわかって驚いたばかりだったからだ。その発音が受け継がれているということは、やはり相当古い信仰、飯豊山が「いいとよさん」と呼ばれていたころから、この地にある信仰なのかもしれない。

飯豊神社は鳥居をくぐって坂を上り、右に直角に折れた赤い手すりのある階段を上り、それをさらに右に直角に上がる階段を上った小高いところにあった。「龍神」「湯殿山」と彫られた石碑などが続く。巨大な杉の木の傍らに立つ社殿はきちんと手が入れられ古びた感じはしないが、いくらか使える部分は古いものを生かしたのだろう、風格は残されている感じがした。特に「飯豊神社」と書かれた青銅色の板のようなものはとりわけ古いもののように思える。社殿を眺めていると、Eさんが石神さまを見ながら言った。

「こっちの建物より、石神さまのほうが偉いからちゃんとお参りしろって、子供のころ言われたもんです」

石神さまは、まだ新しい朱色の木の柵で囲いをされて大切に祀られていた。そして、興味深いことに立山の姥石と同じようにぱっくりと中央部に切れ目が入っていた。詳細は何も説明されていないが、おそらくは姥石と同じような祀られ方をされてきたものではないか、と思った。つまり女陰を表したものである可能性がある。境内の石仏群の中には、小さな祠の中に何も入っていないものなどもあり、盗まれたのか、廃仏毀釈《はいぶつきしゃく》の被害なのかわからないが、寂しい感じがする。廃仏毀釈当時にやはり弾圧を受けただろう石神さまの信仰が、平成の現在に尚、「本殿の神さまより石神さまのほうが偉い」という教えと共に伝わっていることに感動した。おそらくは、一度弾圧を受けたものの、それまでの信仰が根強過ぎて絶やすことができなかったのだろう。現在わずかに残っている立山のおんばさまと同じように、隠されて被害を免れ、やがてもとのように祀られたものかもしれない。

Eさんは境内にある鐘をついて残響を聴いていた。子供のころからついていたんですかと尋ねると、

「子供のころはふざけて連続して打ったりね。大人たちは鐘のつき方で、子供らが遊んでることを確認してたんです」

という答えが返ってきた。耳を澄ますEさんに聴こえる「あのころ」と変わらぬ鐘の残響を聴きながら、隣にいる私の中にも、時代を遥か遡ってこの石神さまを守ってきた人たちの思いが折り重なってくるような感覚に陥った。

社殿を改めて眺めると、「寺尾」と書かれた千社札を見付けた。実は富山のおんばさまがいる閻魔堂でも、福島の飯豊山神社や、飯豊山に行く途中ふとお地蔵さんに惹かれて車を降りたところで見付けた羽賀坐《はがざ》神社でも、「寺尾」という札に出会った。だから、飯豊神社でも出会うかもなという気はしていた。昔東北や北陸の寺を回るのが好きな寺尾さんがいたのだろうが、それがおんばさまや修験と絡んでいるのかいないのか。この話をすると、呼ばれてますね、と言われるが、そうだとしたら何に呼ばれているのか。動き始める時はただの好奇心。人生の長い旅の終盤に、ようやくその意味をつかめるのかもしれない。

広島　言葉はいらない

今はフェイスブックというものがあって、インターネット上で、ずっと会えなかった同級生を探したり、趣味の同じような人を探して友達になったり、ということができる。CDを出していると、地方の人からも「ファンです、友達になってください」という友達申請が来るので、よほど怪しい人でないかぎりOKしている。趣味や興味が重なるとメッセージをやり取りすることもある。そんなひとりに広島在住の男性がいた。東京の大学に通い、今は実家のある広島に暮らすMさんは、「昔付き合っていた彼女が寺尾さんのことを知っているみたいで」と言う。よくよく聞くと、どうやら小さいころ近所の公園でよく一緒に遊んでいたお姉さんだった。弟同士は幼稚園の同級生でもあった。そんな不思議な縁のあったMさんは、統合失調症を抱えながら生きている。広島でライブをすれば駆けつけてくれるし、昔は日本料理のかなりいいところで板前をしていたといって料理のレシピも教えてくれたりする。勿論病気の話もする。調子のいい時はバイトをして暮らしているMさんは、気軽に立ち寄れるバーもあり、そこでは自分の病気についても話しているという。しかし、Mさんの好きな音楽や文学の話となると、あまり通じず孤独を感じるともいう。

二〇一六年八月五日に平和記念公園で広島国際平和芸術祭という催しがあり、招かれて歌う機会があった。八月のこの公園では珍しい光景ではないのかもしれない。原爆ドーム近くの橋の上で、拡声器を持った人が愛国を叫び、中国がいかにひどい国かということを訴えていた。一〇〇メートルほど離れただけの場所にステージはあったが、芸術祭の音楽イベント中も拡声器のボリュームは下がらず、そばにたくさんの警官が待機していた。物々しい雰囲気の中、恐縮するスタッフの人に「なかなかないシチュエーションですね」と笑っているうちに私の出番になった。

歌が始まってしまうと、不思議と映画の一場面に自分が入り込んだような気持ちになった。私の声とピアノの音とがBGMになった。不思議と拡声器の声は邪魔にならず、川に映る日の光と、風に揺れる柳を横目でみながら演奏した。拡声器の人も遠景の一部となった。そのような極端な主張も、張り上げた声も、他国を攻撃する姿勢も「だけど世界のほんの一部」に思えた。そしてそこから目を離せば、人はゆきかい、各々の営みを続け、自然はありのまま美しく、原爆ドームは夕陽を受けてそこにあった。そんなすべてを俯瞰《ふかん》していくような、映画のワンシーンを感じながら歌っていた。恐らく聴いてくれていた人たちも同じようなことを感じていたのだろう。終了後「不思議と気にならなかったなあ」と言っていた。多分、外に出る、辺りを見渡すというのはとても大切なことなのだ。何事もパソコンがあれば済んでしまい、逆にパソコンがなければ動かなくなりつつある世の中だが、部屋を出て歩きながら、季節の風を感じたり、人々や自然の変化を見つめること、そこから摑める感覚というものは小さくない。部屋の中でパソコンで何かを発信する時、ついつい、私、私、となる。私の意見は、となって時に頭でっかちになる。けれど、ほんとはちっぽけな私に過ぎないこと、世界はもう少しシンプルなことを外の世界はやさしく教えてくれる。

終了後楽屋に戻るとMさんから桃がいくつも入ったビニール袋が差し入れられていた。桃は私の大好物だ。多分桃について書いた私のエッセイを読んでくれたのだろう。お礼を言いたかったが、もう会場にはいなくなっていた。

Mさんからは時たま意味不明のメールが来る。ああ今は「まずい時期」なんだなと思って返事はしないでおく。意味はわかるけど少し怪しくなりかけているメールの時もある。その時は、私なりにその時ベストと思う返事をする。真面目な話ばかりでなく、ユーモアも交えて。「まずい時期」から帰還した彼は、「まずい時期」の自分がSNSで発信した言葉にまた落ち込み、謝りの書き込みをしている。ネット上のキャッチボールもいいけれど、いつか広島の街を彼と一緒に散歩してみたい、と思う。川を見て空を見て、道行く人を眺める。そこに言葉はいらない気がする。

高知　戦中の上林暁

先月愛知県の「明治村」というところへ行った。ここは、夏目漱石の家からハワイ移民の集会所まで重要な明治期の建築物が移築されて、当時の雰囲気を味わうことができるテーマパークのようなところだ。ここに帝国ホテルのライト館も移築されている。ライト館は、アメリカの建築家フランク・ロイド・ライトが大正十二（一九二三）年に完成させ、昭和四十二（一九六七）年に閉鎖、翌年解体されるまで現在の帝国ホテルのある場所に存在した。このライト館の玄関とロビー部分が明治村に移築され、その古代遺跡のような異観を現在に伝えている。

高知の幡多《はた》郡出身の作家上林暁は、このライト館を惜しんだものだろう、閉鎖となった昭和四十二年に「帝国ホテル」という一文を残した。

大正十三年東大進学のため上京した上林にとって、前年完成したばかりのライト館は、ホテル併設の演芸場やホールに、新劇協会の「桜の園」や横光利一作品を観に行った馴染みのある場所だった。改造社に勤めてからは仲間と食事をしたり、ここに泊っていた正宗白鳥に原稿料を届けに行ったりもしている。

関東大震災とほぼ同時にスタートを切ったライト館は、都内の劇場が壊滅的な打撃を受け公演場所を失った諸公演の格好の受け皿となった。満州事変の始まったころから、徐々に規制の始まったダンスも帝国ホテルではしばらくの間許されていた。ライト館は単なる宿泊施設を超えて、文化の基地としての役割を担った。それでも、とうとう昭和二十（一九四五）年には、米を持参しなければ食堂で食事もできない事態になっていた。上林は昭和十九年、次のように『新潮』に書いた。

今日、東京に在って文学のことに従うということは、文学の世界を護るというよりも、むしろ文学の世界に取り残されているという感がしなくもない。（中略）文学的営みに対して、精神的にも物質的にも頼りなさを感じ、動揺させられたことが一再に止まらない。作家的な性根を据えているつもりでいて、その性根が他愛なくグラグラするのである。

（上林暁「東京に在りて」）

東大英文科の先輩にあたる評論家の本多顕彰は「私をも含めた文学者が、あの戦争の終るまでに死ぬであろうと思い、そして、餓死する最初の人に、狭くてゆうずうのきかぬ上林氏をひそかに数えた」と書いた。その「ゆうずうのきかぬ」上林にして、作家としての根幹が「グラグラ」したというのだから、その他大多数の作家たちがどれほどのちに後悔するようなものを書いたり、発言を残したりしたかは、文学史を振り返っても明らかだ。

私はふと、先日「新語・流行語大賞」の審査員を務めた俵万智さんが、「保育園落ちた日本死ね」というひとりの母親から発せられた言葉を入選させた委員のひとりとして批判を受け、日本語と日本を愛している、と公言しなければならなくなった一件を思い出した。そして、このようなことが今後ますます増えるだろうと思った。俵さんのその言葉が何パーセント、彼女の本心であるか、ということについて私は興味がない。私が気になるのは、「公言」が求められ、それがなされるまで批判が収まらないという異様な状況だ。同じようなことを、ボブ・ディランのノーベル賞受賞とその後の彼の対応を見ていても感じた。最初、彼は受賞に対して黙していた。けれど、最終的には「大変光栄」とコメントせざるを得なくなった。最初無視しようとしたものについて、そのように公言したことは滑稽にさえ見えた。しかし、そうせざるを得なかったのだろう。ひとりの声が容易に発信できるネット社会においては、少数派の声でさえ時に多数に見えたりもする。まして大多数の人間が、一斉に同じようなことを発信すれば、ものすごい圧力であり、無視できないものとなる。私が怖いと思うのは、上林たちが潜り抜けたような暗い時代の再現が、ネット社会の現代に、より強固な形で現れてきているように感じるからだ。上林のような「ゆうずうのきかぬ」態度を貫きたかったら、今のうちにネットでの発信などやめておくのが利口かもしれない。しかし、それでいいのか、と内なる声は止まない。

千葉　なんの場所かわからない場所

先日成田空港へ行った。海外旅行ではない。成田に面白い福祉施設があると聞いて、友人と出かけたのだ。その団体は「福祉楽団」といって、埼玉や千葉の各所で障がい者施設や老人介護施設など様々な事業を展開している。

この日案内してもらった「多古新町ハウス」は、一言で言うならば老人福祉施設だろう。デイサービスの利用の他、一泊お泊りできるスペースもあって、陽の当たるフロアには十人ほどのお年寄りがくつろいでいる。おしゃべり好きのおばあちゃんたちは、地震で津波が来た時の話を臨場感たっぷりにしてくれたり、体に気を付けてね、元気でねと何度も声をかけて手を握ってくれたり。黙って微笑んで聞いている人も多い。ふと、宿泊部屋がある廊下のほうから、二人の野球青年らしき学生が現れた。彼らは近くの高校の野球部員だが、学校までの通学に時間がかかり、練習にも差し障るため、部屋を借りてここで暮らしているという。さらに夕方になると隣の「寺子屋」と呼ばれるスペースから、勉強や読書に集まっていた近所の子供たちが、トイレを借りにお年寄りのスペースへとやって来る。これは建物の設計に、どれだけ「福祉楽団」がこだわって仕掛けを作っているかということをよく示している。あえて子供たちの集う「寺子屋」にトイレを作らないことで、新たな人間の出会い、ふれあいを「仕込む」のだ。高校生も小学生もうろうろしている老人施設、というのもなかなかないのではないだろうか。この施設名が「多古新町ケアハウス」ではなく「多古新町ハウス」としてスタートしたのは、何かの冠を名称に被せてしまうことを避けたかったからだという。「ここは○○です」と決められた途端、そこは○

〇になってしまう。まわりの人は、その〇〇としてのイメージや先入観で接するし、距離を保つ。でもその場所が何をする場所なのかわからなければ、人は興味を持つし、そこで何ができるかを知りたくなる。自分も、自分たちも、行ったり利用したり、関わっていいのかもしれない、と考え始める。

次に見学させてもらった、「恋する豚研究所」も福祉楽団の一部だ。さらに車で二十分ほど離れたところにあった。ここは乳酸菌を使った餌で育てた質のよい豚を使って、ハムやベーコンなどの加工を行う。働く人は障害を持つ人。普通福祉作業所などでの作業は月一万円強という低賃金だが、ここでは平均月七万円。休みの多い人もいるが、月十万以上稼ぐ人もいる。製品の取引先は、高級食材を扱うスーパーなどに広がり始めているそうだが、よいものをかっこよく売っているので頷ける。福祉や障害という言葉はあえて前面に出さず、製品で勝負する。気鋭のデザイナー、詩人、写真家、建築家まで巻き込んでブランディングを図っていて、本気で売ろうという気概を感じる。福祉楽団の代表飯田大輔さんは一九七八年生まれ。質の高いクリエイター集団を起用する若い感性は、これからも会社の成長を力強くあと押しするだろうと思った。

福祉楽団のパンフレットの中で飯田さんは「自分の半径五キロに住む人たちが理不尽な理由でつらい思いをしないような地域社会を作るために具体的にアクションを起こすことが大切なのです」と書いている。多古新町ハウスや寺子屋ができて、地元の商店街の人たちも「これからの社会に必要なこと」といった寺子屋で開かれる学習会に参加するようになったという。商店街も見る限り、お世辞にも活気があるという感じではなく、小ぢんまりしていた。けれど、ここに住む人たちが、この街の可能性を探ろうとしている、と思うだけで、なんだかわくわくしたプラスのエネルギーが潜んでいるような気がした。山のほうにある障がい者施設も、それまでは、山中だけで園外活動を完結させていたが、多古新町ハウスができてから交流が生まれ、レクリエーションも街まで降りてきて、昼食も街の商店で食べるようになるという、多くの人にとって喜ばしい変化が起きたという。人がふれあい、語り合えるひとつの場所が誕生することで、何かが動き始める。人が交われば、町の可能性ってもしかして無限大なんじゃないだろうか、そう感じた小さな旅だった。

鳥取　私の神様

旅の話、と言えば過去の話がほとんどだけれど、これは少し先の未来の話。五月に折坂悠太さんという八歳下の歌い手と一緒に鳥取でライブをすることになった。折坂さんは、私と同じく基本は曲を自作し歌うスタイルだが、その自作曲に民謡調のものが多く、まさにフォークとポップスのはざまを新しい形でぬって歩いているような印象の人だ。繊細そうな見かけに似合わず野太い声も出るし、彼の歌を聴いていると目の前に大自然が現れたような、広い草原に立っているような、壮大な気分に包まれる。すごい歌い手が出てきたものだな、と思っていたら鳥取出身だという。

鳥取は私もご縁があって、ライブを企画してくれるIさんとも懇意なので、今度の鳥取公演、折坂くんも一緒にどうでしょうと提案すると、早速会場探しに動いてくれた。場所は数箇所候補が挙がったが、結果的に鳥取教会になった。

何気なく教会のHPをのぞいた。教会史の年譜がかなり細かく掲載されている。明治二十三（一八八〇）年の創立以降の出来事を見ていくと、ふと明治四十三（一九一〇）年のところに知った名前を見付けた。「白石多幸《たこう》伝道師来鳥（〜一九一六）」とある。高知の須崎出身の曽祖父の兄の名前だった。曽祖父の兄弟に牧師でアメリカに行った人がいたということは親戚から聞いていたが、くわしくは知らなかった。調べてみると百年前の十二月まで多幸牧師は鳥取教会にいて、妻のトクも同じ時期鳥取教会そばの愛真幼稚園に勤めている。企画のIさんは愛真幼稚園出身だというのでまた驚く。多幸は一九一七年の一月からアメリカへ渡り、一年後にトクも渡米した。帰国後旭川教会へ奉職したのち、東京の武蔵野で妻トクと共に武蔵野相愛幼稚園を開いた。

トクは保育者として、回想録や日記を残したり、インタビューを受けたりもしているが、一九七五年九月に次のような言葉を残している。


人間がどんなに進歩しようと、どんなに努力しようと、たとえば努力して一流の大学に入学できた。この場合も自分の努力だけではない。その上に大きな神さまの力というものがある。ということがわかっていればいいのです。先だって読んだものの中に、いいことが書いてありましたよ。日本は明治維新の時に西洋の文明を何でもとり入れた。知識技術の面は進歩したが忘れている面があるとありました。私が思うのにすべての根源である神さまのことをおいてきぼりにしたのだと思います。（『幼児の教育』赤間峰子「白石トク先生をお訪ねして」）

神道と天皇制を国の根幹に据えなおそうとした明治政府は、仏像だけでなく、地方や村によってさまざまな形をもっていた「神さま」を否定した。民間宗教の素朴な石像や地蔵などは破壊され、人々の心に生きていた「神さま」は古くさく卑しい信仰として踏みにじられた。アマテラスを中心とした神話の神々の名は人々に浸透したが、現人《あらひと》神《がみ》である天皇の正統性と国威発揚とに利用され、挙句、この国が迎えた結末は書くまでもない。トクが「神さまのことをおいてきぼりにした」と明治政府を批判しているのは、上から押しつける信仰が、人の心の中に確かに根をはった「神さま」には代わり得ないことを知っていたからだろう。

トクと多幸は昭和三（一九二八）年旭川時代にも幼稚園を開いたが、この時、「君が代」を歌わなかったこと、国旗を掲げなかったことに批判の声が出ている。昭和十一（一九三六）年、武蔵野相愛幼稚園を開いた時にはもう「君が代二唱」をせざるを得ない時代になっていた。十三年には指導を受けてだろう、園庭に国旗掲揚塔を建てている。十五年十一月三日、トクは日記に書いた。

外部で国民儀礼とか宮城遥拝とかでまとめるようにつとめるが一人一人の信仰までくずすことはできない。

（白石トク『わが半生の日記』）

文科省は近く保育園や幼稚園へも国旗国歌に「親しむ」よう通達を出すという。一人ひとりの心の中まで同じ色に染めようという時代の再来である。歴史は繰り返すのだろう。「私の神さま」を守るために、今度はどんな風に生きることができるだろうか。

大阪　安藤さんの部屋

先月、二〇一七年二月、大阪の釜ヶ崎に泊まった。東京の山谷と同じく、かつてはこの街から労働者が建設現場に向かった。そこで日々活躍したおじさんたちも高齢化している。ただしアーケードを歩くとそれなりに若者もいるし、外国人観光客もいる。新たにゲストハウスなどが増えているのだ。私が泊まったのも「ココルーム」というゲストハウス。ただしここは普通のゲストハウスではない。釜ヶ崎芸術大学を開催する詩人の上田假奈代《かなよ》さんがここを拠点に、「釜のおっちゃん」たちや地元の人びとと芸術活動を繰り広げているのだ。谷川俊太郎、森村泰昌といった大御所も巻き込みながら、様々な授業の講師を招聘し、上田さんは「釜芸」を展開してきた。私はまだそのどれにも参加できておらず、上田さんともインターネット上で繋がってメッセージをやりとりした程度の関係だったが、その行動力と理念の素晴らしさ、あたたかさに尊敬と共感を感じてきた。上田さんは、アートを、表現を、特別に秀でた能力を持つ人たちのものではない、と捉えている。他の地域からはじき出されてきた人々を受け入れてきた街ともいえる釜ヶ崎、ここで様々な人が表現をしながら他者を知り、自分を知り、「いろんなことがあるけど、すべてひっくるめて私の人生だ」と捉えられるようになるための練習を重ねている。上田さんがくださった釜芸を紹介するパンフレットにはそんな風に書かれていた。

なぜか童謡の流れるのどかなアーケードを進んで右手に見付けたココルームに入ると、天井から水玉や赤い花模様などの細長く切ったリボンのような布が半円を描いていくつもぶら下がってポップな印象。左手にお雛様が飾ってあり、その奥にピアノがあって男の人が弾いている。右手の簡易キッチンでは宿泊客らしい外国の男性が料理中。奥にはもうちょっと大きなキッチンがあって、こでみんなの食事などが作られるようだ。大きなキッチンの前のお座敷スペースが食堂兼居間。この天井にはおじさんたちが書いた書がいくつも張られ、壁にはおじさんたちの川柳が張ってある。「やってきた！　まねかざるひと　アンタだよ！」の句に笑う。「元気です　ええなあアンタ　むかえ酒」も、よくわからないが、ほんわかした余韻が残る。

ココルームはドミトリーの大人数の部屋もあれば、個室もある。どきどきしながら三階の個室に向かうと、小さな部屋にベッドと机と鏡、卓上ライト、エアコン、それから手作りなのか、おしゃれな白と黒のカーテンがかかっていた。そして、壁にはたくさんの絵。どの絵にも「安藤信重」と名前が書いてある。この個室は安藤さんの絵の部屋だった。恐らく象を描こうとしたもの、マントヒヒのような気もするがまったく違うかもしれない謎の動物、「ひつじ」と書かれているが、ジュゴンのような、豚のような、凝視しても海のものとも山のものとも判断がつかない動物の絵、黒人女性のような人が帽子か髪飾りとイヤリングを付けている絵の横に「ベルリン」と描かれているのも謎だ。口をM字につぐんだ蛙はすぐにわかったが「かえるぴよーん」と文字が書かれていて脱力する。まだまだあるのだが、とにかく安藤さんの絵や習字を隅から隅までみて、子供のような自由な感性に楽しませてもらった。大人になると確かに、絵を描くということがなくなる。子供のころは紙を見付けては好きなように書いていたはずなのに、大人に近付くとだんだん、下手だからなどといって、文字だけ書くようになるのだ。けれど、字に個性があるように、絵もその人がよく表れる。歌うこと、絵を描くこと、踊ること。子供の時は自然にみんなしていたことを、大人になるにつれてもっと上手い人がいるから、プロみたいにはできないから、時間もないし、と自分ができること、自分の活動を限定していってしまう。多様な表現をしなくなる。これは本当にもったいないことだと思う。常識や、恥ずかしさを超えて、人と交わりながら芸術活動をする、そうやって相手を知り、自分を知るということは、釜のおっちゃんだけでなく、すべての人にとって大切なことのような気がする。自分の心を表現して発信することは、心の風通しをよくすることだ。釜芸みたいな場所が全国あちこちにできたら、社会も人ももっとすこやかになる、そんな気がしている。

宮崎　戦争と銃剣道

二〇一七年三月に宮崎県小林市へ取材に行った。小林市環野《たまきの》地区は、パラオからの引揚者の人々が戦後開拓して切り拓かれた場所だ。最初は宮城の開拓地、北原尾《きたはらお》の人々と同じく、食べ物も鍬《くわ》もないところからのスタート。芋類から作り始め、子供の弁当も生のからいも、という状態だった。しかし、環野の人たちは、戦時下のパラオの過酷なジャングル生活を生き抜いた経験と忍耐力、団結力で踏ん張った。設備投資などを惜しまず、コツコツと農業を続けると、次第に高原野菜などで成功をおさめ、「環野の子の弁当は一品多い」と言われるまでに豊かになっていった地区だが、パラオ体験のある人はすでに少なくなりつつある。

貴重な話を聞かせてくれたのは久保松雄さん。

昭和九（一九三四）年生まれで、四歳で郷里の福島からパラオへ渡り、終戦時は十一歳だった。戦前や戦中のパラオでの生活について、いろいろと伺うことができたが、中でももっとも衝撃を受けたのは、芋畑を泥棒から守るために銃を持たされたという事実だった。戦争末期になっていくと、船舶が攻撃されることも増え、日本からの食糧供給はほとんど途絶えていった。パラオの中心、コロール島の北に位置する本島のジャングルに多くの移民や島民が避難し、日本軍も駐留していたが、誰もが飢えに苦しんだ。移民や島民が作っていた畑は軍の管理下に置かれ、自分たちで作ったものを収穫することも禁じられ。さつまいもがなっても実の部分は軍人へ、移民たちがもらえるのは、葉や茎だけだったという。やがて畑の監視は、少年監視隊として十歳前後の少年たちに任された。二十四時間体制で複数人が交代で銃を持って芋泥棒に備えるのだ。実戦ではないにせよ、銃を持つという意味では少年兵だ。旧日本軍に少年兵がいた、というイメージはなかっただけに驚いた。撃ったんですか、という質問に久保さんは、

「僕は撃てなかった、友達が撃った」

と答えた。私はてっきり、撃たれたのは島民ではなかったかと思った。パラオにはカロリン人という原住民がいた。自分たちが作った畑を横取りされて、飢えていく中、危険を冒しても芋を取りに行ったのではないか、と思ったのだ。しかし久保さんの答えは予想外のものだった。

「日本兵が殺されました。腹が減ってたんでしょう」

衝撃を受けた。日本兵は少し待てば、芋の「実」が食べられる身分だ。それさえ待てないほどの極度の飢えが兵士たちに忍び寄っていた。一線を越えたものは即座に殺される軍の非情さに言葉を失

くしながら、私は日本の少年に撃ち殺された兵士のことを考えた。兵士の家族のことを考えた。恐らく殺された理由など伝わっていないだろう。勇ましく戦ってお国のために死んだ、と遺族は信じているかもしれない。そうでもしなければ心の平静など保てないだろうし、それでも保てず怒りや悲しみにくれたかもしれない。実際は芋を盗んで殺された。犬死だと思った。そういうと、不敬な、という反応もあるだろう。しかし、この事実を前にしては「犬死」という言葉しか思い浮かばなかった。

テープ起こしをしながら、改めて呆然としていた時、私はふと見たネットのニュースの見出しに驚いた。「銃剣道」が中学の体育の選択授業になっている武道の種目に加えられたという。「柔剣道」の変換間違いかもしれないし、「銃剣道」というネーミングながらもう少し別の穏やかなスポーツがあるのかもしれない、と思った。しかし、調べてみると旧陸軍が使ったような銃剣を用いて、かつて軍国少年少女が教え込まれた竹槍訓練にも繋がる武道であることがわかった。軍事大国を目指した明治政府がヨーロッパから輸入し、日本的に整えたものがその起源だ。古来からの武道というには歴史がない。しかもイメージが悪い。先の戦争では「非道」に走った一部の陸軍部隊がむごい殺戮に使った武器でもあるし、普通の部隊でも、「殺し」になれるために、入ったばかりの兵が捕虜を銃剣で刺すことを強いられた。この捕虜殺しについては多くの軍隊経験者が証言している。しかし、それらを体験した人間も、もうほとんどいない、そんな目算だろうか。刺した者にしかわからない重み、痛み、苦しみ。それらを語る人がいなくなったところで、そんな話が持ち出されるのか。あんまりだと思った。

久保さんは「戦争はおそろしいですよ」と何度も言った。それだけ聞けばどこか聞きなれてしまったような言葉。その言葉の奥に横たわるいくつもの事実と、切実な思いを、聞いた者が全力で伝えなければ。改めてそう感じた出来事だった。

高知　ネオニコチノイド

「今年は戻ってきてほんとによかったよお」

ふと見上げると、駐輪場の屋根近い壁にツバメの巣が作られており、巣の最終補強のためにツバメがさらなる土を運んでこようと飛び立ったところだった。

「去年は誰かに壊されてね、かわいそうなことしたよ」

駐輪場の管理をしているおじさんがそんなことを言って、急ぐこともなかった私はなんとなくツバメの戻ってくるのを見たくて、自転車のハンドルを両手で握ったまま巣の下にとどまっていた。

「蚊が少なくなったでしょう、ちょっと前まで結構出たんだが。最近じゃもう全然いなくなった。あれはね農薬やったのが関係あると思うの」

おじさんが言うには、ネオニコチノイドという薬がどんどん使われるようになったからではないか、という。少し前に話題になっていたミツバチの大量死もどうやらこの薬に一因があるといわれているらしい。

「根から吸わせるから、実も花粉もみんな毒を持つ訳。結構広い範囲に影響あると思うんだ。ヨーロッパじゃ最近使用禁止になった。そしたら反対に日本で規制が甘くなった。日本の会社が作ってるからだよ。売るとこなくなったから。本当はお母さんたちに勉強してもらいたいんだよね」

子供用の後部座席を付けている私の自転車を見ながらおじさんが言った。ネオニコチなんとか。おじさんが言っていた農薬の名前を最後まで覚えきれずに、心でそうつぶやきながら家に帰った。

調べてみると、世界でこの農薬を作る会社のうち、多くが日本の製薬会社だった。そして急性毒性は低く、哺乳類への影響はほとんどないとされながらも、神経に作用することから、胎児など発達中の脳への影響が懸念されていることがわかった。また、一度使うと長く残るため、農薬散布の回数は減らせること、そのために急速に広まったことも知った。それまでの農薬は洗えばある程度落とせたが、内部から浸透するネオニコチノイドは洗っても落ちず、使用をやめない限り、長期にわたって野菜や米から摂取し続けることになる。急性被害は出なくても恐ろしい気がした。危険性がはっきりとはわからないものを遠ざけるか、被害はないと使い続けるか。日本は二〇一五年、ほうれん草について、それまでの基準の十三倍の濃度の残留を認めたのだという。規制を緩めたのだ。

養蜂のさかんな地域は、この農薬を警戒して不使用を呼びかけている所もあるが、ミツバチだけでなく、トンボの数の減少の背景にもネオニコチノイドの影響が指摘されている。そんな中、日本で数少ない、ネオニコチノイド系を含む複数の農薬を使わないことを決めてマークを定めている自治体が、群馬県渋川市と高知県なのだという。これはかなり先駆的な試みだが、いずれ長い年月の末、多くの自治体が最後に辿り着く選択になるのではないだろうか。ミツバチはもちろん、トンボや蛍が減ってしまう、見慣れた季節の風景が変わり、自然が少しずつ冒されていく危険性に対して、高知の人々が敏感だったからこそ選び取れた選択かもしれない。規制が緩められた背景には、企業の利益優先の姿勢がある。緩められた基準を信じ、薬の安全を信じる前に、本当に優先すべきはなんなのか、その根本を見つめていなければならないと思う。少し前に、多くの住民の反対によって、美しい大岐《おおき》の浜近くの山でのソーラー建設が見送られたことを思い出すにつけ、高知の人が直感的にそうした根本を見極め、そのために団結する力を持っていることを感じる。

時たま高野寛さんの「CHANGE」という曲をカバーする。「ミツバチも蝶もいない丘　狂い咲きの花咲く道を」という一節が印象的なのだが、詩の中の話だけではすでになくなってきているのかもしれない。明るい歌ではないけれど、この曲の歌い出しは素敵だ。「変わらないものを守るため　わたしたちは変わってゆくよ」。この歌を歌うたびに、高校時代の同級生を思い出す。東京育ちの彼女は、ご主人と静岡に移住して有機農業に取り組んでおり、同級生の中でも特に異色の人生を歩んでいる。「日本晴」というお店を立ち上げて、ネット通販もしているので、月に一度野菜セットをお願いしているのだが、その彼女からこの間メールが届いた。彼女が気にしているのは農薬よりも、肥料のことだった。肥料の使い過ぎでバランスを失ったり汚れたりしている土壌が多いのだという。そういうところは虫も増える。肥料で野菜が育つという考えが偏っていると思うが、ご近所さんにも、「無肥料じゃできないらー」などと言われる。問題はそういう刷り込み知識ではないか、と彼女は感じている。

「何も土に入れずできるのにね」

彼女のぽつんとこぼれ落ちたつぶやき。届けられるおいしい野菜たち。二つを前に、私はまた「根本」を考え始める。

東京　野口英世の顔

先日鳥取でライブがあり、いつものように羽田空港から飛行機に乗り込んだ。この日は気鋭のシンガーソングライター折坂悠太くんと鳥取教会でライブがあり、セッションのための練習も現地でと二時間弱予定していた。しかし、飛行機がいつまでたっても出発しない。しばらく待たされた末、「機体に不具合が発見」されたことがアナウンスされ、「大変恐れ入りますが皆様に出発ロビーに戻ってお待ちいただくことになります」と機内放送が告げている。結局二時間弱到着が遅れるこの事態に、舌打ちするおじさんがひとり二人いてもおかしくないな、ととっさに思ったのだが、聴こえてきたのは友達同士らしいおばさんたちの高笑いだった。彼女たちは、世間話で笑ったのではなく、出発ロビーを出て移動用バスに乗り込んで、そのバスを降りて、いったん乗り込んだ飛行機をみんながまたぞろぞろと降り、バスに乗り込み、またバスを降り、出発ロビーの椅子に戻らなければならないという事態の面白さに対して笑ったのだ。場の空気は和み、私は大変いい場所に居合わせたなあと幸せな気持ちになった。考えてみれば「機体に不具合」のあることが事前に見付かったことも祝すべきことだ。おばちゃんのように、笑い飛ばすのが正解である。

考えてみればいつもイライラしているのは東京のおじさんかもしれない。鳥取の人も多いように見受けられるこの日の飛行機の乗客たちはのんびりとしていた。遅延のアナウンスがあった途端に、おじさんの舌打ちを連想してしまったのは私が東京に暮らしているからかもしれず、そのこと自体、なんだかさびしかった。

トラブルを前にイライラしてしまう人というの

は、自分だけの世界に生きている。トラブルによって、自分の計画が乱される、自由時間が奪われる、仕事に差し支える。中心は自分だ。一方で、高笑いしたおばちゃんたちは、もう少し、自分とその集合である「私たち」を俯瞰できているのだと思う。考えてみれば、時刻どおりにこれだけの人数の人が狭い機内に着席し、じっと出発を待っていることも面白いし、たいした遅れもなく、毎時間そうした人々が空に飛び立っているのも驚くべきことだ。その規則正しさが、時たま突然破られるのも面白く、乗客が集団でぞろぞろと元いた場所に戻らなければならない間抜けさは、すごろくで一番トップを切っていたと思ったら、「三つ戻る」というコマに止まってしまったような、トラップにはまったような面白さがある。人生すごろく、とでもいうようなおばちゃんたちのスタンスは、とても重要だ。観察される側ではなく常に自分が俯瞰するような気持ちでいること、自分の気持ちはさておき、状況を一歩引いたところから、眺められるということ。自分の乱された気持ちを一旦手放してみることは、自分自身を救うことにもなる。もはや、そのような努力も必要とせず、感覚的に最初から状況を俯瞰できているおばちゃんたちは、それゆえに一瞬で高笑いできたのだ。私は、ひとり出発ロビーの椅子に座りなおしながら、彼女たちの懐の深さに尊敬の念を覚えていた。

ところで、このあと、別の機体に搭乗し直す時、この遅延に巻き込まれた乗客は「飲食費千円」をもらうことができた。「大変恐縮ですが出発ロビーで再びお待ちいただく時、サンドイッチとお茶でも飲んでお過ごしください」といった意味なのだろうが、「おわび」という言葉を使わないところが不思議だった。私は一人ひとり手渡されるというこの「飲食費」の千円配布について、その現物が配られる様子を頭の中で想像してみた。しかし、いざ手渡された「飲食費」に度肝を抜かれた。千円札は白い封筒に入れられ、そして、封筒の下部にセロファンですけて見える小窓があった。それはあたかも、本当に飛行機の窓のようで、そこに野口英世の顔がぴったりとおさまって覗いている。私は、意表をつかれ、それから英世がものすごくいい表情をしていたことに気付き、驚いた。逆に言えば、日常の中で千円札の野口英世を凝視することなどほとんどなかったのだ。彼は一九〇〇年にアメリカへ渡っているが、百十七年後、二十一世紀のANAに乗って、意気揚々とアメリカ行きの飛行機の窓から覗くかのような姿に、不思議な感慨を覚えた。

トラブルはまったくいろんなことを教えてくれるものだ。普段いかに自分にとらわれ、狭い視野で生き、多くのものを見落としているか、私は羽田空港で待たされた一時間半の間に教えられたのである。

兵庫　手におえないもの

先月、二〇一七年五月、加古川で十周年記念ライブを開いてもらった。企画してくれたKさんは、ご夫婦で喫茶店を開きながら、好きなミュージシャンを呼んでライブを開催し、その傍ら米作りなどの農業もしている方だ。「高知　ネオニコチノイド」でも触れた農薬、ネオニコチノイドの話などをしていると、Kさんは、作っている田んぼの水が本当にきれいなものかどうかわからないという不安を教えてくれた。お父さんから残された土地を生かそうと農業にも関わっているが、以前田んぼに水を引こうとしたところ、さび色の水が出て、油も浮かんでいたという。原因は産業廃棄物だろうと言う。Kさんによれば、父親の代に産廃物の埋設場所が足りないと言われ、やむなく田んぼのあった場所に埋設することを受け入れ、いずれ新たに埋設地ができたら移して、再び農地として整備するという口約束を市とした。しかし、土地は地盤沈下が進み、対応として何度か土は入れられたが、根本的なケアは何もされていないまま放置されているという。

地盤沈下はもとの地質のもろさなども多少の関係はあるのだろうが、直接的には産業廃棄物を埋めることで、その上に載せた土が充分に固められておらず、水を含んで、沈下するというものらしい。

産業廃棄物については、時たまニュースで耳にしたが、イメージとしては、不法投棄の最盛期は高度経済成長の時代で、収束しつつある問題のような気がしていた。しかし、数字を見てみると、産業廃棄物の量は一向に減っておらず、むしろ微増傾向にある。また、処理技術が高度になるほど処理費用が上がっており、不法投棄が増える背景は二〇一七年現在も充分あるようだった。

東京に住んでいると、そういう現実には実感を持ってぶつかるということがない。たまに田舎を訪れて、そこの自然を満喫して、また都会に帰っていくだけだ。しかし、Kさんのケースのように、土地を守り、農業を細くでも受け継いで続けていこうという人の前に、こういう形で産廃の問題が立ちふさがっていることを聞いて、その理不尽さに、心が乱れた。

「水が汚れているのかなと思うと、農業をやる側のモチベーションもね……」

と肩を落とすKさんは、何度か市にもかけあってみたそうだが、処理業者は法の目をかいくぐっており、市もそれに本格的に向き合う姿勢はないようだという。

Kさんの話で豊島《てしま》に不法投棄されていた大量の産廃が近くの直島に移されたという話も知った。明らかに豊島で出たゴミではない。それらが直島で今年六月まで十四年近くかかって無害化処理が行われたという。

自動車や家電のリサイクル率は高く、自動車について九十五パーセントほどがリサイクルされるという。それでも五パーセントは埋め立て処分しなければならず年間一〇〇万トンはそうしたゴミが生まれる。二〇一一年時点で環境省も「深刻化する埋め立て処分場不足、有害物質の混入のほか、鉄スクラップ相場などの経済影響を受けやすく、不法投棄や不適正処理に繋がりやすい。香川県豊島の不適正処理はその代表的なもの」と白書に記した。豊島に捨てられた産廃物の総量は結局見積もりを大きく超えて九〇万トンだった。この一部が大津市に運ばれる計画が明らかになり、二〇一二年、琵琶湖の汚染を危惧する住民の反対で計画は白紙となっている。

自動車や家電、人間が快適に生きるために生み出されたものたち。企業はリサイクルへの取り組みを誇り、私たちも電池やインクカートリッジのリサイクルにせっせと協力する。こうした進歩的な取り組みによって、持続可能な循環型社会が作られていくような気分になる。それでも、埋め立て処分場は足りないのだ。押し付け合いが続いていく。何かもっと根本の部分を私たちは見つめなくてはいけないのではないか。私たちの社会のいびつさ、巨大な製造システムと消費社会。

福島の田んぼを占領する除染によって生まれた汚染土の山。そうした写真や映像を見ていると「核は人間が手を出してはならないものだ」とつぶやきたくなる。しかし、手におえていないのは放射線だけではない。そのことを、忘れたくない。社会システムの急激な方向転換ができる訳もないが、人の意識を変えていくことはできる。希望はそれだけだ。理不尽な現場で立ち尽くす人たちの話を聞きたいし、泣き寝入りせず、どんどん発信する人に心からエールを送りたい。手におえないものに蝕まれていく地方の自然と、大量のゴミを出しつつ、クリーンを装う東京の顔を見比べながら、旅は続いていく。

埼玉　ビワと雀

果物が美味いかどうかは、酸味の度合いによって決まるように思う。個人的には、酸味が充分にある果物のほうが好きだ。しかし、中にはもともと酸味がほとんどない果物もあり、それで完成されているものもある。酸味がなくとも美味しい果物は、たとえばスイカ、メロン、バナナである。いちじく、梨、柿である。これらのものは、基本的に食べる側も甘味を第一に想定して食べる。梨は酸味がかったのものもあり、嫌いではないが、やはり今時は甘味充分のイメージが強い。

逆に酸味がないと味気ない果物は、いちご、さくらんぼ、桃、ブドウ、りんご、みかん、パイナップル、キウイなどだ。ことに、みかんは早生の青っぽいものが好きで、甘いばかりのものはなんとなく馬鹿にされたような気がして腹立たしく感じる。柑橘系ではははっさくや甘夏や、少し甘いがネーブルが好きで、デコポンなどもだいぶ甘く感じるし、清見《きよみ》オレンジがぎりぎり許せるラインかもしれない（とは言っても、出されればにこにこと食べてしまう。高知の親戚が送ってくれる文旦のさわやかさは別次元なのでここでは触れない）。

以上の感じが、私の果物の好みだが、今日の主題はビワである。一年のほんの一時期しか出会うことのできない、変わった形のこの果物は、私の中でどちらかと言えば、甘い果物の分類だった。ものによってはちょっと気の抜けたような甘さのものもあって、お世辞にもものすごく美味しい果物、という感覚は持っていなかった。それでも、物珍しさと優しい甘さに惹かれて、幼少から好きな果物ではあった。私のビワ観がほとんど一八〇度ひっくり返ったのは、ライブのために先月訪れた埼玉・久喜にあるおしゃれなカフェ「クウワ」での出来事だった。

久喜駅からバスに乗ること二十分ほど。お世辞にも都内からアクセスのいい場所ではない。しかし、この日はありがたいことにチケットが完売していた。バス停を降りて、川沿いを歩くと川風が吹いてくる。住宅の間には畑も広がっている。のどかなところだな、とのんびりした気持ちになって五分ほど歩くとクウワが見えてきた。ふと見ると、店先の駐車場に実をどっさりつけた大きなビワの木がある。しかも手が届く。クウワのビワか、はたまた駐車場の持ち主のビワかわからないけれど、ひとつごちそうになる。野生のビワの木からビワを食べたのは小学生のころも、大人になってからもあったからなんとなく味の想像はついた。スーパーで売っているものよりは、甘さが少なくて酸味が強いような、そんなイメージ。しかし、ひと口食べて、衝撃が走った。こんな美味しいビワが存在したとは知らなかった。まるでドライマンゴーみたいな濃厚な甘みと酸味が広がった。

ビワの木の茂みの中ではたくさんの雀たちが大騒ぎしていた。たぶんつまみ食いしているのだろう。それにも飽きてふざけあっている様子で大変楽しそうだ。私も彼らの仲間に混ぜて欲しい、と思ったが叶わないので、雀になった自分を想像してみる。まわりには自分の大きさほどの橙色の美味しい果実があふれ、食べ放題、気の置けない仲間もたくさん集っておしゃべりに鬼ごっこ、早食い競争……よくわからないが、とにかく最高の一日であることには違いない。柿の木などと違って、ビワの木は葉がこんもりとして、中が暗くなっているので、テントに入り込んで隠れ家気分に浸る子供たちみたいに、余計に盛り上がっているのだと思う。ビワの実の美味しさと、雀たちのかわいらしさに興奮しながら、店のドアを開けた。「こんにちは、よろしくおねがいします。そこのビワ、美味しかったです!」というなんとも無礼な初対面になってしまったが、同い年の店長は笑って「持って帰ってもいいですよ」と言ってくれた。お店のスタッフさんが、「今日はそこのビワでマフィンを焼いたんですよ」と言う。ビワマフィンなんて聞いたこともないし、そこのビワを食べるまでの自分だったら、それって美味しいのかしら、という疑念に取りつかれていたと思うのだが、アンズみたいに充分な酸味と甘みのあるビワだったから、さもありなん! と、ますます嬉しくなってしまった。ライブは無事終わり、終電で帰るためにはバタバタとおいとましなければならず、ビワはもらい損ねてしまったけれど、スタッフさんがビワマフィンを持たせてくれた。帰り道、駅のベンチで待ちきれずにそれを食べて、あまりの美味しさに涙がこぼれたというのはほんとの話である。

長野　夭折者の音楽

ALPS BOOK CAMPという長野・大町市での湖畔ライブを終えて、共演者だったあだち麗三郎くんの車で東京に向かっていた。あだちくんのサポートのウクレレのヨウコちゃんは多分後部座席で眠っている。諏訪湖で夜景を見ながら遅めの夕飯を食べたあと、あだちくんが最近はまっているというクイーンの音楽にあまりはまりきれないまま、車中で時たましゃべり、時たま黙ったりしていた。

「最初サホさんのファンだった子でさ」

あだちくんが一緒に音楽を手伝っていた友人が二週間前に病気で死んだという。名前を聞くと、かつて私のライブに来てくれた時に、手紙と共に音源を手渡されたことがあり、フェイスブックでも時たま私の投稿に対して書き込んでくれていたEさんだった。彼女は共通の友人もおり、特に存在を憶えていた。あだちくんによれば、Eさんは生まれつき視力を失うということを宣告されており、晩年は癌を含むいくつかの病気を抱えていたという。彼女は、「色彩を感じた」というあだちくんの音楽に惹かれて「鮮やかな音楽を作れれば、視覚を失っても怖くない」とあだちくんに語ったのだという。おそらく残り時間が少ないことを知っていたのだと思う。相談を受けたあだちくんは、バンドメンバーを集めて、彼女の音源制作を手伝った。

「音源ない？　聴かせてよ」

と言うと、iPhoneに入っている数曲をかけてくれた。「空気公団」の山崎ゆかりさんみたいな素直でなつかしい声、高度なピアノのテクニック、そしてあだちくんとバンドメンバーが生み出しただろう斬新な編曲に驚いた。後部座席で眠るヨウコちゃんの横にEさんがそっと座っているような気がした。

「あなたに会えて生きてゆく意味を知るのです死にゆく意味を知るのです」

本当はみんな「死にゆく」生き物だ。ただそれを忘れている。そのことを強烈に意識し、歌詞に書かざるを得なかったEさんは、哀れだろうか。そうは思わない。それはまごうことなく彼女の見ていた景色、彼女の獲得した視点だ。死にゆく意味をうまく見付けられたかどうか、それはわからないけれど、少なくともEさんは、最後の瞬間まで伴走してくれる、あだちくんという最良のナビゲーターを自分で見付け出した。音源は完成し、七夕にレコ発も企画した。けれど、出演は叶わなかった。

「僕は本人が出られないなら中止かな、と思ったんだけど」

チェロのSくんが、作詞作曲者としての彼女を伝えるためにライブを敢行するべきだ、とピアノをすべて譜面に起こし、代役を立て、あだちくんがボーカルも兼ねて演奏し、無事当日を終えたのだという。その一週間後に彼女は死んだ。

日ごろから、音楽や、写真、その他様々なアートを目指す若い人たちの中で、途中で自死を選ぶ人たちの話をぽつぽつと聞いてきた。評価されるか、されないか。運のよさも含めて、そこでまず大きく道が分かれていってしまうのは事実だ。でもそれがすべてではない。自分がそれを生み出す意味を、生み出し続ける意味を自分なりに消化できている人は、生業を別に持ちつつも、長く芸術活動を続けることができる。多分、彼らには傍に、その芸術を味わってくれたり、感想をくれたりする人がいて、その活動を続けることで、人間関係も含めてよい循環が起こっているのだと思う。しかし孤独な人にとっては、その業界で評価を得られないということは年を経るごとに自身に重くのしかかっていく。芸術のような、たよりなく、雲のようなものに自分が人生を賭け得るのか、これからもずっと表現を続けられるのか、そもそも自分の表現とはそれほど価値があるものなのか。

流れ星が大気圏に入った時、一瞬きらっと燃えてなくなるように、Eさんは人生の最後に向かって駆け抜けた。彼女は、ただ表現しなければならないことを、時限爆弾みたいな自分の体に抱えていた。だから、音源にはただ音を奏でる喜びと、それを伝えようとする切実さだけが溢れていた。

これを多くの人に聴いて欲しいと思った。自分はなんのために表現するのか、わからなくなっている人に届いて欲しいと思った。人の評価がすべてではなく、表現はすべての人の手の中にある自由なものであること。その自由を確認するために、プロアマ問わず、たくさんの人が自分なりの表現を続けていること。流れ星のように消えていったEさんの音楽。この音楽のきらめきが、曇ってしまった人の心に、闇を照らす灯としてともりますように。

夜の高速を駆け抜けながら、とりとめなくそんなことを考えていて、気付けばもう車は東京の道路を走っていた。

福岡　先入観と現場

八月一日は福岡で花火大会の前後にライブをする日になっている。去年初めて、花火大会の日に呼んでもらい、ライブのあとにそれぞれの人が思いを抱えて花火を見上げ、花火のあとの冷めやらぬ熱気の中でライブを聴いてもらうという催しだ。この企画の主催のTさんから今年は別のお願いをされた。翌日に車で五十分ほど行ったところにある、Tさんの父親が長年働いている老人ホームの入居者さんと併設する保育園の園児たちのために歌ってくれないか、ということだった。特にどのような施設でといった説明はなく、なんとなくお引き受けした話だったが、車は道中、ある教会に立ち寄った。話を聞くと、Tさんのご両親は平戸と五島出身で共に隠れキリシタンの流れを汲む敬虔なカトリックとのことだった。この教会のある場所もやはり隠れキリシタンがひっそり暮らしてきた地域だという。ご両親は別の地域から移り住み、Tさんはここで育ったのだ。幼いころシスターから「踏み絵を踏んだ人間は裏切り者です」といった話も聞いたというTさんにとっては、「自分の犯した罪をいつも見ている」という理由で天使も恐ろしい存在に感じたという。日本の教会は明治期にプロテスタントが広まり、カトリックは現在も少数派だが、小さなカーテンの引かれた告解室を見た時、そのどこか厳粛な一面を感じられた。踏み絵の「裏切り者」について幼い子にまで伝える宗教意識というのは、部外者からみるとかなり強烈なものに思えるが、虐げられた経験を持つ共同体というものは、内向きでストイックになっていくものかもしれない。安易な比較はできないが、かつて国を支配された経験を持つ、中国や韓国が愛国教育に力を入れてしまう心性にも通ずるものがあるのかもしれないと思った。

「ということは、保育園もカトリックなんですね？みんなお行儀がいいのかしら？」

強い宗教意識を身に付け、私語もほとんどないようなかちんこちんの子供たちだったらどうしよう、そんな一抹の不安がよぎった。

「そうですね、お行儀はいいと思います」

自分の娘たちが通う保育園の園児たちのイメージで、わらべ歌に合わせて、うさぎさんになったつもりで踊れる人、いるかな？　そんな呼びかけをしようかと考えていたが、これは無理なケースかもしれない、と思い始める。

しかし予想はよい方向に裏切られた。老人ホームのおばあちゃんたちの横に三列くらいに並んだ子供たちは、みんなクスクス笑いしたり、好きにおしゃべりしたり、ほどよくリラックスしていた。そして、演奏が終わると大きな拍手をしてくれた。ニコニコ笑いながら手をたたいてくれる子もいて、どんなに嬉しかったかわからない。

「みんな、うさぎさんはどこにいるか知ってる？」

「動物園」

「山の中」

「お空にもいるでしょう？」

「お月さま！」

「月にはおるかわからんて」

ませた子もいる。

「おるかわらんけど、まん丸お月様の時、中にうさぎさんいるように見えるでしょう」

「見えるー」

「見えないよ」

そんなやりとりをしながら、島根や長野のウサギの子守歌を紹介した。それから、福岡は柳川出身の北原白秋の歌「この道」、園児たちには難しいだろうと思いながら、それでも、戦争ってなんだろう、死ぬってもう二度と会えなくなることだよ、という話をして、「死んだ男の残したものは」、最後にみんなが知っている曲をということで「ふるさと」を歌った。

空港へ向かう帰りの車の中でTさんが言った。

「『死んだ男の残したものは』、あの曲を震えながら聴いているおばあさんがいたんです。曲が終わると三回お辞儀をしていました。あれはどういう意味だったんだろう」

それを聞いてやっぱりやってよかったのかもしれない、と思った。それはおばあさんにとって普段は封印していた感情かもしれない。呼び覚まさなくてもよかったものかもしれない。しかし、呼び覚まされることで、蓋をしていた気持ちを確認することで得られる癒しというものも、また確かにあるように思う。

私にとっては、この半日の体験はなかなか得難いものになった。抱いた不安が、非常に短い時間で、現場に踏み込んだ瞬間に溶けていった。知識や聞いたことにより自分で構築した先入観、それをいつも壊してくれるのは現場であり、そこにいる人の表情や言葉、物腰だ。リアルにそういう体験を重ねていくことがいかに大切か、改めて感じる時間になった。

広島　原爆孤児を助けたヤクザ

八月五日、世田谷ものづくり学校というところへ行った。小四の長女が夏休みの自由研究に広島のことを調べたい、と言ったので、それなら被爆者の話をと思い、調べたところ、五日にものづくり学校での川本省三さんの講演があるということで申し込んだのだ。私も行きたいと言った一年生の三女も連れて行ってみると、会場にはすでに十五名ほどの親子が川本さんを囲んで座っていた。

川本さんは、原爆投下時は子供だったので、疎開で三次《みよし》という山のほうで暮らしていた。投下数日後、市内に行ってみると家族は姉しか生き残っておらず、孤児になったことを知ったという。川本さんは運よく、醤油屋の養子にしてもらうことができ、まじめな働きを買われて家も建ててもらった。しかし、当時好きだった人の家に結婚を申し込みに行くと、「ヒバクシャ」ということで、結婚差別を受けたという。自暴自棄になった川本さんは広島を離れ、ヤクザの世界に生きた時代もある。

「広島には暴力団が多い。なんでかわかりますか」

と川本さんが言った。私も学生時代広島へのひとり旅を母に止められたことがあったのは、そういう理由だった。けれどそれがどうしてか、考えたことはなかった。

「大量に生まれた孤児たちの面倒をみたのは、ヤクザのあんちゃんだったんですよ」

飢えた孤児たちは、人が捨てた新聞紙にも群がって紙を食べていたという。やがて死んだ子からは、他の子によって服が奪われ、路上に裸の子供の死体が転がっていた。そういう状況を生き抜くために、孤児たちはヤクザの傘下に入った。それでなんとか食べていくことができたのだ。私は数年前に観たドキュメンタリー『ヤクザと憲法』を思い出した。そこには、社会的には絶対悪として世間から締め出されながら、釜ヶ崎では、警察なんか呼んでもここらは来ないからヤクザがいてくれて助かる、と地元のおばちゃんに頼りにされる組長も描かれていた。

原爆投下のあの日、一瞬にして家族を失った子供たちの多くが、飢えて死んだ。生き延びた孤児も、わずかなケースを除いて、一般的な人並みの人生を生きることから締め出されたといえるだろう。川本さんは結婚差別は受けたものの、それでも周囲には恵まれた人だった。戦後は仲間と会社を設立し、独立することもできた。それだけに、川本さんは、孤児たちのことが気になっていた。川本さんと孤児たちの運命を分けたものは、支えてくれる人がいたかどうか、というそれだけのことだった。だからこそ、川本さんは孤児たちのことがずっと忘れられないのだと思った。

「あの子らのことは、原爆資料館に行っても書いてないんです。知ることができない。だから私が話さないと」

と、強調されていたのが印象的だった。

先日、雑誌の取材の中で同じような話を聞いたのは銀座教会の髙橋潤牧師からだった。髙橋さんは、江東区で育ち、やはり牧師だったお父さんの跡を継ぐ形で牧師になった。お父さんは、青山学院に学び牧師を志したが、両親の理解は得られなかった。牧師になるなら勘当と言われ、それでも信仰の道に進んだ。当時東京にも多くの戦災孤児が溢れていた。あの子たちを見捨てられない、と感じた髙橋さんのお父さんは、彼らを集めて寝起きを共にするようになり、やがては奥さんと共に保育園を開くことになる。

そのようになんらかの支援を得られた子供たちばかりではなかった。路上暮らしを続けた子供たちは、やがて橋の下に暮らす人々に混じっていった。

時たまカバーする曲に加川良さんの「こんばんはお月さん」がある。

上り電車下り電車　どこへでも行っとくれ
そうさここはガード下　まるで逆立ちでもしてるみたい
両手両足豆だらけ　誰に会いたいとも思わない
うまくやれると思ってた

良さんが描こうとした風景と、大人になった孤児たちとが重なって見えた。時代が変われば想像できなくなってしまうもの、伝わらなくなるものがある。なんとなく好きで選んだ曲の意味を私はよくわかっていなかった。でも向き合い続けるうちにわかることもあり、想像できるようになることもあるのだと知った。良さんは白血病で二〇一七年四月に亡くなってしまったけれど、こんな曲を書いた加川良という人のことを、今さらとても気になっている。

岐阜　風の神様

風の神様のことが気になっている。きっかけは各地のわらべうたを調べるようになって「風の三郎」「風の神様」が歌われている歌に出会ったことだ。有名な宮沢賢治の『風の又三郎』も古来風が荒れるといわれてきた二百十日にやってきた風の精らしき少年だ。この「風の三郎」信仰は、新潟や伊豆地方など東日本に主に見られるが、その広がりを調べていくと、中心は長野県の諏訪であるらしい。諏訪大社を中心とした文化は縄文の文化に近いものを保持するともいわれる。二百十日は現在の九月一日付近で、この前後には各地で風鎮祭や風神祭、風祭などが現在も行われている。

自然を神とみた人々の素朴な祈りが、各地にユニークな形で残されてきた。薙鎌《なぎかま》を神木に打ち込む能登の風習、団子を作る伊豆の風習、小屋を作って壊して「すでに通った」としてその後の無事を願う新潟の儀式、製鉄の盛んだった土地に残るうちわで舞う踊りなどがあるが、今は途絶えた所も多い。

とりあえずは九月一日付近に行われる風鎮祭や風祭に行くことから始めたかった。さて、どこに行くかである。有名な富山の風の盆に顔を出すというのも勿論ありだ。けれど、どちらかといえばもう少しひっそりとその土地の人の間だけで行われる風の儀式が気になった。前日まであれこれ調べて考えあぐねていた時、岐阜に「風神《かぜかみ》神社」というズバリ風の神様の神社があることがわかった。写真を見ると、いかにも古そうな風格を備えた社殿である。風鎮祭は行われるようだが、詳しい情報がネットにはない。仕方がないので、とりあえず十時くらいに現地に着けば間に合うだろうという大雑把な読みのもとに、四時に起きて岐阜の阿木《あぎ》駅に向かった。阿木駅からタクシーで二十分ほど、たくさんのトンボが行き交う色付いた田んぼを抜け、うっそうとした細い山道に入っていく。宮司さんが来る風鎮祭は一時からとのことで、到着した境内はのんびりした雰囲気だった。手伝いに駆り出された地元の人々が、受付や護符販売などの場所にそれぞれ座っている。それでも、時たま「愛知の瀬戸から来たのよ」というようなおばあちゃんが、参拝していた。伊勢湾台風の時、この神社の護符を貼っていた家は被害が少なかった、と一時は爆発的に参拝者が増えたということだ。その名残のように、東海地方からの参拝者が例大祭でもあるこの日にやってくる。祭壇を覗くと、果物や魚が供えられていた。この魚は鯉だという、お隣の長野と同じ文化圏であることを感じる。地元の役所で勤め退職したところだというWさんが、一時までの間の時間つぶしにと、周辺の寺社を車で案内してくれた。Wさんによれば、この風鎮祭を兼ねた例大祭は、十五年に一度の地区当番制でお手伝いに駆り出されるという。

一時近くなると、舞を披露する地元の小学六年生の女の子が数名、巫女姿に着替え、おもてへ出てきている。やがて風の信仰で有名な龍田《たつた》神社から宮司さんが到着し、村の関係者もバスで到着して風鎮祭が始まった。祝詞《のりと》が奉納され、風の神への献扇《けんせん》が行われる。しかしこの日のクライマックスは、一年に一度だけ風穴《ふうけつ》への扉が開かれ、そこに御幣が奉納されるという儀式だった。この神社の本殿は決して大きなものではないが、巨岩の上にすえられ、その巨岩内部が風穴になっているようだった。風穴は文字通り風が吹く穴だ。昔の人は、被害を引き起こす大風もここから吹いてくるものと考えて祭祀を始めたものか、もう少し深遠な意味が隠されているものか、普段は封じられた風穴への扉から、御幣を奉納し終えた宮司さんが出てくるのを凝視するしかなかった。二時過ぎの電車で帰らないと、夕飯作りには間に合わない。見られないかと思っていた、御幣奉納までぎりぎり見ることとできたのは、本当にラッキーだった。

後日、二〇一六年発売のわらべうたのアルバムにも参加してもらったUさんと話していた時、Uさんは普段いくつもの民族楽器を演奏する音楽家として活動してはいるが、不思議な体験や目に見えないものを見ることも多く、頼まれると霊視のようなこともやっているということを知った。「仕事にするとちょっと面倒なんで」と言い、親しい人たちに無料でやってあげているというので、その好意に甘えてみてもらうと、びっくりするような返事が来た。

「岐阜の御嶽山の近くだと思うんですが、神社なんかに祭られている神様ではなくて、深い森に住んでいる神様が守護してくれています。岐阜拠点ですがあちこち飛び回っている神様みたいですね」

とのこと。岐阜なんて、ゆかりのない土地だと思っていた。八月三十日の夜、どこの風祭に行こうか悩んだ時、こっちのほうも見ておきなさいよ、とすでに導かれていたのだろうか。なんの神様かわからないけれど、もしもそれが風の神様なのだとしたら、なんだか嬉しい。

北海道　旭川のパラオ

先月北海道でライブをした。札幌に発つ前、鹿児島在住のNさんから一通のメールが私のホームページに届いた。その方はNHKラジオで拙著『あのころのパラオをさがして』(二〇一七年)が紹介されているのを聴いた人だった。ラジオでは、かなり丁寧に内容を紹介してくれ、その中でパラオ人のニーナさんが、自分のお母さんが病気の時に日本の軍医が治療してくれたこと、できるならその軍医と結婚したかったと言っていたことに触れていた。ニーナさんにとって、その軍医の存在はパラオ中心部コロールを近代的な町へと変えた日本への信頼と重なっていた。今なおこちらが当惑するほどの、ニーナさんの強烈な日本への思慕の背景に、この軍医との忘れられない出会いがあったのだ。

この放送を、Nさんの奥様が聴き、自分の幼馴染のお父さんがパラオで軍医をしていて、ハンサムだったというから、その人ではないか、ということで私にメールが来たのだった。それによれば、軍医をしていたお父さんを持つのは、現在札幌の「スロー・ボート」というジャズバーの店長の福居康子さんとのことだった。二週間後に札幌ライブを控えていたので、私は彼女を訪ねてみようと決めた。普通のお店なら夜には閉まってしまうが、バーなら深夜までやっているのもちょうどよかった。

福居さんのご主人は亡きジャズピアニスト福居良さんで、スロー・ボートは今も「福居良さんのお店」と呼ばれたりする。札幌ライブを終えてお店にたどり着くと、康子さんがすぐに奥から出てきてくれた。ジャズバーの女店長、と聞いて想像していたよりも、ずっと物腰が柔らかく、面長のお顔が印象的な方だった。

「父と母はパラオで出会っています。母は札幌から移民として家族と渡り、現地の女学校の学生でしたが、戦争が始まると従軍看護婦として動員されたんです。父から聞いているのは、自分もふらふらになりながら、兵士の死体を解剖して死因をカルテに書いていったという話です。中心地コロールの病院に勤めていたということです。父は人見健造といいます」

コロールの兵站《へいたん》病院に終戦時まで人見軍医が勤めたとすれば、ニーナさんと接触があった可能性はなくなる。ニーナさんたち島民も日本人の多くも、コロール島の北のパラオ本島に疎開したからだ。しかし、札幌のローカル誌『カイ』に載った生前の人見さん夫妻のインタビューを読むと、昭和十九（一九四四）年三月のコロール空襲を受けたあとは、本島へ避難したということがわかった。ただし、「パラオにいた軍医」だけでも当時三十人以上いたというから、ニーナさんが出会った軍医かどうかはもちろんわからない。それでも、そうだったかもしれない可能性が生まれたことに静かな興奮を覚えた。インタビューには、ジャングルの飢餓のことも載っていた。

「軍が保管している倉庫に食料を盗みに入って銃殺された人もおるんですよ、発表しませんけどね。そうしないと死んでしまうんだからいのちがけで取りに行くし、守ってる人は命令通りにポンと撃つし。そこには理屈も何もない」

芋畑を銃を持って一晩中守らされていたというおじいさん、久保松雄さんに宮崎の環野で話を聞いた時のことを思い出す。久保さんと一緒に守っていた友達が盗みに入った日本兵を撃ち殺した。日本人移民の子供たちが現地で少年兵になっていた。

康子さんからは他にもお父様が経験した重要なエピソードを聞くことができたのだが、この翌日の旭川ライブでも、サプライズが待っていた。終了後にお客さんのひとりが教えてくれるには、

「この近くで、3・11後、宮城の北原尾《きたはらお》から移住

してきた若いご夫婦がチーズ店をやってるんです。お店のマークとしてパラオの国旗のモチーフを使ってるんですよ」

と言うのだ。北原尾は宮崎の環野と同じく、パラオから帰還した移民たちがゼロから開拓に入った土地で、「ここは北のパラオだ」ということで、名付けられた地名だ。閉店前にぎりぎりチーズ屋さんに駆けつけてみると、若いお二人がいらして、私が北原尾で取材したKさんのことも「親父と同い年です。よく知ってますよ。あそこは小さい集落なんで」とのことだった。チーズは大好物なので、モッツァレラとチェダーチーズを買った。お店の袋には「Japacheese Asahikawa」と書かれ、その背景に満月のような黄色い円が並んでいた。パラオ国旗は青地に月。移民一世の苦労や歴史は、下の世代になかなか伝わっていかないと言われる中、北原尾を離れた次世代によって、こんな形で親世代のアイデンティティが受け継がれてゆくこともあるんだな、と喜びが静かに込み上げた。旭川の牛乳で、北原尾出身の若者によって作られたチーズは、もちろん、とても美味しかった。

愛媛　主張と主張の間をぬう

先日今治市民会館でライブをした。丹下健三の建築だが、地元では「壊して新しいものを」という意見も出ているのだという。企画したのは今治でフリースクールを営む豊島吾一さんたで、毎年ハズミズムという屋外音楽イベントを開催、多くのミュージシャンを今治に呼んでいる。

今回のイベントは「ぼくらの市民会館」と銘打たれ、夜のライブのほか、昼間にトークや街散策などもが行われた。グランドピアノのある講堂にはいくつかの店が出店し、コーヒーや服やこだわりの雑貨が売られている。ステージ上にピアノはなく、入って左手の大きな窓ガラスの壁面をバックにピアノが置かれ、高いカーテンレールからは真っ白な布が何度か巻かれて垂れ下がっている。ピアノのまわりには小さな木の椅子やたくさんの植物が置かれ、ピアノの左上空中にはオブジェがあり、糸でつられたヒメリンゴがいくつもいろんな高さで静かに垂れ下がっていた。パッと見ると、リンゴたちが天から降りてきたところにストップモーションをかけたような、奇跡の瞬間みたいにも見える。地元の若い花屋さんやインテリアのお店の人たちに呼びかけてできあがった手作りの舞台は、会場をより垢抜けた空間に見せていた。

「ちいさなこえのききかた」と題された昼のトークのメンバーは私の他、吾一さんと、尾道でCDショップを営む傍ら、3・11後、移住者の生活支援などを続ける信恵《のぶえ》勝彦さん。信恵さんの尾道でのイベントは私も呼ばれて演奏したことがあったが、その時泊まらせてもらったのも、地震直後、尾道への移住者にとりあえず入ってもらったというアパートだった。事故から五年以上が経ち、支援や関連イベントも減る中、福島から離れた尾道で3・11を忘れないためのイベントを掲げて、なお数百人の人々を集める信恵さんの力と熱を感じた。その信恵さん、最近は店の一角を模様替えして、地元の子供たちがふらっと立ち寄って宿題をしたり、本を読んでいけるようなスペースを作ったという。

「そういう場所が学校と家以外にあってもいいかなと思って」

何気なく語られたが、重要なことだと思った。人間関係は広ければ広いほど逃げ場があるし、頼れる人も増える。学校でも家でも人間関係にゆき詰まってしまう子供はそんなに多くはないだろうけれど、いない訳ではない。小さくても、逃げ場になるような場所はいくつもあったほうがいい。

吾一さんは「街にアーティストを招くってことは、この街を自分の住む町のように思ってもらうことで、ただ来てもらって人を集めることじゃない」「市民会館に集まってくれたみなさんが今治について思いを巡らせてくれること。プライスレス」とツイッターに書いていた。私はこの吾一さんの姿勢にとても共感する。つまり、自分の愛する場所が壊されようとしている時に、署名活動を行ったり、陳情に行ったり、デモしたりするのもひとつのやり方だ。でも、それだけでは若い人を巻き込んでいけないことを直感的に吾一さんはわかっているのだ。だから、その場所で楽しいことをやって、人に集まってもらって、その素晴らしい体験を共有する。市民会館をみんなの心の中にしっかりと忘れられない場所として刻む、ということなのだと思う。みなで楽しみ、体験し、心に残す。そこから考えて動く。丹下健三設計で、貴重な歴史的建造物だから、今治の宝としてぜひ保存しよう、というメッセージを吾一さんは声高に発さずに、イベントを通して多くの人にそう思わせたのだ。すごいことだと思った。

トークの最後、会場から質問が出た。ご自分でも人の話を聴き文章にまとめたりする仕事をしているという方だった。「いろんな人の声を聞けば聞くほど、どちらにも共感してしまって、ひとつのこれ、という主張を言えなくなってしまうんです。どうしたらいいんでしょうか」と言う。これに対して私はうまい答えをすぐに思い付かなかったが、とっさに楽屋で信恵さんから聞いていた話を思い出した。それは信恵さんが、政治的なことについて訴えていると怒りもあって、どうしても言葉がきつく激しくなってしまうという話で、そういう言葉を一度投げてしまうと相手も心を開いてはくれなくなってしまう、という話だった。「だから、その主張と主張の間をぬうようにして、相手に丁寧に伝えていくのが大切」と信恵さんは言った。遠回りにくどく思えても、それは直球の言葉よりも、相手の立場を考えながら発する言葉になるから心に届く、ということだろう。

「だから、いろんな意見を知って自分の主張ができなくなってしまう、何が正しいかわからなくなってしまう、そういう状態は必ずしも悪いことではなくて、白でも黒でもない新しい答えを出すために必要な通過点になるのではないでしょうか」

そこまでうまく伝えられたか憶えていないが、このやり取りを通して、そんな言葉を私自身も発見させてもらう体験になった。

高知　ハンガーとハレルヤ

先日高知でライブがあった。最初は中央公園で原発や戦争を考えるイベントからオファーを受けていたところ、二〇一七年に出したアルバム『たよりないもののために』の発売記念ライブを高知でやってもらえないか、という依頼を、別にTさんから受けた。ちょうどよいのでイベントの前日にTさん企画のライブをくっつけることにした。Tさんは子持ちのお母さんらしく、イベントを企画するのも初めてだという。

現在地方のあちこちにライブを企画してくれる個人のイベンターさんがいる。年々その数が増えて、月に二、三箇所は地方で歌うことが多い。中にはTさんのように、まったく初めてで、という人もいる。こちらはテレビに出る歌手でもなし、大した知名度はないので、イベンターさんがどれだけ動いてくれるか、ということで集客は大きく変わってくる。しかし、面白いものでイベンターとしての経験の有無というのは集客力とはあまり関係がない。以前福岡の飯塚市に行った時も、まったく初めてのイベンターさんが百二十人近くもお客さんを集めてくれていたことがあった。写真家でもある彼女いわく「とにかくたくさんの人に聴いて欲しくて、初めてのお店なんかも飛び込んで宣伝していたら、どんどん人の輪が広がって」ということだった。会場に着くと、みながこのイベントのために作ったらしいおそろいのTシャツを着ていてびっくりしたものだ。

今回のTさんも、周囲の人に広く呼びかけてくださったようで、たくさんのお客さんに恵まれた。そしてその人脈は、不思議と翌日の中央公園のイベントに出店するメンバーとも繋がっていたので、このもともと別々だった二日間のイベントは自然な繋がりを見せていた。

中央公園でのライブは予想外のハプニングが多く、面白かった。中でも、「骨壺」という曲をやったあと、興奮したらしい酔っ払ったおじさんが前のほうにやって来て、「おねえちゃん、イエスの歌をやってくれよ、イエスの歌、好きだろう?」と叫んできたのだ。賛美歌のレパートリーはないなあ、と思いながら、次回同じステージに立たせてもらえることになったら、何か練習して持ってきますね、と応じた。おじさんはその後もステージまで上ってきて、私のピアノの上にハンガーを一本置きに来てくれて、スタッフの人に止められていた。このハンガーにどういう意味があるのか、プレゼントとして受け取っていいものか、笑いをこらえて歌い続けながらも、終わったあとおじさんに聞いてみたいなあと思った。

それから、国境を越えて、おじさんのような人の心の支えになっているイエスはやっぱりすごいなあと思った。私の好きなイタリアの画家カラヴァッジョも、足の裏が汚れたような人々とマリアやイエスを同じキャンバスの中に描いた。カラヴァッジョ自身も殺人の罪を背負った人だった。

この日は屋外イベントながら五十分のステージだったので、それなりにじっくりとライブをすることができた。そして、アンコールをいただいた。何を歌おうと思いながらも、すぐに決まった。ライブを進めながら私は一曲の「イエスの歌」を思い出していたのだ。それは西岡恭蔵の「Glory Hallelujah」だった。この歌は私が、大学院で論文を書いていたころに、もうそれを捨てて音楽の道に進もうと決心するきっかけになった歌でもあった。とても特別な歌でもあったので、結婚式で呼ばれたり、教会でライブしたりする時以外は歌わない歌だ。でも今日はおじさんの期待にこたえるためにも歌わなければ、と思った。

Glory Glory Halellujah　愛は生きること
私が私であることを願いながら
Glory Glory Halellujah　愛は唄うこと
あなたがあなたである事を願いながら

ステージのうしろにはいろんなバルーンや横断幕が飾ってあった。「核害永遠無核浄土」。「原発事故はみんなが加害者、みんなが被害者」。他の反原発イベントや集会で見かける、この手のスローガンの中に「みんなが加害者」と書いたものは初めて見た。この姿勢が今日のイベントの和やかな雰囲気を象徴していた。それは何かを主張しても誰かを攻撃しない、ということだ。私には私の考えがあり、生き方がある。あなたにはあなたの考えがあり、生き方がある。私たちはどうやって一緒に前に進めるだろうか。こんなことを願う人々の集いと、西岡さんの歌が不思議に溶け合ったステージになった。

宮城　芭蕉の見た燈籠

先日塩竈市杉村惇美術館でライブをした。美術館の杉村惇の作品を観たあと、リハーサルまで少し時間がありそうだったので、ダッシュで鹽竈《しおがま》神社に行って帰ってくることにした。神社までは歩いて十分ほど。神社が近付くと道路脇に塩竈にまつわる文学作品などを紹介する、新しいモニュメントが増えてくる。『伊勢物語』の「塩竈にいつか来にけむ　朝なぎに釣する船はここによらなむ」という歌も石に書かれている。

「わがみかど六十余国のなかに、塩竈といふ所に似たる所なかりけり」

みかどって、国って意味もあるのか、とか、昔のみやこびとの間では塩竈の評判がすごかったのか、とか感心しながら、風光明媚な風景が、塩竈の原風景としてあり、それが現代の人々にも共有されているのは素敵なことだと思った。

鹽竈神社の鳥居をくぐってその階段の多さに驚く。コートを脱いで二百段以上ある階段をなんとか上ると、境内には思ったよりたくさんの人がいた。拝殿のほうに進んでまず目に入ったのは、鉄製の二つの燈籠だった。石燈籠によくあるように火袋の部分に太陽と月が彫られている。元禄二年、芭蕉は鹽竈神社でこの文治《ぶんじ》の燈籠を見て、「神前に古き宝燈あり。……五百年来の俤《おもかげ》、今目の前に浮かびてそぞろ珍し。かれは勇義忠孝の士なり」と『おくのほそ道』に綴った。向かって右の燈籠の横に説明の看板が立っている。あの芭蕉が見た、ということもあり、多くの人が立ち止まって見ていく。燈籠は鉄が年月を経てさびた感じもあり、確かに芭蕉が見たままかもしれない、という気持ちになった。

家に帰って、なんとなく燈籠のことが気になり、やはり観光で訪れた人のブログなどを見ていると、その中に興味深い記述を見付けた。それによれば、この燈籠は戦時中に供出させられて、現在残っているのは戦後の複製品だという。出典は山本鉱太郎『奥の細道 なぞふしぎ旅』となっている。早速入手して原文を確認し、鹽竈神社に電話してみた。文治の燈籠について尋ねると、同じ敷地内の博物館にまわしてくれたので、本当に複製品なのかどうか聞いてみる。

「確かに戦時中にたくさんの金属製の燈籠を供出したのですが、文治の燈籠は供出していません。寛文（江戸前期）のころ、山中で朽ち果てていたものを時代ごとに修復してきたものです。ただし、明治の廃仏毀釈の時に、燈籠の屋根の部分がもとはだいぶ仏教的な装飾があったのですが、それが取られて神道的な形に変えられています。今のように拝殿前に二つ配置してあるのもその影響で、もともと芭蕉が見たものはひとつです。向かって右側が、実物を修復してきたもので、左側は複製です」

と詳しく教えてくれた。

結局、ひとつであったものが二つになり、屋根の装飾も変えられているようだ。燈籠ひとつとっても、日本文化は仏教と神道と土着の信仰とが分かちがたく結び付いて表現されてきたのだ。それを、無理やりに引き剝がして神道風に体裁を整えたのが、明治時代だった。しかし、そんな歴史は伝わらないままみんなのどかに「芭蕉が見たのはこの燈籠か。歴史を感じるなあ」と感慨にふけってブログに書いたりしているのだ。別に細かいことはどうでもいいじゃないか、という意見もあるだろう。かくいう私も、最近まで廃仏毀釈については、神道が、国家に利用され始めた端緒、という程度の認識しか持っていなかった。でも、山姥のことを調べるうちに、日本人が各地で信仰してきた多様な「目に見える」神様が、この時一斉に否定され、私が追いかけている姥神さまも迫害にあって、谷から落とされたり破壊されたりしたのだというから、今ではなんという愚かなことをしたのだろう、と思う。

東京ではあまり見かけないが、地方に行くと昔からあるお地蔵様に首がないものが結構ある。これも廃仏毀釈の時にこういうことがかなり行われたようなのだ。でもそういう記憶は、伝えられてこなかった。若い人たちは首のない地蔵を見たら、ひどいことをする悪がきがいるなあ、くらいにしか感じることができない。けれど、これはかつて国家が民俗文化に対して残した爪あとなのだ。そして、私が気になっていた鹽竈神社の燈籠にだってその爪あとは残っていた。破壊という形ではなく改変という形で。芭蕉が見たら、わしが感動したのはこんな燈籠ではないのだが、とその無常感から一句詠むのではないだろうか。

京都　密やかに学ぶ

二〇一七年十二月、京都の町家を改装した会場「Ｂｏｎｊｏｕｒ！現代文明」でライブをした。大正時代、百三年前にオーナーの曽祖父が建てたという場所には、アップライトピアノが置いてある。ここのオーナー夫妻は、奥様が建築家で、一階はお座敷を活かし、二階と屋根裏はセンスよくリフォームしてお子さん二人と暮らしていた。会場のHPを前もって見ていたら、「MANIFESTO」というオーナーが書いた文章があり、そこに梅棹忠夫の言葉が引いてあった。

「世界は多様だとおもう。しかし、無秩序ではないだろう。日々のできごとは、しばしば意外であり、混乱であるようにみえるが、よくみると、人類の文明は、いくつかの法則的な変化を、現にあらわしつつあるのではないかとおもわれる」

オーナーはまた「この場所をボンジュール現代文明と名付けたとき、日々変化する私たちのいま・ここの成り立ちに対して語りかけを不断の営みとして実践していくための場でありたい」という思いがあったとも書いている。この古い町家にいのちを見、これから若い世代の人々と、新しい文明と出会っていく、という町家の気持ちを代弁するかのような「名付け」がユニークだが、その硬質な文章から五十代か六十代の方かと思いつつ読んでいたので、お会いして同世代であることに驚いた。

この日は夜のライブの前に関西の作家さんたちによる「マルシェ（市）」が一階のお座敷で行われていた。滋賀や大阪から個人でやってきたアーティストたちが、手作りの作品や、アクセサリーを販売していた。私もピアノに一番近いところに出展していた方の、飛ぶ鳥をかたどった白いイヤリングをひとつ買った。イヤリングというものを付けたのは、今年、二〇一八年今治でライブをした時に、ビーズ作家の方からイヤリングをいただいたのが、最初だった。もちろん思春期に、憧れまじりでおもちゃのようなイヤリングを付けた時期はあったけれど、大人になってからはピアス全盛の時代になっていたこともあり、耳に穴を開ける気にはなれなかった私はそういうものに縁なく過ごしていた。しかし、今治の作家さんからいただいてイヤリングを付けてみたことをきっかけに、三十五歳にして、これはなかなかいいものかもしれない、と思えたのだった。

一つひとつのお店の方とは話せなかったが、次々とマルシェを訪ねる人がやって来て、その素敵な作品を作った作家さんと話し込んでは、買い物をしていくというこの場と時間がとても大切なものに思えた。作家さんは必ずしもそれ一本で食べている人ではなかったが、それは重要なことではないと思った。

ライブは『たよりないもののために』というアルバムのリリースライブだったので、もちろんこの表題曲を最後に歌った。この歌ができたきっかけはいろいろあるが、ひとつには私の友人である写真家いっちゃん（植本一子）の義弟の自殺がある。彼は写真を志し、しかし四十手前にして死を選んだ。部屋からはたくさんのカメラが出てきた、といっちゃんは言った。人の人生の明暗を分けるものはなんだろう。表現は限られた人だけのものではない。誰もが最後まで、自らを表現していける社会。それを認めてくれる人が、身近にいるような環境。この社会に欠けているものは？　さっきまでこの空間で開かれていたマルシェの残像をひときわ愛しく思い返した。

シュタイナーは『いかにして人が高い世を知るにいたるか』（鈴木一博訳）という著作の中で、「高い世を知る」ことのできる人を「密やかに学ぶ人」と言っている。そして、そういう人になるためにいくつかの条件を述べているのだが、そのひとつは「外なる条件が告げ知らせるところと、その人が自らのありようにとってふさわしいと知るところとの、まさしく合い間を見いだす」ことだと言っている。外からの評価がすべてになってしまったら、自分の表現など続けることはできない。けれど、自分にとって何がふさわしい選択であり、表現であるのか。人が孤独にさいなまれた時、自問自答を続けられる強い人もいるだろうが、多くの人にとっては過酷なハードルとなる。だからこそ、みんなで表現を続けよう、と呼びかけたいし、そういう場や繋がりが増えることを願いたい。

「みんな、かわいいかわいいって買っていってくれるから、嬉しいんです」

白い鳥のイヤリングを売ってくれた作家さんの、飾り気のない心からの声が、ライブが終わってもいつまでも耳に残っていた。

沖縄　和して同ぜず

ライブで沖縄へ行った。ライブが始まる前、磯で生き物を見たくて、瀬長島という那覇空港からもう少し南にある島に連れていってもらったのだが、空港から近いだけあって、低空を、大きな音を立てて飛行機が通り過ぎていった。航空自衛隊の飛行機、米軍施設の星条旗も車窓から見えた。基地から飛ぶヘリの音も、周辺の人々にとっては充分にうるさいものだろうと思う。東京の我が家では、自衛隊の飛行機が集団で飛んでいくだけで、末娘が耳を塞いでいやがるが、沖縄の子供たちはどうなのだろう。生まれた時から、空は定期的にやってくる大きな音に満ちていて、もしかして意識しないくらいに慣れてしまっているだろうか。

末娘のエピソードなど話したら、「東京は立川の基地もなくなったし、静かなんでしょうね」と空の騒音への不慣れに、羨望といくらかの皮肉をこめて返されるだろうか。子供の声がうるさい、と公園や幼稚園に苦情が来たり、新しく保育園が作れなくなるような東京の今がある一方で、明らかに数倍も大きな音の負担を沖縄は負っている。墜落事故や米兵による強姦事件、沖縄に降りかかる犠牲はいつも思い出したように発生するが、音の負担は日常として続く。

アオサのような黄緑の藻が茂り、小さなヤドカリたちがひそやかに動く磯の岩場に立って、沖縄に爆音も基地も駐屯地もなかった時代のことを考えてみる。ロシアのピアニストだったか、音楽の目的は静寂を表現すること、と語っていたのを思い出す。静寂が人にはたらきかけるもの、無音によって心に流れ始める旋律、回想やメランコリー。波の音、風の音、鳥の声。

ライブでご一緒した「ナオキ屋」さんは、今は音楽活動に専念しているが、少し前まで米軍のトラック運転手の仕事をしていた、と打ち上げで話してくれた。家族も米軍関係の仕事についている。ライブ企画をしてくれたTさんは、「もちろん下請けですけど、会社のアメリカ人社長はよくナオキ屋のライブに来てくれていたんですよ。辞めると言った時も惜しまれたみたいで」と教えてくれた。大きな政治の話の中では、個人と個人の繋がり、小さな物語にはなかなか光が当たらないし、部外者にとっては想像のおよばない部分でもある。私はこの話を聞いて、最近読んだある研究者のウェブ上の日記を思い出した。その研究者は、沖縄の基地問題を授業でやった時に、学生から次のような意見をもらったという。

「在沖米軍が孤児院に寄付をしたり、基地まわりの掃除をしていることを先生は知っているのですか？　知っていて話さないなら、それは都合が悪いからですか？」

なかなか挑発的な言い方だが、その研究者は、そういう米軍の「よいこと」ゆえに、日米地位協定の不条理さは黙認できないという自分の意見と、この学生の「他人事」として沖縄を語る「不遜な態度」を憂いていた。

研究者の意見になるほど、と思いながらも、この学生の「不遜」について、私にはあまり、責める気持ちは起こらなかった。起こっていることの問題点を見極め、追及する人はもちろん必要で、研究者やジャーナリストは率先してそういう役目を果たす人たちでもある。一方で、学生の疑問は生意気かもしれないが、素朴なものだ。米軍はニュースになる時は大抵悪者だけれど、現地ではこんな事実もある、そのことをどう考えていくのか。基地について伝えられる事実は少ないし、沖縄の実態や人々の気持ちについてもニュースを見ただけではよくわからない。二、三人の現地の人の声が数秒紹介されたところで、それはそれだけのものにすぎないし、マスコミが切り取ったわかりやすい「声」にすぎない。だからこそ新たな実情を知った時、そこからたぐりよせるように考えていくことは大切だと思う。そこに暮らす人々の日常、バランス感覚、人間関係、一言では言い表せない気持ち。ジャーナリズムやアカデミックな論文が用いる言葉と、そこに生きる人の実感とは時に乖離する。人の言葉には常に、余白があり、余韻があり、語られないこともある。「部外者にはわからない」と心を閉ざされる前に、耳を澄ましていたい、と思う。

ナオキ屋さんはやめた会社のアメリカ人社長を今でも好きかもしれないし、その社長もまた、音楽を愛して会社を辞めた彼を応援しているかもしれない。それでも彼の作品のミュージックビデオには、星条旗を皮肉めいて使ったものもある。和して同ぜず。日々を生きながら表現していくというのはそういうことだ、とも思うのだ。

長野　程度の問題

先日娘の小学生新聞の一面記事で鷹匠《たかじょう》を使ってカラスを追い払う兵庫県西宮市の試みが紹介されていた。鷹匠とは、鷹狩を行う人間のことだ。鷹狩はさかのぼれば鉄砲のない時代に、鷹を使って鳥獣類をしとめさせた原始的な猟法のひとつだったが、やがて上流階級の趣味のひとつとなった。以前、浜離宮庭園に立ち寄ってみた時、そこが将軍の鷹狩りの行われていた場所だったと知り驚いたことがあるが、今でも浜離宮は新年のイベントとして放鷹術《ほうようじゅつ》を披露している。鷹匠は鷹の飼育、訓練も行い、鷹狩に欠かせない存在だった。その鷹匠の伝統が、若い世代にも細々と受け継がれていることはなんとなく知っていたが、自治体のカラス対策として実際に採用され、実績をあげていることに驚いた。

東京都がカラスを捕獲し、焼却し始めたのは石原都知事の時だったと思う。強い違和感を覚えた。野鳥保護を唱える一方で、害鳥と見なされたカラスは次々と抹殺されていく。これに対し大きな声が上がらないことも、悲しかった。

先日長野の伊那でライブをした。面白いことに、この日音響スタッフをしてくれたOさんが猟師でもあった。打ち上げで彼を囲んで興味深い話をいろいろと聞くことができたのだが、とりわけ印象に残ったのが、鹿を撃っては尻尾を切り取り、お金をもらうという「猟友会のおじさんたち」のことだった。増え過ぎた鹿の駆除なのだろう。自治体もお金を出している。そのためか、もはやいのちを奪うことがゲーム感覚になっている、とOさんは心配していた。同世代でもあるOさんはゲストハウスを経営しながら、独学で狩猟を学んだという。皮を剥いでは利用し、肉もすべて食べる。

「いのちをいただく」とOさんは言った。山人たちの、自然に感謝し、つつましく生きる流儀を、Oさんは書物などで学び、実践する中で骨肉化していったのだろう。そんな彼に、しっぽを切り取ったらあとは死骸を庭に埋めてしまうだけ、という「おじさんたち」の行動は、表立って反対はせずとも、見過ごせないものがあるはずだった。いのちを活かす仕組みが必要だと思った。地元の土産物に利用する企画とか、給食での利用とか、違和感を感じた人間が提案し、地域を変えていくことはまだまだできるはずだ。

農地と山との緩衝地帯であった里山が放置されたことで、動物たちのテリトリーが農地と接するようになって獣害が増えてしまったとも聞く。これからの時代に求められる人間の生き方というのは、近代化によって一度は放棄した自然とのかかわり方をもう一度振り返り、現在の生活の中に活かしていくことなのだ、と思う。そんなのは理想論で、駆除はどんどんしなければ、という意見もあるだろうが、理想を見つめなければ未来のために生きることはできない。今すぐ駆除禁止とはいかないだろうが、邪魔者は殺してよい、というメッセージは子供たちにも伝えたくないものだ。話は動物に限らず、である。他者をどのように受け入れ、いかに調和して生きるか、というテーマこそ、二十一世紀の社会のあちこちで試されている問題であると思う。

話を鷹匠に戻すと、冒頭の記事とその感想をネットであげたところ、いくつかの反応をもらった。そのひとつに「鷹匠は伝統、と言いますが、鷹の自由を奪っておいてけしからん」という趣旨の書き込みがあった。その人は菜食主義の人だった。いのちの問題を人一倍大切に感じる繊細な人なのだろう。しかし、「動物は自然の中で自由に生きることが最大の幸福だ、それを奪うのはけしからん」というその考えを貫こうとすると、ペットを飼う人や、動物園もすべて否定することになってしまう。今読んでいる『21世紀の楕円幻想論』(二〇一八年)の中で著者の平川克美さんは、ギャンブルやたばこを例に挙げて、「純潔思想は、必ず『汚れたもの』『混じり合ったもの』に対する、差別意識となってあらわれる」と二者択一の危険性を指摘した上で、こう書いている。

つまり、二者択一ではなく、程度の問題だということです。

どの程度までなら許容され、どの程度から先は禁止すべきなのか、その許容範囲というものをコントロールすることが実は文化じゃなかろうかと思うのです。

多様な物差しを使う必要があるし、ときには、物差し自体を新しくつくる必要があるのです。

鷹匠の鷹の自由、鹿のいのちと駆除の正当性、ペットや動物園の残酷さ……こんがらがりかけた頭に、平川さんの言葉は、すとんと落ちてきて、どこまでもやさしく響いた。

千葉　変革は静かに進む

先日千葉の我孫子《あびこ》へ行った。利根川遊水地に、戦後パラオからの帰還者が入植していたことを知ったためだ。開拓といえば山地のイメージで、ひたすら萱《かや》を刈ったり、竹の根っこと戦ったり、という話を、パラオからの帰還者がいる宮城の北原尾でも、宮崎の環野でも聞いた。山地ではないが、遊水地もまた名前の通り台風などで氾濫が起きた時に、水を逃がすための川辺の場所であり、人が暮らすには向かない場所だった。

何年かに一度は大きな台風に見舞われ、野菜が全滅したことも一度ではなかった。それでも、土を移動させて堤防を作ったりしながら、川辺の低地には田んぼを作り、少し離れたところに高台を作って畑にしたりと苦労と工夫を重ねて、人々はなんとかこの土地で安定した暮らしを築いてきた。そのおひとり玉根さんは、八〇年代から有機農法に切り替えて今日まで続けている方だった。

若いころからお父さんと続けてきた農業だったが、玉根さんはある時疑問を感じ始めた。

「それまではどうやったら儲かるか、とそれ一辺倒でしたね。そうすると化学肥料、農薬を使い続けて畑がダメになっちゃったんです」「父は明治四十五年生まれで、大正にずっと育ってきて、そのころは化学肥料のどんなに素晴らしいものだろうっていう考えが、頭に入っちゃってるんです。それをやめて食っていけるかってんでね」

それでも、息子の熱意に負けてお父さんも一緒に有機農業に取り組み始めた。玉根さんにとって印象に残っているのは、堂本暁子千葉県知事の時に起きた騒動だ。有機農業推進派の知事は、その道のベテランである玉根さんの畑から二百メートルの範囲の空中散布を「禁じる」と発表してしまった。これは玉根さんには「寝耳に水」だったが、周囲の人々が詰めかけ、大きな問題になってしまったという。

「だいたい有機農業やってる人っていうのは、自然環境を守るためにやっているんだという正義感の強い人ばっかりなんです。ですからあちこちで裁判なんかも起こしましたけど、でも私がその時感じたのは、自然環境だけじゃなくて、社会環境も同じくらい大事なんだと」

　私が玉根さんに会いに来たのはパラオでの体験や開拓の話を聞くのが第一の目的だったのだが、インタビューの後半に出てきた、この有機農業と社会をめぐる話にすっかり心を奪われた。それは、今日なお、立場や考え方の違う人たちが、それぞれのやり方で農業をやっており、決して古い問題には思えなかったからだ。お父さんが途中まで農薬や化学肥料にこだわっていたのも、そういう薬品の効果に感動し、文明の進歩を実感した、そんな時代を生きてきたからだ。人がひとつの考えを抱くようになるまでには、それなりの経緯があり、物語がある。意見をたがえる人たちが、互いの経験の差や、見てきた景色の違いを想像し、思いやるならば、口調は自然と柔らかなものになる。有機農業の「正しさ」を主張する以上に大切なのは、周囲の人々と気持ちよく暮らしていくための工夫であり、お互いの立場や事情を尊重しようとする態度ではないか。「社会環境も同じくらい大事」と言った玉根さんの言葉にやわらかな人柄と知性を感じた。

　そういえば農民の生活と、その幸福を願い続けた作家、宮沢賢治も「北ニケンクヮヤソショウガアレバ　ツマラナイカラヤメロトイヒ」(「雨ニモマケズ」)と書いている。自然の恵みを受けて行う農業に、本来人間の仲たがいは似合わない。特に便利な機械類が登場する以前の農業では、村の人々の協力なしに、個人の農業は成り立たなかった。

　現在玉根さんは我孫子市の市民農園事業にもかかわっている。こんな人が我孫子にいますよ、と玉根さんのことを私に紹介してくれ、インタビューのテープ起こしもしてくださった山田さんも、この市民農園がきっかけで、玉根さんと出会ったという。市の広報誌には、特に有機農業であるとは書いていない。声高に主張する必要はないと思っている玉根さんだが、それでも口コミで市民農園は広まり続けているそうだ。

変革は静かに進む。同世代の知り合いでも地方に移住し、農業や養蜂を始めたという人の話を聞くのは、ひとりや二人ではない。高校の同級生も東京から静岡に移住してご主人と有機野菜を作って毎月送ってくれる。異端とされていたものがやがてスタンダードになっていく、その狭間の時間、己の道を信じて静かに歩んで来られた玉根さんの言葉に出会えて幸せだ、と心から思った。

ひとりの祈り

『あのころのパラオをさがして　日本統治下の南洋を生きた人々』（二〇一七年）の出版にあたって、文春オンラインで受けたインタビュー記事がＹａｈｏｏ！ニュースで流れた。Ｙａｈｏｏ！ニュースのコメント欄は予想通り、保守的な意見が目立ったのだが、その中に、どうしても見過ごせないものがひとつあった。その人は戦争をなくすために必要なのは「一般庶民の感情や狭い経験ではなく、事実に即してきちんと検証すること」と主張していた。この人が言っている事実というのは、教科書や論文に載るような、政治の動きを追った「歴史的事実」なのだろうか。外交的に追い詰められたから、こういうことをやって、国内はこんな状況だったから、だから戦争になった。だから戦争をなかなかやめられなかった。ここをこうすれば戦争を回避できたかもしれない。そういう分析は実際、ある程度進んではいるだろう。アカデミックな議論を積み重ねることは大切だ。それが国民の間に正しく理解され、さらにそれによって、確かな力のある政治家を選び、戦争をきちんと回避できる状況を作れるか、と言えば、非常に心もとない気はするけれども。

「事実に即してきちんと検証すること」。言っていることはそんなにおかしいことではない。戦争をなくしたい、という思いも共感できる。しかし、「一般庶民の感情や狭い経験ではなく」という言葉を使う人を私はどうしても信用できない。「一般庶民」というが、どれほど多様であるか。その生業、状況、生い立ち、そして経験を異にし、それぞれに感じ方も違う、ということをこの人は感じ取ることができていない。言ってみれば、国というものが、たいていの政治家というものが、「一般庶民」の多様さを理解できていないのと同じように感じられていない。この人の物言いは、皮肉にも自分のものの見方がどれほど一面的で「狭い」のかを表してしまっているように思う。

戦争の全貌というものは、死傷者数や攻撃の様子だけで伝わるものではない。その被害の多様さや細部に目を配らなければその本当の「意味」を知ることはできない。どれだけ多くの人が異なる形で殺され、傷付けられたのか。誰を失い、その後の人生をどのように生きたのか。その逆に、戦争で金儲けをし、何食わぬ顔で戦後を生きたのはどういう人たちなのか。ひとりの人間にとって戦争とはなんだったのか。

先日、広島で被爆した川本省三さんというおじいさんの話を娘と聞きに行った。川本さんは、原爆投下によって、一瞬にして孤児になったたくさんの子供たちのことを話してくれた。川本さんもまたそういう子供たちのひとりだったのだ。しかし運よく養子にもらってくれる人が現れた。そうでない子供たちもたくさんいた。彼らは道端に捨てられた新聞紙に群がった。食べるためだ。口に入れられるやわらかいものはそれしかなかった。やがて餓死した子供たちからはすぐに衣服が奪われた。裸の子供たちの死体が転がっていた。川本さんと彼らの運命を分けたのは小さな偶然に過ぎない。その事実が川本さんの心に今なお重くのしかかっていることを感じた。

「広島の原爆資料館行ったって、あの子たちのことは知ることはできないんです。だから私が伝えんと」

とおっしゃっていた。科学が万能でないように、学者が書いた論文や今知られている歴史が起きたことのすべてではない。忘れられたいのち、零《こぼ》れ落ちた声というのはいくらもあるのだ。それらをさえ庶民の「狭い経験」と片付け、そこから学ぶべきものはないとするのだとしたら、あまりに傲慢ではないだろうか。

「戦争はよくない。しかし……」という声をよく聞く。さも現実的な意見のように響く。でも思うのだが、「しかし……」からあとの部分は国や政治家が放っておいても言い始めたり考えたりすることなのだ。「未曽有の津波によって原発は甚大な被害を受けたかもしれない、しかし……」といって国が原発に未練を残しているのと同じである。ひとりの個人が考えなければいけないことは別にある。せっかく、個として生まれついているのに、国単位の思考に引きずられてしまう。勿体ないことだと思う。

国というのは、社会というのは、ひとりの人間からできている。そしてひとりの小さな声は決して「とるに足らないもの」ではない。ひとりの祈りは、往々にして、国や政治家が考えていることより、よほどまっとうで、美しいのだから。

V

二つの彗星

——父・寺尾次郎の死に寄せて

昨日、父が死んだ。降ったり止んだりの雨降りの日。クチナシはまだ白く咲いていた。死に目には会えなかったが、私には死に目に全員が揃うことよりも、そこにいたるまでの時間のほうがずっと大切に思えた。それはバラバラだった家族が密な連絡を取り合って協力する時間であり、そこには私と父二人きりの、特別な時間もあった。私も家族も、大変な状況だった父自身も、それぞれが、「今まで」にくらべて、充分過ぎるほど密な時間を父と共に過ごした、そういう実感があったと思う。

父親不在の家庭で、「うちはみんなバラバラ」と思って生きてきた。シュガー・ベイブという今では伝説のようになってしまったバンドで一時期ベースを弾いていた父、寺尾次郎は、その後映画会社に就職、やがて字幕翻訳家としてゴダール作品など数多くのフランス映画を訳してきた。おそらくフランス映画の字幕で数えればこなしてきた数は歴代一位ではないかと思う。フランス映画だけでなく台湾映画や香港映画も英語からの翻訳をこなしていたから、それらを含めれば数はさらに大きくなるだろう。そういう並外れたキャリアはもちろん父の能力もあっただろうけれど、家族と別居し、ひとりで仕事に完全に集中できる環境があって可能だった。「うちはみんなバラバラ」。母は自らを納得させるように、時たまなんでもない風にそう語った。やがてそういう捉え方に私もどっぷりと慣れ、逆にそういう位置からしか見えない視点もある、と自らに言い聞かせるように生きてきた。それでも私の中に、解決できていない幼い反発心があったのかもしれない。

父の死を知らせるツイートでも私は「最愛の父」と書けないまま、「遠くて遠い」父としか書くことができなかった。

今日はうって変わって晴れた。栗の花が咲き、ムクドリは青い空を斜めに飛んだ。父がホスピスに移ったころ、クチナシが咲いていることに気付いた。クチナシは枯れて行くのが怖い。あの甘い香りゆえだろう。花が枯れるのは当たり前だが、あの真っ白な花びらとあまやかな香りが、枯れ始めた途端、その腐敗を際立たせる。父が死んだ時、クチナシが茶色く朽ちていたらいやだな、となんとなく思っていた。だから真っ白なままのクチナシを見てほっとした。父は私たちに長々と負担をかけずに、静かに闘いながら逝ったのだと改めて思った。

朝、次女が朝食後、お腹が痛いとたたみに横になってしまい、本当に痛そうだったので一時間ほど様子をみて寝させた。どう？　とベッドをのぞくと『ちゃお』を読んでいるので、すぐさま登校準備をさせて学校に送る。

昼食にしそとしらすとカブのパスタを作った。静かな部屋でパスタを食べながら、思った。もう肉体を失った父には私の心のすべてが見えてしまう。そのことに深く安心している自分がいた。いつでも思えば繋がれるような気がした。父が死んで、今までで一番近く父を感じることができた気がした。

表向きはすっかり父の不在になれた風を装った少女時代の私は、いつのまにかそれに慣れきった。そしてそれは「本当」だと思っていた。けれど、違ったのかもしれない。ひたすら遠かった父は、その遠さゆえに私の中の重たい異物であり続けた。父の死はその重苦しさからの解放だった。父が死んで、時折バランスを失って泣いてしまう他は、親不孝者の心は、凪のように静かで穏やかだった。

父がホスピスへ移る三日前、私は子供たちを連れて初めて父の病院を訪ねた。和歌山のライブから深夜バスで戻って、午後、バスを乗り継いで区内の病院に向かった。その病院は私が大学院のころ三年間中国語を教えていた高校の目の前にあって、そのころ年一度の春の健診を受けた病院でもあった。病室に入ると、父はすでに前日、両手足に麻痺がきて体が動かなくなっていた。鼻には酸素を送るチューブがつけられ、左手人差し指に血中の酸素濃度を測る機械がつけられていた。胃と肝臓の癌から第二脊髄に転移し、全身が麻痺して、呼吸機能も弱ってきていたが、かろうじてしゃべることはできたし、ゆっくりであれば、食事を少量とることもできた。ナースコールも押せないので、足元に箱のようなナースコールが置かれ、それを足で触れると看護師さんが来るようになっていたが、全身が麻痺した状態ではふとした拍子に触れてしまうこともあり、夜中もそれで落ち着かないようだった。

表情はもちろんあったが、目は白目になりがち、口もほとんど常に開いていて、目を閉じるための筋肉も、口を閉じるための筋肉も麻痺が始まっていることを物語っていた。

父は、三人の孫に運動会のことを尋ねたり、「何か質問はあるかな」と聞いていた。長女がおばあちゃんとはいつ結婚したの？　と聞くと「一九七九年十二月〇日。三十九年前」と言った。〇日はよく聞き取れなかった。八日だっただろうか。私が小学生になる前に、別居して自分の仕事場で暮らすようになった父だった。もしかして、十年とか節目の年には母に何か贈ったこともあったかもしれないが、二人で結婚記念日を祝っていた記憶は私の中にはない。父は孫たちに、「結婚はしたい？」と、今聞いても仕方ないようなことを聞き返していた。

「手をさすって」

父が突然そう言った。私は脳天をぶち抜かれたように面食らった。まさかそんなことを頼まれるとは夢にも思っていなかった。覚悟を決めて右手首からさすり始めると、麻痺してしまった皮膚にはその刺激が心地よいらしく、父はふー、と吐息をもらしていた。私は介護というものの恐ろしさを感じた。どれだけ心理的に距離を感じ、長いこと心の異物だった云々と言ってみても、「さすって」と言われたらさするしかなく、そのあまりにも急激な距離の縮まり方に、私の心は、ものすごい力で左右に揺さぶられ続けたように疲れきってしまった。そのうち、自分にとってはあまりに非現実的な状況、父の手をさするしかない自分と、娘にさすってもらうしかない父であることに涙が止まらなくなって、長女に代わってもらった。

父は両腕をバンザイしてゆさゆさ手首を揺さぶってもらうことも要求し、それが一番気持ちいいようだった。これは動きがコミカルになる分、とまどいと感傷から少しだけ自由になれた。父に触れたのは、おそらく小学校中学年くらいまでだ。そう考えると四半世紀ほどの時間を経て、再び親に触れる時間がやってきたことが不思議だったが、これは多くの人が介護の中で感じることかもしれない。

「葬式で何か歌って。なんでもいいから」

と父は言った。何も答えずにいると、

「そうだ、あれがいいな。『ねえ、彗星』。あれ、好きなんだ」

いつも早口だった父の声は、麻痺のせいだろう、ゆっくりになっていた。「ねえ、彗星」は私が十一年前に出したファーストフルアルバムに入っている曲だ。私は高校時代、地学の先生に恋をしていた。父より年上の、私と同じくらいの息子さんがいる先生だった。長女の父親を除いて、私が恋愛感情を持ったのはたいてい十歳以上年上の人だった。その傾向に父親の不在が影響しているのかもしれないが、今となってはどうでもいい。とにかく、高校時代、夢中になって聞いた地学の授業で、彗星が流星群のお母さんであると知った時の新鮮な驚き、それはもう喜びにも似ていたのだけれども、そんな気持ちを彗星に語りかける形で歌った明るい歌だ。

「そんな。あの歌？　ちゃんと歌えるかな」

大林宣彦監督の映画『転校生─さよなら あなた─』（二〇〇七年）に使ってもらった「さよならの歌」のようにわかりやすい別れの歌よりは、歌えるかもしれないが、結局泣いてしまってろくに歌えまい、と思い涙声でそう答えながら、私は「ねえ、彗星」の歌詞を思い出してみていた。

やたらに涙もろいとか　果てなくさまよい続けるとか
君と僕とは似ているよ　ずっと前から思ってた

父の存在は私にとって、単純なものではなかった。だからこそ、私は父という存在を徹底的に考え、感じ、自分の中で消化しなければならない。そういう思いは前からあったが、父の癌がわかってからは、いよいよきちんと話を聞いておかなければと思った。それでも、普通の父娘としての対話などというものはできない気がした。たぶんいろんな思いが込み上げて泣き出してしまうと思った。私が普段仕事でやっている聞き書きとしてなら可能かもしれないと思い、「いずれパパのことを書かなきゃいけないと思っているから」とインタビューを申し込んだ。三月のことだ。父はとまどいながらも、自分の仕事場で二時間ほど話をしてくれた。幼いころからの話を聞いて思ったことは、私はどうやらだいぶ父と似ている、ということだった。もちろん細かい部分の性格はそんなに似てはいない。父は割とマメな人でメールの返信もとても早かったし、機械にも強かった。父はふたご座だが、その辺りはもう少しでふたご座という辺りに生まれた妹が似た性質を受け継いでいる。私が受け継いだのは好奇心の強さと、それを追いかけ続ける気の長さ、それから学生時代から広がって行く活動のやり方や、選択していくものの方向性が、知らずにとてもよく似ていた。

それから、涙もろいこと。思い出すのは、父の伯父の家を訪ねた時のことだ。父の伯父は祖父母の家の並びにあって、祖父母の家に行った際に、挨拶に行ったのだった。そのころは、祖父が鬱っぽくなり自殺未遂をしたあとで、父も不安だったのだと思う。玄関先で大伯父の顔を見るなり、大伯父の名を呼んで子供のようにわっと泣き出し、抱きついたのだ。大の男が大泣きするのを初めて見ながら、私は年に数回も会わない自分の父親が、こんなに涙もろい人なんだ、と思ったのを憶えている。

インタビューをした日、父は「さほは頑固なところが私に一番似てるよ」と言った。頑固な父と頑固な娘。長い不在の時をはさんで、私はいつしか年に一度、正月しか会わなくなった父に、自分から話しかけることができなくなっていた。話しかけられれば、二、三の会話はしたが、それとて盛り上がるというほどのものではなかった。

彗星は、アイスダストといわれる氷の粒と塵とでできている。移動しながら太陽の熱で氷が溶け続け、放出された物質が反対方向に流れ、塵だけが残って行く。「涙もろい」と書いたのはそのためで、何十年何百年という周期で旅し続ける彗星を「遠く旅する」とか「果てなくさまよい続ける」と擬人化したのが「ねえ、彗星」の歌詞だった。父が「ねえ、彗星」を気に入ったのはひとつにはその明るい曲調だろうとは思うが、その歌詞を思い出すにつけ、もしかしたら父も私のことを思い浮かべて「君と僕とは似ているよ」と感じていたのだろうか、と思った。無軌道を絵に描いたような私の人生は、父から見たら「果てなくさまよ」うようにも見えたかもしれなかった。父もまた、字幕翻訳家として安定の後半生を築き上げたかに見えながら、アルコール依存症の闇の淵に沈んでいた時期があった。

「オーラルヒストリーが中途半端になっちゃったな」

手をさすられながら父が言った。私がインタビューに行った二日後、私は父にメールを送った。前日に出席した朝日新聞の書評委員会で柄谷行人さんが小崎哲哉さんの新刊『現在アートとは何か』(二〇一八年)を落札したからそのことを報告したのだった。小崎さんは父の高校時代の同級生で、父と同じくパリに行っていた友人でもあり、やはりパリで暮らしたことのある母の友人でもあったため、父と母は帰国後に小崎さんのおかげで出会えたということをインタビューで聞いていた。小さいころからたまに父と母の会話に「オザキくん」が出てきたことは記憶に残っていたが、それが小崎さんだった。その小崎さんの本を柄谷さんが書評することになりそう、とメールをすると父から返信があった。

「そうか、それはよかった。よければ、またいつか話そうか」

父は話したかったのだ。私たちはあまりに長いこと話をしないまま、よそよそしい時間をただ見つめてきた。私は、そうですね、と書いて、曽祖父について国会図書館で見付けた資料も持っていきます、と添えた。一か月ほどたって、二度目のインタビューのために会う予定だった五月十六日の前日、父から体調不良で明日はキャンセルさせて欲しいというメールが来た。そのまま父は病院に行って入院となり、自分の家に戻ることはなかった。

呼吸も嚥下《えんげ》もその力が弱ってきていて、普通にしていても自分のたんやつばが喉にたまって苦しくなるようだった。たんの吸引でナースを呼ぶと、細い管がするすると父の喉に入って行く。苦しそうな割には、あまりとれない様子だった。ホスピスに移ってからも、父はたびたび吸引をしてもらっていたが、看護師さんが「もう疲れるからやめときましょうか」と言っても、もっと奥に、としっかりとってもらおうとしていた。私はむしろ、検診のたぐいを母が受けろと言っても、ずっと受けてこなかった父の態度を、病の発見を恐れる意気地なしのように思っていたので、ちょっと意外に思った。目の前の父は日々弱りながらも、果敢に状況に立ち向かっていた。それは、食事についてもそうで、もはやおかゆはおろか、ゼリーを食べても水を飲んでも、直後にのみ込めず、苦しむしかなくなっていた。それでも死ぬ二日前、私が、朝ごはんをもらう？　と聞くと父はうなずいたので驚いた。どれほど苦しむことになっても、前に進み続けようとする姿に、父の反骨精神のようなものを感じた。私は初めて父という人間のあり方に深く心を動かされた。

死ぬ前日も父は私が尋ねるとうなずいてシャーベットを二口食べた。もはやモルヒネを入れていたので、以前より苦しむこともなかった。それまでは苦しがったり、痰を吸ってもらったり、病室で本を読んでも五分と集中できなかった。しかし、さすがに死の前日は、父は白目をむいたまま静かだったので、私はジェーン・スー『生きるとか死ぬとか父親とか』（二〇一八年）を読み終えた。スーさんの、お母さんが言ったという「死ぬほど好きだったという記憶と、お金があれば結婚は続くのよ」という言葉が印象に残った本だった。私が小さいころ、母に「生まれ変わったらまたパパと結婚するの？」と聞いても「しないわね」という答えしか聞いたことがなかった。でも母が父を悪く言うのは聞いたことがない。母は料理もうまくていろんなものを作る人だったから、もし父が家庭にいて、きちんとした食事をとっていたら、もっと長生きすることができただろうとも思う。母にとってみれば、とうにあきらめたことだろうけれど、自分の作った食事をいつも一緒に楽しんでくれる夫だったら、と思うこともあったろうと思う。父の癌がわかってから、母は少しでも健康にいいものをと惣菜を作って父の仕事場まで持って行ってもいた。それとて、大してまじめに食べなかったというから、これはもう食を疎《おろそ》かにしてきた父のなかば自業自得だな、と思ったし、外食やコンビニ食になれてしまった長年の食習慣というのは恐ろしいとも思った。

夏休みも母が旅行を企画し、父なしで行くことのほうが多かった。もちろん、幼いころ父に遊園地や映画館に連れて行ってもらった記憶はある。ピアノの発表会で連弾した記憶もある。でもそうした例外を除けば、本当に正月に会うおじさん程度の存在、それが父だった。そうやって長年の別居生活を気丈に支えてきたはずの母は、まるで結婚以来片時も父と離れたことがなかった妻であるかのように、父の死にショックを受けているように見えた。見つめるしかない、はかりしれないもの。

家族のことなんて永遠に答えの出ないものかもしれないが、父の死んだ今、父のことを時間をかけて解き明かしたいと感じている。父のインタビューのテープ起こしが終わったら、生前の父を知るいろんな人に会いに行こう。家族、友人、仕事仲間、いろんな角度から父を眺めたい。最後に「最愛の父」とやっぱり言えなくても、そうやっていろんな父の顔を知って行くことは、あの日病室で感覚が薄れ、細くなってしまった父の腕をさすり続けたように、自分の中でいつのまにか枯れてしまった叫びと、長い時間の中で薄められてしまった悲しみを、ひとつまたひとつ両手にすくいあげ、なだめ、昇華させていく術のような気がしている。それは同時に、面倒くさい性格と感性ゆえに、ほとんど一方的に父娘関係をこじらせた親不孝の私が唯一できる親孝行になるだろうか。

フェイスブックにもツイッターにも父の死を知らせた投稿に対してたくさんの方が追悼のメッセージを書いてくださった。その中で「遠くて遠い　それは　いつもこころの中では　すごく近いとこに　居た　からですよね　きっと」と書いてくれた方がいた。見透かされていると思った。画面を見つめたまま温かい言葉に涙がこぼれた。『BRUTUS』の記事から拝借してフェイスブックとツイッターにあげさせてもらった写真の中で、夏の緑とともに、半そでシャツの父が穏やかに笑っていた。

私も父も彗星だったのかもしれない。暗い宇宙の中、それぞれの軌道を旅する涙もろい存在。二つの軌道はぐるっと回って、最後の最後でようやく少しだけ交わった。そんな気がした。

ねえ、パパ、次にすれ違うのは何十年後、何百年後かな。

その時まで、元気でね。

長いあとがき

二〇一八年八月十六日、毎年恒例の、音楽ライターの除川哲朗《よけがわてつろう》さんが主催する昆虫観察会に小学二年の三女と参加した。三女も、シオカラトンボ、ハグロトンボ、みんみんぜみ、つくつくほうし、あぶらぜみ、しじみちょうといろいろとった。虫は持って帰ると公園の人に怒られるので、キャッチアンドリリースだ。おとどしは同じく虫好きの「たま」の知久寿焼《ちくとしあき》さんも誘って参加した。

井の頭公園の弁天池は弁天様がまつられている。池の湧き水の近くにまつられている弁天様の辺りはトンボも多い。ぐるりとトンボとりのために池を回って来た私たちは、弁天様の裏手の岸にもトンボを求めて入って行った。除川さんの虫とり網さばきは見事だ。まるで舞のように見える。私は近くにあったベンチに腰掛けてぼんやり池を眺めた。この日は風が強めで、トンボもいつもより少なめだったが、水面をなでる風はこまやかな波を作っていた。ふと枯れ葉が水面に垂直に落下して、小さく水紋が広がった。あっけない死のようだ、と思った。

前日の夜、「たよりないもののために」の文章を書き上げてスタンド・ブックスの森山さんに送った。翌朝、吉原聖洋さんの友人の石川さんから、聖洋さんが午前九時十一分に病院で亡くなったことを告げるメールが来た。近所のスーパーでスマホのメモを見ながら買い物中だった。試食目当てでスーパーについてきた三女が見上げる。

「聖洋さんが死んだ」

「だれ？」

「……ともだち」

にんじん、あさり、パセリ、しいたけ、こんにゃく、おくら、きゅうり、かじき、だいこん、とまと……かごに何を入れた。メモを見ながら買い物していたが頭がはたらかない。店内で立ち止まっていると邪魔になるが、文字も目に映る品物も情報として頭に入ってこなくて、意味なくうろうろした。午後の井の頭公園、どうしようか。そんな気分ではないが、だからこそ気を紛らわしたい気もした。長女は行くとか、最近虫嫌いになってしまった次女に引っ張られて、行かないとか言っていた。

「あんたはどうする」

三女次第だ。

「行く」

弁天さまは出島のようになっていて、その湧き水に一番近い辺りに古いお地蔵さまが三人並んでいた。地蔵は子供を救う。聖洋さんのことも救って欲しい。あの無欲なたよりない雰囲気はどこか子供みたいでもあった。ピュアということだ。吹いたら消えてしまいそうなひょうひょうと浮世離れした雰囲気の人でもあった。聖洋さんが死んだ日、ぎりぎりまで迷って、三女の言葉で井の頭公園へ来た。今、弁天さまの近くで池を眺めている。不思議な気がした。

二〇一七年四月二十二日、武蔵野公会堂でアルバム『わたしの好きなわらべうた』(二〇一六年)のリリースライブをした時、聖洋さんも聴きに来てくれたが、翌日送ってくれた感想にはびっくりさせられた。

素晴らしい歌と演奏を堪能しました。ありがとうございました。昨夜、鮮明に見えたのはステージの上を飛び交う無数のハチドリのような精霊たちと客席を何度も横切る長大な白蛇です。それ以外にも光が点滅するようにチラチラと視界に入ってきたモノはたくさんありましたが、はっきりと確認できた訳ではないので、正体はわかりません。印象的だったのはステージ上の演奏に応えるように鳴っていた不思議な音たち。風の音と獣の遠吠えと金属音が鳴っていました。錫杖《しゃくじょう》と神楽鈴の中間のようなトーンの金属音。それは終演後もしばらく鳴っていました。口の悪い友人たちに話したら「老人特有の耳鳴りに過ぎない」と言われそうだけど。それから、昨夜の紗穂さんは御神木の精霊のように美しかったし、（青葉）市子さんは雪女や座敷童《ざしきわらし》のように可愛かった。歌島（昌智）さんは古代の諏訪の風祝ですね。いや、実際にみたことはないけれど、二千年前に諏訪の風祝がいたとしたら、きっとこんな感じだろうな、と。

「不思議な音」については、ステージの上にいた演者でも、客席で聴いた一部のお客さんにも、音響スタッフさんにもいろいろな音が聴こえていた。『わたしの好きなわらべうた』のジャケットのデザインをしてくれたTAKAIYAMAの山野英之さんは客席で聴いていて、口笛みたいな音を聴いて誰が吹いているのか気になっていた、とメールをくれた。音響スタッフと照明さんも不思議な音に顔を見合わせた時があったという。ステージでいろんな民族楽器を弾いてくれた歌島さんは、口笛のような音を下手側から聴き、最初ノリのいいチェ・ジェチョルさんの口笛かと思ったそうで、打ち上げでいろんな人に確認していたが、結局わからずじまいだった。歌島さん曰く、「合いの手っぽく入ったりしてたから、楽しんでくれてたのは間違いなさそうです」ということだった。

「白い大蛇」は、私は最初出雲から歌島さんが連れて来たのかと思って聞いてみると、「水神の関係だから、水が何らか関係しているとこにはいるかもしれませんね」という。思い出したのは井の頭公園だった。調べてみると、はたして弁天池には白蛇伝説があった。武蔵野公会堂までは歩いて数分。弁天池から上がってきてくれたのだろうか。翌日、聖洋さんから第二信が来た。

昨夜の素晴らしい歌と演奏を聞いたら精霊たちや天使たちだって心が騒ぐのではないでしょうか。風の音や獣の遠吠えは聞き手の位置や感受性によって異なる響きになるような気がします。実は金属音は吉祥寺駅に辿り着くまで聞こえていました。おかしなモノを連れて来てしまったかとも思いましたが、電車に乗ってからは鳴らなかったので、あの土地からは離れられないのかもしれません。白い大蛇には精霊というよりもむしろ神霊とでも呼ぶべき風格がありました。太古の昔から存在している武蔵野の地主神ではないかと考えています。

私がふと訪れることになった場所と聖洋さんがゆかりのあることも多かった。ここ二年ほど呼んでもらっているALPS BOOK CAMPの開かれる長野の木崎湖は、竜骨座のカノープスが見える北限と言われており、竜の目の伝説がある。一年目に呼んで貰った時、木崎湖について調べるとそんな話が出てきて、興味を持った。めったに見られないので、長寿星とも言われたカノープスはいつか見てみたい星のひとつだ。そんな話を聖洋さんにすると、幼いころ、やはりひいお祖母さんから竜の目の伝説を聞いて興味を持ち、その後五十年間「龍」伝説の地を旅するきっかけになった、という。

こんなこともあった。墨田にコインランドリーとカフェを兼ねたランドリーカフェという場所があると聞いて、興味を持った。コインランドリーは独り身の人が使う場所だ。そういう人たちが、待つ時間にお茶を飲めたり自然と話をしていける場所。いいアイデアだなと思い、大切な人を誘って出かけたことがある。その帰り道ぶらぶらと歩いていたら、江島杉山神社という神社があった。説明書きを読んでみると、盲目の鍼灸師・杉山検校《けんぎょう》ゆかりの神社だった。若くして失明した杉山が、岩窟で断食祈願し満願の前夜に弁天さまに鍼術を習ったと伝えられている。社殿の横をふと見ると、洞窟の入り口のようなものがあり、奥まで入ることができた。薄暗くドキドキして身構えてしまう場所の奥には人頭蛇身の宇賀神が祀られていた。聖洋さんと蛇神の話をしていた時に、神社の名前を思い出せなかったが、墨田にこんな不思議な場所がありましたよ、と言うと驚いたことに「本所一つ目の江島杉山神社でしょうか」と返信があった。

あの神社なら親戚の家の近所だったので、子供のころからよく遊びに行っていました。あそこの洞窟には人面蛇身の宇賀神がいましたね。人面蛇身の神様は中国の神話にも出てくるけれど、幼いころから身近な存在だったせいか、わたしは好きです。

宇賀神はウカノミタマの別名であり、弁財天と習合して宇賀弁財天と呼ばれることもありますね。世界的なスケールで考えてみればウロボロスの一種でもあり、古代エジプトがその起源とも言われ、アステカ文明のケツァルコアトルや北欧神話のヨルムンガンドもその仲間ですが、多分最も古い記録としては猪竜《ズーロン》や玉猪竜《ユーズーロン》などと呼ばれる中国の新石器時代の遺物ではないでしょうか。

みずからの尾を咥《くわ》える蛇は世界中で最も有名なシンボルのひとつですが、あの洞窟の宇賀神のようなトグロを巻く蛇の姿が正月の鏡餅の起源だという説もわたしは好きです。カガは蛇を表す古語であり、鏡餅は「カガ（蛇）身餅」である、という説。いろいろな意味で示唆に富んでいるし、とても魅力的な話だと思います。

聞いたこともない異国の蛇神の話から鏡餅の語源まで、聖洋さんは民俗学的な話や神話の話に精通していた。そして、井の頭の弁財天も実は宇賀神が祀られている。宇賀弁財天なのだろう。

「以前武蔵野公会堂でライブをしたんですけど、その時聴きに来てくれたライターさんが、白蛇を見たそうで、だからここから来てくれたのかななんて。そのライターさんは今朝死んでしまったんです」

近くにいたCOUCHの平泉光司さんに思わず話しかけて、結局中途半端にしか話せないことに気付き後悔する。「今朝？」と聞き返した平泉さんにしても困ったことだろう。それでも返してくれた。

「ああ、ここにも蛇の形した神様いるよね」

「はい、宇賀神」

ひとりの人が生きるということ、その意味をいつも考える。その人が憎んだもの、愛したもの、子供っぽいところ、頑固なところ、誰と仲がよくて、その人とどんな時を過ごしたのか。何に詳しくて、何に魅せられて、どこをさまよい、そこで何を見、何を思い、また歩みを進めたか。何に悩んでいて、何を言えなくて、立ちすくんでいたか。本当は誰に会いたくて、なんと伝えたかったのか。

人が生きた、そのうしろにある、あまりにたくさんのこと。ふと隣の人に伝えようとしても、伝えきれない、喪失。

父が六月に逝き、聖洋さんが八月に逝った。父に素直に接しきれない私は、聖洋さんのことを思いやったり心配したりすることで、何かを埋めようとしていたかもしれない。奇しくも、二人は同じ年齢で同じ年に相次いで去り、共に佐野元春から追悼文を寄せられた。

追悼　吉原聖洋さん

彼と初めて会ったのは25歳の時だった。彼は同い年だった。彼はすっと端正な顔立ちをしていた。ライターとミュージシャンという立場での出会いだった。

彼は音楽だけでなく、文学や映画やアートにも精通していた。とりわけ50年代ビートについて語り合える数少ない一人だった。

同世代という誼《よし》みもあったか、彼は僕の音楽を高く買ってくれた。80年代から現在まで長きに渡って、僕の音楽と並走してくれた。

僕は彼が書く文章が好きだった。洒脱で鋭く、乾いたユーモアがあった。自分と通じるところが多々あった。聞いてみれば彼も自分と同じ、東京下町の育ちだという。どうりで波長が合うはずだ。

彼との思い出は尽きない。時間が経つたびに滲む思い出もあるだろう。彼が亡くなった今、自分の胸に灯る思いは、彼への感謝だ。

僕の調子がいい時もそうでないときも、彼は文章を通じて励ましてくれた。もしかしたら僕が勝手にそう受け取っていただけかもしれないが、それでもいい。彼がどこかで聞いてくれているからと、そんな思いが支えとなっていた。

2018年。今年の夏は酷く暑かった。サンダルの紐が熱で溶けてしまった。とても気に入っていたのでがっかりだが、それはどうでもいい。

この先、僕が新しい音楽を作っても彼の言葉が聞けない残念さを思うと、心がシンとなる。

今はただ、静かに彼のご冥福を祈るだけだ。

2018年8月　佐野元春

（フェイスブック『佐野元春オフィシャルページ』）

聖洋さんが病院から出されてしまった時、「食事が命綱」と言われた。ひとり暮らしが長かったと聞いているから、少しは料理もできるのかと思ったら、聖洋さんはまったくといっていいほど、できない人だった。そもそもアパートは火力の弱い電気コンロひとつのみでお湯を沸かすくらいしか使わない。冬だったらひとり分のなべでも食べれば栄養がとれますよ、お弁当を買うとしても味噌汁だけでも日々作ったらバランスがよくなりますよ、コンロひとつでは何かと不便かもしれないから、二つ買うのはどうですか？　置き場所が困るかしら、などと言って

みたことがある。その時聖洋さんは、

「置き場所も問題だけど、実は火が怖いので、ひとつでもそれなりの覚悟が必要です。刃物も怖いのだから、料理には本当に向いていないのかもしれませんね」と返信をくれた。なんて人かしら、と思って私は「火が怖い！（笑）それは大変」と返した。もしかして、前世で火責めの中、切り殺されたりしたのかしら。聖洋さんのように不思議なものを見たり体験したりする人は、前世の記憶も強烈かもしれないな、とその風変わりな彼の「恐怖」を不思議に思いながらも、いくらか軽く考えていた。

聖洋さんの死後、彼が書いたブログ「ｎｏｔｅ」のいくつかの記事の中に「おれはシュメール人だった。」という文章があった。そこには、その時私には語らなかった壮絶な過去が記されていた。


おれが尖ったものや刃物をこれほどまでに恐れるのは、子供のころ、頭のおかしい悪ガキどもに釘、鉛筆、コンパスなどで刺されまくり、彫刻刀、カッターナイフ、包丁などで切りまくられたからだ。そして炎が怖いのは、やつらにマッチやライターで髪や服を燃やされたからだ。

おれは他の子供たちとは異なる人種だった。眼や髪や肌の色が違う（まあ少しは違っていたかもしれないが）のではなく、人種が違っていた。子供たちは異人種を嫌う。たとえば縄文人と弥生人のような差異。あるいはシュメール人とアッカド人のような差異だろうか。

聖洋さんのおばあさんは蝦夷の末裔で、「縄文の秘術」を伝える霊能者だった。時たま聖洋さんの暮らす町にもやってくる有名人だったが、それが聖洋さんへのいじめのきっかけになり、まわりから「縄文人」と言われていたという話はしてくれたことがある。

今になって知る。迫害と言っていいほどの熾烈ないじめを経てきた聖洋さんは、充分過ぎるトラウマを抱えていた。世の中の多数派やこの社会に対して、最後まで不信はぬぐえなかったかもしれない、と思う。それでも見えないものたちの世界や彼の好きだったSFの世界、音楽の世界に助けられながら、おそらく聖洋さんは生きてきた。そして彼が古事記や日本書紀の時代への興味に加えて、気にしていたのが、諏訪の信仰だった。諏訪は縄文の信仰を色濃く残していると言われる。風穴や、人に知られていないような古墳、縄文遺跡を歩くことが好きだった聖洋さん。けれど、幼い日からこの世は地獄でしかなかった、とも書いている聖洋さん。

時空を超えて、聖洋さんはマイノリティの叫びを体現するように生きたようにも思える。そして、そのことはそのまま、鋭い錐《きり》のような事実として私に刺さる。刃物や火で脅される子供たち、それは極端な例としても、いじめに苦しむ子供たち、学校を地獄のようにしか感じられない子供たちの声が折り重なって聴こえてくるような気がする。排除されること、無視されること、ケアの網からこぼれ落ちること、困窮の声が届かないということ。理解されないということ。忘れられるということ。

年寄りが泣いている
子供たちがおびえてる
信じられるものがひとつふたつ
僕らをとり残しても
――
（宮沢和史「虹がでたなら」）

聖洋さんが死んで、センチメンタルな気持ちがないといったら嘘になるけれど、それよりも聖洋さんの思いや抱えた困難を伝え続けていく、という決意に似た気持ちがある。それは怒りにも似ている。少しでもましな社会にしていくために何かを始めること、さびしい思いをする誰かがひとりでも減るように、ひとりでも多くの人と繋がること。宮沢さんも三十年以上前に右の詩を書いた。これに続くさびの歌詞はやっぱり未来のほうを向いている。

虹がでたなら君の家まで
七色のままでとどけよう

私とあなたが繋がること。おかしな選別や、排除からも自由な、虹の見える場所。赤は赤のまま、青は青のまま、あなたはあなたでいい、ということ。大切なものをあなたの家まで直接届けるよ、というやさしさ。天国で「こんな風なら僕ももう少し長生きすればよかったかな」と聖洋さんに思ってもらえるように、歌って動いて書いて、誰かと夢を分かつために、死ぬまであがくつもりだ。

二〇一八年八月二十一日　寺尾紗穂

初出一覧

■ I

残照　「残照」ミディ文庫（タワーレコード『残照』特典）／2010年6月23日
愛し、日々　書き下ろし
御身　書き下ろし
風はびゅうびゅう　書き下ろし
青い夜のさよなら　「青い夜のサヨナラ」ミディ文庫（タワーレコード『青い夜のさよなら』特典）／2012年6月6日
楕円の夢　書き下ろし
たよりないもののために　書き下ろし

■ II

あれが恋だったとは思わない　「季刊 真夜中」リトルモア／NO.6 2006 Early Autumn／2009年7月22日
ある一日の話　書き下ろし
カラスの話　「文學界」文藝春秋／2013年10月号／2013年9月6日
ダンゴムシの話　文 寺尾紗穂・絵 松井一平「おきば」私家版／2013年夏
ぶらぶらしているおじさんたちの話　文 寺尾紗穂・絵 松井一平「おきば2」私家版／2013年冬
インコの話　「クイック・ジャパン」太田出版／vol.131／2017年5月7日
帰ったら犬がいた話　書き下ろし
呵責　書き下ろし
丼のあたたかさ　「暮しの手帖」暮しの手帖社・第4世紀80号・2016年2－3月号／2016年1月25日

■ III

Zinesterの夜　「ブログ」寺尾紗穂オフィシャルウェブサイト／2013年12月3日
FMヨコハマに行った日のこと　「ブログ」寺尾紗穂オフィシャルウェブサイト／2013年10月8日
河童は死んでいない　「北と南」河内卓／Vol.4／2015年5月10日
原発と私　「季刊 真夜中」リトルモア／NO.13 2011 Early Summer／2011年4月22日
犀の角　「ブログ」寺尾紗穂オフィシャルウェブサイト／2013年3月5日
せめて鳳仙花の種を一粒　「ブログ」寺尾紗穂オフィシャルウェブサイト／2014年8月11日
「言葉以前」の人々のように　「すばる」集英社／2016年1月号／2015年12月7日、日本文藝家協会編「ベスト・エッセイ2017」光村図書出版／2017年6月25日

■Ⅳ

高知　心の調律師「高知新聞」2016年1月13日朝刊
長野　無言館「高知新聞」2016年2月10日朝刊
高知　ちょうちょう「高知新聞」2016年2月24日朝刊
八丈　東京　来てみりゃ八丈は情け島「高知新聞」2016年3月23日朝刊
沖縄　軍用地ローン「高知新聞」2016年4月13日朝刊
高知　カフェ パウリスタ「高知新聞」2016年5月11日朝刊
パラオ　ジャングルの防空壕「高知新聞」2016年6月8日朝刊
熊本　日本の中の異国「高知新聞」2016年5月25日朝刊
高知　批判された南米移住「高知新聞」2016年6月22日朝刊
富山　姥石探索「高知新聞」2016年7月13日朝刊
山形　ボインの神様「高知新聞」2016年7月27日朝刊
福島　フクロウ信仰「高知新聞」2016年9月14日朝刊
宮城　石神さま「高知新聞」2016年9月28日朝刊
広島　言葉はいらない「高知新聞」2016年11月23日朝刊
高知　戦中の上林暁「高知新聞」2016年12月28日朝刊
千葉　なんの場所かわからない場所「高知新聞」2016年1月25日朝刊
鳥取　私の神様「高知新聞」2017年2月22日朝刊
大阪　安藤さんの部屋「高知新聞」2017年3月8日朝刊
宮崎　戦争と銃剣道「高知新聞」2017年4月26日朝刊
高知　ネオニコチノイド「高知新聞」2017年5月24日朝刊
東京　野口英世の顔「高知新聞」2017年6月14日朝刊
兵庫　手におえないもの「高知新聞」2017年6月28日朝刊
埼玉　ビワと雀「高知新聞」2017年7月26日朝刊
長野　夭折者の音楽「高知新聞」2017年8月9日朝刊
福岡　先入観と現場「高知新聞」2017年8月23日朝刊
広島　原爆孤児を助けたヤクザ「高知新聞」017年9月27日朝刊
岐阜　風の神様「高知新聞」2017年10月11日朝刊
北海道　旭川のパラオ「高知新聞」2017年11月8日朝刊
愛媛　主張と主張の間をぬう「高知新聞」2017年11月22日朝刊
高知　ハンガーとハレルヤ「高知新聞」2017年12月13日朝刊
宮城　芭蕉の見た燈籠「高知新聞」2017年12月27日朝刊
京都　密やかに学ぶ「高知新聞」2018年1月10日朝刊
沖縄　和して同ぜず「高知新聞」2018年1月24日朝刊
長野　程度の問題「高知新聞」2018年2月14日朝刊
千葉　変革は静かに進む「高知新聞」2018年2月28日朝刊
ひとりの祈り　「ブログ」寺尾紗穂オフィシャルウェブサイト・2017年8月15日

■V
二つの彗星——父・寺尾次郎の死に寄せて「新潮」新潮社／2018年8月号／2018年7月6日

■引用曲
「最北端」(作詞／作曲：Kenta Hamano)
「弟の墓」(作詞／作曲：友部正人)
「CHANGE」(作詞／作曲：高野寛)
「こんばんはお月さん」(作詞／作曲：加川良)
「Glory Hallelujah」(作詞／作曲：西岡恭蔵)
「ねえ、彗星」(作詞／作曲：寺尾紗穂)
「虹が出たなら」(作詞／作曲：宮沢和文)

■引用文献
アーサー・ケストラー『ヨハネス・ケプラー 近代宇宙観の夜明け』(小尾信彌、木村博 訳) ちくま学芸文庫
尾崎翠『尾崎翠 集成 上』(中野翠 編) ちくま文庫
花田清輝『復興期の精神』講談社文芸文庫
花田清輝『鳥獣戯話・小説平家』講談社文芸文庫
小松和彦『異人論—民族社会の心性』ちくま学芸文庫
芥川龍之介『河童 他二篇』岩波文庫
シルリ・ギルバート『ホロコーストの音楽 ゲットーと収容所の生』(二階宗人 訳) みすず書房
樋口健二『闇に消される原爆被爆者［増補新版］』八月書房
堀江邦夫『原発ジプシー［増補改訂版］—被曝下請け労働者の記録』現代書館
樋口健二『原発1973〜1995　樋口健二写真集』三一書房
エドワード・ファウラー『山谷ブルース』(川島めぐみ 訳) 洋泉社
鶴見俊輔『思い出袋』岩波新書
加藤直樹『九月、東京の路上で 1923年関東大震災ジェノサイドの残響』ころから
寺田寅彦『寺田寅彦随筆集 第二巻』(小宮豊隆 編) 岩波文庫
伊沢修二『洋楽事始 音楽取調成績申報書 (東洋文庫)』平凡社
内藤千代子『惜春譜』牧民社
藤原義隆『移民の風土』北添謄写堂
上林暁『上林暁全集 十五』筑摩書房
日本幼稚園協会『幼児教育』日本幼稚園協会
ルドルフ・シュタイナー『いかにして人が高い世を知るにいたるか』(鈴木一博 訳) 榛書房
平川克実『21世紀の楕円幻想論 その日暮らしの哲学』ミシマ社
宮沢賢治『新編 宮沢賢治詩集』(天沢退二郎 編) 新潮文庫
ジェーン・スー『生きるとか死ぬとか父親とか』新潮社

寺尾紗穂

SAHO TERAO

撮影：植本一子

音楽家。文筆家。1981年11月7日東京生まれ。大学時代に結成したバンドThousands Birdies' Legsでボーカル、作詞作曲を務める傍ら、弾き語りの活動を始める。2007年4月、ピアノ弾き語りによるメジャーデビューアルバム『御身』（ミディ）が各方面で話題になり、坂本龍一や大貫妙子らから賛辞が寄せられる。ソロと並行して、伊賀航、あだち麗三郎と結成したバンド「冬にわかれて」の始動、坂口恭平バンドにも参加。冬にわかれてとしてのファーストアルバム『なんにもいらない』を発表（2018年10月／P-VINE)。大林宣彦監督作品『転校生一さよならあなた一』(2007年)、安藤桃子監督作品『0.5ミリ』(2014年／安藤サクラ主演)、中村真夕監督作品『ナオトひとりっきり』(2014年)の主題歌を担当したほか、CM音楽制作（ドコモ、森永、等多数)、ナレーション、エッセイやルポなど、活動は多岐にわたる。2009年よりビッグイシューサポートライブ「りんりんふぇす」を主催。新聞、ウェブなどで連載を持ち、朝日新聞書評委員も務める。著書に『評伝 川島芳子』(2008年3月／文春新書)、『愛し、日々』(2012年8月／天然文庫)、『原発労働者』(2015年6月／講談社現代文庫)、『南洋と私』(2015年7月／リトルモア)、『あのころのパラオをさがして 日本統治下の南洋を生きた人々』(2017年8月／集英社)、編著に『音楽のまわり』(2018年7月／音楽のまわり編集部）がある。

2006年3月　1stミニアルバム『愛し、日々』発表
2007年4月　メジャー第1弾となる2ndアルバム『御身onmi』発表
2007年6月　1stシングル『さよならの歌』発表
2008年5月　3rdアルバム『風はびゅうびゅう』発表
2009年4月　4thアルバム『愛の秘密』発表
2010年6月　5thアルバム『残照』、2ndシングル『「放送禁止歌」』発表
2012年6月　6thアルバム『青い夜のさよなら』発表
2015年3月　7thアルバム『楕円の夢』発表
2016年8月　アルバム『わたしの好きなわらべうた』発表
2017年6月　8thアルバム『たよりないもののために』発表

寺尾紗穂
彗星の孤独

二〇一八年十月二十九日　初版発行

編集発行者　森山裕之
発行所　株式会社スタンド・ブックス
〒一七七-〇〇四一
東京都練馬区石神井町七丁目二十四番十七号
TEL　〇三-六九一三-二六八九
FAX　〇三-六九一三-二六九〇
stand-books.com

印刷・製本　中央精版印刷株式会社

ISBN 978-4-909048-04-2 C0095